ちくま学芸文庫

海とサルデーニャ

紀行・イタリアの島

D.H.ロレンス
武藤浩史 訳

筑摩書房

David Herbert Lawrence:
SEA AND SARDINIA
First published in 1921
by Thomas Seltzer, New York

目次

1　パレルモまで　9
2　海　43
3　カリアリ　97
4　マンダス　124
5　ソルゴノへ　150
6　ヌーオロへ　206
7　テッラノーヴァへ、そして汽船　252
8　帰る　301
訳者あとがき　343
文庫版訳者あとがき　350

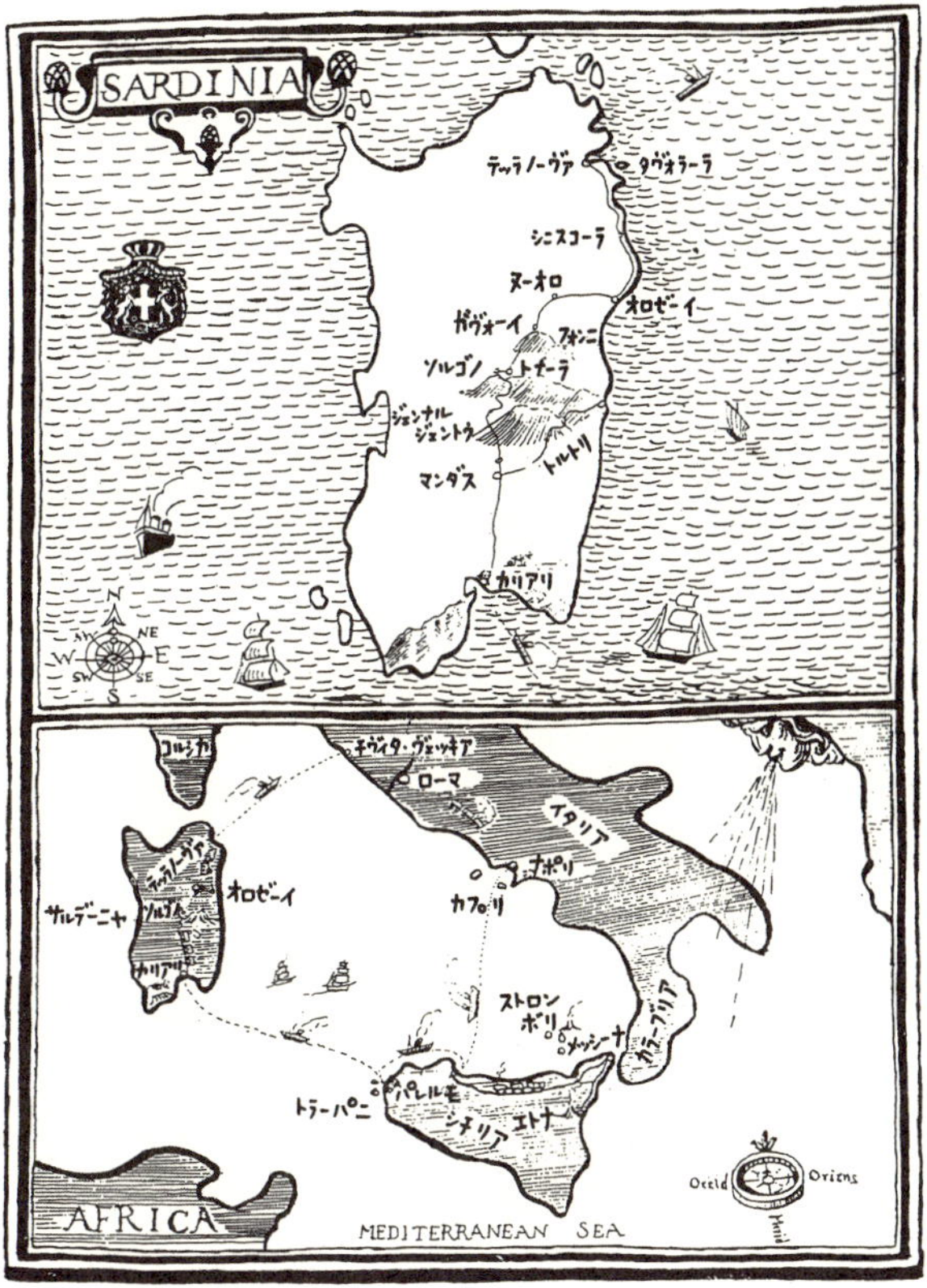
SARDINIA
テッラノーヴァ
タヴォラーラ
シニスコーラ
ヌーオロ
オロゼーイ
ガヴォーイ
フォンニ
ソルゴノ
トナーラ
ジェンナルジェントゥ
マンダス
トルトリ
カリアリ
N
NW
NE
W
E
SW
SE
S
コルシカ
チヴィタ・ヴェッキア
ローマ
イタリア
ナポリ
テッラノーヴァ
オロゼーイ
サルデーニャ
ソルゴノ
カリアリ
カプリ
ストロンボリ
メッシーナ
カラーブリア
トラーパニ
パレルモ
シチリア
エトナ
Occid
Oriens
Merid
AFRICA
MEDITERRANEAN SEA

D・H・ロレンス描く

海とサルデーニャ　紀行・イタリアの島

1　パレルモまで

どうしても動かずにはいられなくなる。それも、一つの方角に向かって。だから、なすべきは二つ——動きだし、そして、めざす場所を定める。

どうしてじっとしていられないのだろう？　ここシチリアはとても快適なのに。陽光あふれるイオニア海は、光に色を変えるファイアオパールのようなカラーブリアの宝石。イタリアの、そのクリスマスごろは、大空いっぱいに雲がたなびいて、夜ともなれば犬狼星《シリウス》が海を越えて、僕らに吠えかかる犬のように、あかあかと長いまたたきを投げかける。天高く歩むオリオン。犬狼星シリウスが僕らを見つめる、ああ、僕らを見つめる！　あいつは緑に輝いて人を魅了する、獰猛な空の猟犬。そして西のかたには王者のごとき宵の明星が、黒く険しく聳えたつシチリアの断崖の上にかかって燃えあがる。さらには大空の下、厚く雪化粧を施して、ゆるやかに、ゆるやかに、橙色の煙を巻きあげるあの邪悪な魔女エトナ山がある。この山をギリシャ人は、天の柱と称した。はじめはちがうように思える。エトナは海岸線にはじまり、長く、夢のように、しなやかな稜線を描いてなだらかな円錐形の頂きにいたり、高いとは見えない山。大空の下では、むしろ低く感じられる。しかし、そのエトナになじんでみれば……ああ、なんという恐ろしい魔性だろう！　大空の下、孤高をまもり、間近にありながら、けっしてわれわれと交わらない山。エトナを描こうとする画家たち、写真にこれをおさめようとする写真家の試みは、水泡に帰する。いったいどうして？　オリーヴの木や白い家の見える近くの峰々、たしかにこれらは、僕らとともにある。あの川床やレモンの木立ちの下のナクソス、葉色の濃い豊かに実ったレモンの木立ちのもと深く横たわる、あの古代ギリシャの植民地ナクソス——それら、エトナのふもとやその周縁の光景もやはり僕らの世界である。オークに囲まれた、高い山腹の村でさえ……。だが、エトナ山の本体は、雪を頭に戴き、ひそやかに移りかわる風吹くあたりのエトナ山は、水晶の壁のかなたにある。大空の下、低く、白く、魔女さながらのエトナ山、ゆっくりと橙色の煙を巻きあげて、ときおり薔薇の紅《くれない》の炎の息をつくこの山を見つめると、僕はどうしても大地から目をそらして、天空に、最高天の下手に見入ってしまう。その遠い領域に、エトナは独りある。本当の彼女を見たいのならば、静かにこの世界から視線をそらし、裸の見者となって、最高天のふしぎの室へ行かなければ。天柱の座エトナとは！　さすがギリシャ人は直観的に本質をとらえた。たいした知識はないが、さいわい彼らと自分との近さを知ることぐらいはできる。多くの写真が、おびただしい数の水彩画、油絵がエトナ山を描いたと称する。だが天柱の座とは！　不可視の境界を越えなければならない。僕らの世界に属する山の前景と、天の下手を吹く風の枢軸としてのエトナのあいだには、境界線がある。心を変えなければならない。霊魂が転生《メテムサイコーシス》する。エトナ山とその前景を、二つながら同時に見つめようなどと、けっして考えてはいけない。無駄なことだ。どちらか一つを。前景と模写されたエトナか。それとも、天柱の座エトナか。

　では、どうして旅に出るのか。なぜ、とどまらないのか。ああ、おそるべき情婦エトナよ！　そのまわりには異形の風が、キルケの豹に似て、黒また白と、うろつきまわる。かなたと奇怪な便りを交わして、恐ろしい力強い息を吐きだすエトナ山。エトナは男を狂わせる。邪悪な美しいおそるべき電磁波を、死の網のようにあたりに投げかける。いやそれどころか実際、この悪魔の磁流に生体組織がぐいとつかまれるのを、あらためて感じることがある。すると活動中の細胞の落ちついた様相が一変する。生きた細胞液に嵐が起こって新たにつくりなおされる。ときおり、これが狂気のように感じられる。

　ギリシャ人の愛した永遠のエトナ山よ、天の下手に気高くまします本当に美しいお前の、なんと残虐なこと！　魂を失うことなくお前に立ちむかえる男は少ない。キルケさながらのお前。男が本当に強くないとエトナはその魂を取りさり、彼を獣に、ではないけれども、自然の息吹そのものに似た、かしこい、魂を失った生き物に変化させる。この生き物は霊感をもつといってよいほど理解力に恵まれて、魂をもたない。そう、エトナ周辺のシチリア人のようである。ここの住民は、神がかって理解力に秀で、そして、人間として、われわれの尺度ではかれば、もっとも愚かな民族である。おお怖い！　いったいエトナ山はどれほど多くの男を、どれほど多くの民族を追いはらったのだろう？　ギリシャ人の魂の中核を打ちくだいたのは彼女だった。その後、ローマ人、ノーマン人、アラブ人、スペイン人、フランス人、イタリア人、そしてイギリス人にさえ、エトナは霊の息吹を与えて、それからその魂を亡ぼした。

　逃れるべきはそのエトナからかもしれない。ともあれ、一刻も早く旅立とうと思う。十月のすえにもどったばかりなのに、もう旅心が疼いてくる。今日はまだ一月三日。旅の貯えもないが、しかたない、エトナの命により旅立とう。

　どこへ行こうか？　南にはジルジェンティ（現在のアグリジェント）がある。チュニスも近い。ジルジェンティで硫黄の霊に触れて、ギリシャ人の守護寺院をたずねようか。いや、狂気がいや増すばかり。だめだ。シラクーザも、巨大な石切り場が狂気を誘っていけない。チュニス？　アフリカ？　いや、まだ、まだ。アラブ人は、まだ、いらない。ナポリ、ローマ、フィレンツェだと？　話にもならない。ではどこへ行こう？

　ではどこへ行こう？　スペインか、サルデーニャか。スペインか、サルデーニャか。サルデーニャにしよう、何もない場所だから。歴史がなく、日付がなく、民族もお国自慢もないから。サルデーニャにしよう。ローマ人も、フェニキア人も、ギリシャ人も、アラブ人も、サルデーニャを征服したものはどこにもいないという。あそこは外——文明の外なのだ。バスクのように。たしかにいまはイタリアに属して、鉄道もバスも走っているけれども。しかし、いまもって昔ながらのサルデーニャがあるはず。ヨーロッパ文明の網のなかにあるとはいっても、サルデーニャはまだ釣りあげられていない魚だ。そしてその網は年々古くなって、いたんできている。老いたヨーロッパ文明の網の目をすり抜けてゆく魚はいくらでもいる。あの巨鯨ロシアがその一例。そしておそらく、サルデーニャも。だからサルデーニャにしよう。サルデーニャに決めた。

パレルモから隔週に一便、船が出る。今度はつぎの水曜、三日後だ。よし、出発しよう。忌まわしいエトナに、イオニア海に、水面に映る大きな星々に別れを告げて。蕾をもったアーモンドの木に、赤い実をたわわに実らせたオレンジの木に、別れを告げて。そして、ここのいまいましく腹に据えかねることの多い処置なしのシチリア人とも。こいつら、真理が何かなぞ知ったためしがないし、はるか昔から、人間とは何かなど考えたこともまるきりない。まるで硫黄の火を吐く魔物だ。さあ出発しよう、アンディアーモ!

しかし、ここだけの話だけれども、僕は、もったいぶったわれら人類よりもここの魔物めらのほうが、本当は好きなような気がしないではない。

なんのために、わざわざこんな目にあうのだろう！　真夜中の一時半に起きて、掛け時計を見に床を出る。そう、もちろん、アメリカ製のわがいんちき腕時計が止まったのだ。蛍光塗料の光る文字盤の厚かましいこと！　一時半！　それも、暗い一月の夜中の一時半だ。ふう！　一時半！　床へもどるが、眠りもとぎれがちとなり、そのうちようやく五時となった。蠟燭に火をともして、床を出た。

陰々とした漆黒の朝、蠟燭の火、夜のとばりをまとった陰気な家。ぜんぶ好きでしているのだからしかたないか。そこで、木炭の火をおこしてやかんをかけた。わが妻、女王《クイーン》・蜂《ビー》は、半端に服をひっかけたまままわりで震えている。手に持った蠟燭が心細げに揺らめいている。「楽しいわね」と言いながら、妻はぶるぶるっと震える。

「最高だ」と答える僕の表情は、死に神のようにけわしい。

まず、魔法瓶を熱い茶で満たす。それから、ベーコン――なんとありがたいことにマルタ島のおいしいイギリス風ベーコンあり――を炒めて、ベーコンサンドをつくる。スクランブルエッグのサンドイッチをつくる。バターをぬったパンも用意する。朝食にすこしパンを焼く、おや、紅茶がもっといるな。しかしうんざりだ、だれが、こんな時間に食欲があるものか、ましてや魔女に魅入られたこのシチリアを逃れでるというときに。

「キチニーノ」とあだ名をつけた袋に荷物を詰めた。メチルアルコール、小さいアルミの深鍋、アルコールランプにスプーン二つにフォーク二つにナイフ、アルミ皿二つ、塩、砂糖、紅茶……それから？　魔法瓶、サンドイッチ各種、リンゴ四個、小さな缶バター、女《クィ》王蜂《ーン・ビー》と共用のものを入れるキチニーノはこれくらいで、あとは僕のナップザックと妻の手提げ。

薄曇りの夜空のひろがるその下で、はるかかなたイオニア海の水平線に、金属が溶けあうように曙光がさしはじめた。よしと、一杯の紅茶とトーストのかけらを飲みこんだ。立つ鳥跡を濁さずだ、急いで食器を洗う。二階のバルコニーの大窓を閉めて、下へおりて、扉の鍵をかける。二階の戸締まり、完了。

牡蠣が口を開けるように空と海とのあわいがひろがってゆき、水平線低く、赤い亀裂をのぞかせる。ベランダから眺めていると身震いがきた。寒さのせいじゃない、朝はすこしも寒くない。光景のおぞましさに震えたのだ。空の暗さ、イオニア海の暗さ、そのはざまに長い赤い裂け目。空と海はおそるべき年古る二枚貝だ。太古の昔よりその唇のあいだに生命をくわえてきた。この家からは、岩棚から恐ろしい谷底を見下ろすように夜明けが見える。僕らは夜明けに晒される。

下のベランダの大窓を閉めるが、一枚、まったく鍵がかからないのがある。熱い夏の陽射しを浴びて一方に曲がり、秋の大雨で、今度は逆方向に反ってしまった。椅子を置いて固定する。戸締まりのあと、鍵をかくす。ナップザックを背負い、キチニーノを手に持って、振りむく。と、紫色に染まってゆく海とけわしい表情の空のあいだを、夜明けの赤がひろがっていった。むこう側のカプチン会修道院に灯がともる。雄鶏のときをつくる声。叫びながらしゃっくりをするような、長い悲しそうなロバのいななき。「雌は皆死んだぞ、雌は皆――オホ！　オホ！　オホ！　フー！　アハー！　……あ、一匹、残っていた」ロバはこのように、慰めの言葉をうめくように吐いて、いななきを締めくくる。アラブ人はロバの鳴き声をそう説明する。

階段をおりてゆくと、大きなキャロブの木があって、その下はとても暗い。庭もまだ暗い。ミモザの香り、それからジャスミンの香り。美しいミモザの木は見えず。石だらけの歩道も暗い。小屋から山羊の鳴き声。庭の小道の真上に朽ちたローマ時代の墓が倒れかかっている。その巨大な傾きの下をそろりと通るも石は落下せず。ああ、暗い庭よ、暗い庭よ――お前はオリーヴの実をはぐくみ、果実酒を産する。桑、西洋カリン、そしてたくさんのアーモンドの木が、そこに根を下ろす。はるか下に海を見る急な階段状の土地もお前のものだ――そういうお前を残して、俺はこっそりと出てゆこう。ローズマリーの生け垣

のあいだを抜けて、高い門を過ぎると、ひどく険しい石だらけの道に出る。大きな黒々としたユーカリの木の下を通り、小川を渡り、村をめざして坂を上る。よし、ここまで来た。

空もすっかり明るんだ。しかしまだ暁のうち、本当の朝じゃない。日も昇っていないようだ。赤い光のなか、村はあらかた闇に閉ざされたまま眠っている。カプチン会修道院門わきの泉にも人はいない。まだ暗すぎるのだ。男が馬を引いてコルヴァイア邸の角をまわってゆく。大通りにそって、黒い人影が一人、二人。こうして丘の頂きを越えて、両側に家の並ぶなか丸石を敷いた急な坂道を下ると、裸で海と胸突きあわす丘の前面にたどりつく。ここがシチリアの、いや、ヨーロッパの、夜明けの岸辺。巨大な崖のように切りたっていちはやく夜明けを迎える岸辺だ。朝焼けの空、からみあいながら凝固してゆく黒い雲、金色の雲。七時ごろだろう。駅は下方、海辺にある。列車の音。うむ、汽車だ。僕らはまだ高いところにいて、険しいつづら折りの小道をおりてゆく。いま聞こえたのはメッシーナ発カターニア行の汽車、僕らの乗るカターニア発メッシーナ行より半時間ほど早い。

揺られておりる。揺られながら、崖の斜面の古いつづら折りをおりてゆく。むこうに見えるエトナ山は、真っ黒な雲の濃密なかたまりに、ずっと低く、ずっと低いところまで、すっぽりと覆われている。ひそかに黒魔術にふけっているのだ、間違いはない。暁の空は怒ったような赤で、上のほうは黄色、海がふしぎな色を帯びてきた。僕の大嫌いな駅が、とても小さく、下に、海のそばにのびている。この急斜面のとくに風のない片隅で、アーモンドがもう花を咲かせていた。小さく、綿の玉のように、点のように、星のように見える花々。まるで冬がちりばめた雪の小片だ。雪の小片、花びらの小片、一九二一年一月四日。ただ花だけが見える。そしてエトナは、濃密な黒雲の異様な外套をまとって、秘密めいた様子。すっぽりと、低く低くふもとまで、雲に身をつつんでいる。

やっと下に着いたぞ。採石場を通りすぎる。石灰を焼く灼熱の円い採石場だ。そして公道に出る。いや、イタリアの公道ほど憂鬱なものはない。シラクーザからアイローロまで、どこに行っても、村、集落に近づくやいなや、なんともひどい荒れた不潔な道になる。ここではレモンジュースの鼻をつくにおいがする。クエン酸製造工場がある。丘の石灰岩の大斜面のふもと、道に面した家々の住民は、ぼろ戸を開けて、汚水やコーヒー滓をぶちまける。僕らは汚水とコーヒー滓の上を歩くことになる。ラバが荷車をひいてがたがたと通る。駅へ向かう人たち。僕らも税関を通って、駅に着いた。

人類は外から見ると本当によく似ている。内面は越えがたい相違がある。腰を下ろしてそう思った。僕と、裸の海と、雲の出てきた不安な夜明けのあいだの、諷刺画の行列のよ

うな群衆を見ながら、そう思った。

こういう朝に、小説に出てくる浅黒い猫のような南国人をさがしても、無駄である。顔立ちだけでいうなら、ロンドン北部郊外の駅で列車を待つ早朝の群衆といってもいいくらいだ。顔立ちだけならば。色の白いやつ、血の気のないやつはいても、民族の典型みたいなのは一人もいない。民族諷刺画にそっくりな唯一の例は背の高い太った初老の男。眼鏡をかけ、短い鼻にもじゃもじゃの口髭をたくわえている。二十年前の漫画のドイツ人そのものである。だが、彼は純粋なシチリア人だ。

乗客のほとんどは、上り列車でメッシーナの職場へ行く若い連中で、労働者というより下層中流階級の人たち。うわべはどこにでもいる事務員や売り子にそっくりだけれども、やはりもっとみすぼらしくて、人に対するときの自意識がはるかに少ない。元気がよくて、たがいの首に腕を巻きつけてキスをせんばかりだ。男が一人、かわいそうに耳を患って、黒いネッカチーフを顔に巻いてしばっている。その上に黒い帽子をちょこんとのせている。吹きだしそうな恰好である。だが、だれもそう思わないらしい。それなのに、ナップザックを背負って駅に着いた僕のことは、つめたい非難の目つきで眺める。みっともない、豚にまたがって来たようなものだと、そう思っている。馬車に乗って、ナップザックの代わりに新品の旅行かばんを持ってこいと言いたいのだろう。わかっている――でも迎合はしない。

彼らはそういった連中だ。各人が、自分はアドニスくらい男前で、ドン・ファンくらい「魅力的」と思っている。べらぼうな話ではないか！　だが同時に彼らは、「人は皆、草のごとし」ということも知っている。ズボンのボタンがちょっと取れていたり、黒い帽子が、厚い黒のネッカチーフと泣きそうなやつれた顔の上にのっていても、それはじつに自然な現象と考える。彼らは、黒い縁取りの男の腕をつかんで満腔の同情をよせて、「痛みます？　痛いのですか？」と聞いている。

これもまた、彼らの性格の一つだ。ひどく身体をくっつけて折りかさなる。身体の上に身体を投げだして、パースニップの上でつぎつぎと溶けてゆくバターのよう。たがいの顎の下をつかんでやさしく撫でる。あたたかく、とろけるようにやさしく、顔をのぞきこんでは微笑みを交わす。駅のホームで行きあうシチリア人ほど、とろけそうな陽気なやさしさをそそぎあう人種も他にない。若い頬のこけたシチリア人でも、巨大に太ったシチリア人でも、この点に変わりはない。

火山が近いと、おもしろいことがおきるようだ。ナポリでもカターニアでも、住民は巨大に肥満して、大きなマカロニ腹を突きだして、性格も開放的で、だれにでもやさしい愛情をたっぷりとそそぐ。だがシチリア人は、それに輪をかけて、ナポリ人以上に奔放な活力をみなぎらせ、肥え太ってひしめきあう。そのほとんど見境のないなまめかしい親切は、やむことを知らず、容赦なく身体を近づけてくる。火山の近くで育たなかった者にとって、これほどあふれかえる感じはない。それでもかたまって群れをなして、できるかぎり体をくっつけあっている。

これは労働者よりも中流階級によく当てはまる。労働者はやはりもっとやせていて、そ

たまったものではない。

メッシーナまではわずか三十マイル――だが二時間かけて行く。汽車は朝の薄紫がかった灰色の海のわきを、のたくり、スピードを上げてはまた立ちどまる。浜辺では山羊の群れが、まとまりなく波打ち際にひろがって憂鬱そうにしている。石だらけの川床が広大な砂漠となって海へ流入し、ロバに乗った男が足元に注意しながらわたってゆく。川床をほそぼそと流れる小川で、女たちが膝をついて服を洗っている。うっそうとしたレモンの木の森には、淡い色の果実がびっしりとなっている。どうもイタリア人同様、レモンの木も四方たがいに触れあっているときがいちばん幸せらしい。それほど高くはないレモンの木深い森は、切りたった山々と海にはさまれた細長い平地にひろがっている。果樹園の下陰に、レモンを摘む女たちの姿がおぼろに見える。海の下にでも潜んでいる感じがする。木々の下のほうにたくさんの薄黄色のレモンがなっていて、さくら草の淡い黄色にくすぶる炎のよう。葉陰にびっしりと実ったレモンがこれほど炎に似ているのはおもしろい。なめらかな裸の緑がかった幹のあいだから、白っぽい炎を放射している。オレンジの木立ち

の場合、その果実はレモンよりも色の濃い葉に囲まれて、燃えた石炭のように赤い。しかしレモンは、この数かぎりないレモンこそは、緑の葉の大空にちりばめられた無数の小さな星だ。なんとたくさんのレモンだろう。これが皆レモネードになってしまう！　つぎの夏には、アメリカ人がぜんぶ飲んでしまう！

いったいどうして、色あせた丸石のころがるこれほど巨大な幅広い川床が、海から数マイルしかない高く聳える険阻な岩山の奥から生まれでたのか、いつもふしぎに思っていた。わずか数マイルの長さで、糸をひくように何本かの小川がちょろちょろ流れるだけなのに、川床は、ライン川にも充分なほどの広さがある。とにかくそうなっている。風景は老いていて、古典的かつロマン的。遠い昔の日々を、荒ぶれていた川を、豊かだった緑をその目で見てきたかのようだ。険しく、荒く、ごつごつと、陸地が頂きまで登りつめて、絶壁を形成し、峰々がからみあう。ぎっしりとたがいに折りかさなる。年老いた風景では、老人同様、肉がそげて、骨が突きでてくる。屹立する異形の岩山。古いシチリアの、ひしめく山の頂き。

空は一面灰色。海峡も灰色だ。ちょうど海のむこう側、イタリアの爪先カラーブリア州のそのまた爪先、黒々と大きなその爪先のもとに、レッジョの町が白く見える。アスプロ

モンテ山には灰色の雲がかかっている。雨になる。それはそれはすばらしい凜とした青空のつづいたあとで、雨になるのだ。ついてない！

アスプロモンテ！　ガリバルディ！　アスプロモンテを見ると、僕はいつも顔をおおいたくなってしまう。ガリバルディには、もっと誇り高くあってほしかった。なぜ、彼は、イタリア王ヴィットーリオ・エマヌエーレがその小さく短い足を動かして現場に着いたとき、種もみ袋ときついお仕置をみやげ代わりに、おずおずと立ちさったのだろう。かわいそうなガリバルディ！　自由シチリアの英雄、独裁者になりたかったのに。なるほど、おずおずとした独裁者というのは無理な話だ。英雄であり、そして、誇り高くなければ彼は英雄だった。だが矜持に欠けていた。それに今日の民衆は、統治者に誇り高い英雄を選ばない。それだけは御免と考える。立憲君主という、自分の立場をわきまえた有給の僕《しもべ》のほうを好む。それが民主政治というものだ。民主政治はおのれの僕《しもべ》以外の何者もあがめない。ガリバルディでさえ、本当の僕《しもべ》には仕込めない。できるのは、ヴィットリーオ・エマヌエーレ王ぐらいのものだ。だからイタリアはヴィットーリオ・エマヌエーレを選び、ガリバルディはいやしいロバさながら、麦袋と尻への鞭一発をみやげ代わりに立ちさった（イタリア統一に大きな功績のあったガリバルディも統一後の政府の政策には批判的で、一八六二年八月には独自に自軍をローマに進めたが、アスプロモンテで政府軍の攻撃を受け、負傷。捕虜の身となったが、その後ただちに釈放された。ヴィットーリオ・エマヌエーレ王とは、統一イタリアの初代国王ヴィットーリオ・エマヌエーレ二世のこと）。

雨が降っている。陰々と、陰々と降っている。メッシーナに近づく。ああ、なんともひどいメッシーナよ。地震に粉砕された町は、巨大な鉱夫居住区のような姿に若返りつつある。通りという通りには、コンクリートの陋屋が何マイルもつづく。きたないすさんだ町。線路の真うしろの大通りには、まだ店々のまわりに空き地や壊れた家がある。美しい入江に浮かぶ、暗く、きたない、地震に希望を失った港。人びとは忘れず、立ちなおることもない。いまでもメッシーナの人びとは、二十年近く前の、地震直後の彼らと変わらないようだ。大変な衝撃を受けて、文明やら目的やら、あらゆる現世の制度、慣行が、彼らにとって無にひとしいものとなった。あの身の毛もよだつ地震ですべての意味ががらがらと崩壊して、金銭とある種の感覚の苦悶だけが残った。エトナとストロンボリという二つの火山にはさまれたメッシーナは、死の苦悶の恐怖をすでに知っている。このおそるべき土地に近づくのは、いつでもとても怖い。だが人びとは親切だ。それがひどく必要とされるのを知っているかのように、ほとんど熱狂的に親切。

雨、ひどい降りだ。雨のホームに這いおりて、濡れた線路を歩いてわたって、屋根のあるところへ行く。濡れた線路を急ぎ足でわたり、濡れた列車のあいだをぬけて、たくさんの人がむこう側の醜悪な町なかへ出ていく。さいわい町なかへ行く用事はない。二人の囚

人が、一つに繋がれて、人ごみのなかにいる——兵士が二人。囚人は、茶の縞が不規則に入った淡い黄土色の、百姓が織るような布地の手作りの服を着ている。手織りのけっこう立派な粗目のラシャだ。ああ、だが、一つに繋がれている！　そして、あのひどい縁なし帽を毛のない頭にのせている。一本もない。おそらく、リーパリ諸島の囚人施設へ行くのだろう。人びとは振りかえりもしない。

だが、囚人とは恐ろしい忌むべき連中である。少なくとも年取ったほうは、長く醜い馬面の、ひげをきれいに剃った恐ろしげな顔つきで、感情の動きがまったくない。あったとしても、われわれには理解できない感情である。何かつめたい盲いた感じ、醜悪な人相。頼まれても、あいつに触るのだけは御免こうむる。もう一人の囚人は、それほどよくわからない。もっと若くて、眉毛が黒い。だが、丸みのあるおだやかそうな顔つきで、ちょっといやな目つきをする。悪とは恐ろしいものだ。かつては絶対の悪などないと思っていた。いまでは、たくさんあることがわかる。じつに多く、生命を正面から脅かすくらいある。犯罪者のあの身の毛もよだつ非情、彼らはもはや他人の感情がわからないのだ。それでも、ある恐ろしい力が、彼らを駆りたてるのだ。

死刑を廃止するのは大きな誤りだ。僕が独裁者なら、年寄りのほうには即刻絞首刑の命令を下す。つめたい知性ではなく、感受性に富んだ生きた心をもった裁判官を選ぶ。そして、心が直観的に、こいつは悪いと認めれば、その男を死刑に処する。ただちに。あたたかい、善い生が、危険にさらされているのだから。

暗く鬱々とした穴ぐらのようなメッシーナ駅に立って、冬の雨を眺め、二人の囚人を見ていると、また、どうしても、レディング駅ホームに立つ囚人オスカー・ワイルドの姿が思いだされた（ワイルドが同性愛の咎で収監されたのがレディング刑務所）。むざむざと俗衆の手にかかって殉死する、なんとひどく間違ったことか。おのれの言い分は言うべきだ。しかし、「ノリ・メ・タンゲレ」――我が身に触れることは禁ずる。

ここの連中はおもしろい。職員二人、行ったり来たり、行ったり来たり。金モール黒帽子の若者が、金モール紫帽子の年長者に話しかけている。若いほうは、変に小さくぴょんぴょん跳ねて歩く。そして指を、飛ぶように、空の四方にばらまこうとするように動かす。言葉がシチリア的速度に輪をかけて、花火のように飛びだしてくる。飽きもせず、行ったり来たり、行ったり来たり。瞳は黒く、脱兎の目に似て、興奮して、物も見えない。われを忘れた変な生き物、それが人類。

なんとおおぜいの職員だろう！　帽子でそれとわかる。山羊革とエナメルの長靴をはいて、金モールのついた帽子をかぶった、上品でずんぐり小さい職員たち。おなじく金モール帽の、背と鼻の高い職員たち。天国の門を出入りする天使さながらに、縫うようにいろいろな扉を出たり入ったりしている。僕の見ただけでも、紫の駅長が三人と、黒と金の副駅長が五人と、多少いたんだ長靴と職員帽の数えきれないほどの権天使、能天使たち。彼らは巣のまわりの蜜蜂のように、大切な「おしゃべり《コンヴェルサツィオーネ》」にぶんぶんうなっている。ときどきは書類を見て、仕事の蜜をちょっと吸いあげる。だが、「コンヴェルサツィオーネ」こそ仕事のなかの仕事だ。イタリア人の職員にとって、人生は長くつづくにぎやかなおしゃべりで、それがたまに、列車や電話に邪魔されることもあるといったところらしい。天国の門の天使たちのかたわらには、ひらの召使、ポーター、ランプ拭き等がいる。立ち話に集まって、社会主義を論じている。ランプ係が二つのランプを振りまわしながら風を切って進んでゆく。一つを手押し車にぶち当てた。ガチャン、ああガラスが飛んだ。見おろして、何のこったいと言わんばかり。上司の天使が見ていないかと、肩越しに振りかえる。七人の上司の天使たちは、熱心に、見ていない。ランプの下僕は陽気に進む。また、一枚、二枚、ガラスが飛ぶ。勝手にしやがれ！

乗客がまた集まってきた。フードをつけた人、つけない人。薄いくたびれた服の若者たちが、外の土砂降りのなかを雨など知らぬげに立っている。びしょ濡れの上着の肩が見える。それでも、わざわざ雨宿りなどはしない。駅の二匹の大きな犬が走りまわって、止まっている列車のなかを速足で抜けてゆく。職員にそっくりだ。気ままにひょいと踏み段を上って列車に飛びのり、また飛びおりる。港のポーターが二、三人、文字どおり傘ほど大きいカンバス地の帽子を、肩の上に巨大なひれのようにひろげて、無人の列車をのぞいている。人が増えてきた。まわりに立つ職員帽も増える。降りしきる雨。港から来るパレルモ行き列車、シラクーザ行き列車は、ともにもう一時間の遅れ。たいしたことじゃない。これらには、ローマからの大切な接続があるけど。

切りはなされた機関車が、ぼんやりと行ったり来たり、走っては引きかえす黒犬のよう。港は歩いてたった四分のところだ。こんなにはげしい雨でなければ、下に降り、線路ぞいを歩いて、あちらで待機中の列車に乗るのだが。好きなようにしてよいのだから。むこうに大きく不恰好なフェリー船の煙突が見える。いま、ゆっくりと入港するところ。やっと本土からの連絡船が来たのである。しかし、ここに立っていると寒い。あきらめの境地でキチニーノからバター付きパンを出し、すこし食べる。結局のところ、一時間半ぐらいなんであろう。この前、僕らがローマから来たときのように、五時間おくれてもふしぎはないのだ。あのときシラクーザまで予約していた寝台車は、メッシーナ駅で静かに取りのこされて、それ以上進むことはなかった。全員おりて、きたならしいメッシーナの町に一夜の宿を見つけてください。シラクーザ行こうが行くまいが、マルタの船がなかろうが、俺たちイタリア国鉄だ、てな感じ。

まあまあ、ぶつぶつ言わずに。「俺たちイタリア人は、とてもいいやつ《イノ・イタリアーニ・シアモ・コシ・ブォーニ》」自分で言うのだから信じなさい、とそんな具合。

来た来た！　ああやっと来た来た！　半マイルの徐行ののち、二本の急行列車が、堂々と打ちよせて来た。群衆は喜びに沸きかえった。今度だけはすいている。もっとも、客車の床は水びたしで、屋根は雨が漏る。これが二等だ。

―――

ゆっくりと、二台の機関車で、うなり声を上げながら、息を切らせながら、身をよじらせながら、メッシーナを北部沿岸とへだてている難所の峠を越える。窓は蒸気と雨滴でくもっている。いやかまわないさ、魔法瓶の紅茶を飲もうと思った。乗客二人が目を皿にして、不安げにこの見慣れぬ物体を見つめていた。

「ほほう！」熱い紅茶が出てくるのを見ると、喜色満面、男が言う。

「外見は爆弾ですな」

「すばらしく熱いわ！」すっかり感心した女が言う。不安はことごとく、あっという間に消えさって、薄霧におおわれた雨の客室に平安がひろがった。何マイルもトンネルのなかを走る。イタリア人はすばらしい道と鉄道をつくった。

―――

窓を拭くと、外に見えるのは、たくさんの白く濡れた実をつけたレモンの木立ち、地震でいたんだ家屋、新しい陋屋、右手に灰色の疲れた海、左手には灰色にかすむ険しい峰々のからみあい――石だらけの異様に広い川床の源がそこにある――そしてときおり、道、ラバにまたがった男。ときおりすぐ近くに、毛の長い憂鬱そうな山羊が、壁のはげた家の軒下でかしいだ船のように横に傾いているのが見える。人びとは軒下のことを犬の傘とよぶ。町なかでは、犬が濡れないように壁に身をよせて走る光景が見られるのだ。ここでは山羊が、身体を漆喰の壁のほうに傾けて、岩のようにかしいでいる。なぜ、外を見るのだろう。

シチリアの鉄道はすべて単線だ。だから「待ちあわせ《コインチデンツァ》」がある。「待ちあわせ」は、二本の列車がループ線で出会っておこなわれる。雨のなかをすわって待つ。すると、貨車を四台つけたあわれげな機関車があえぎながら横に来る。ほら、「待ちあわせ」がはじまる。急行《ディレット》と貨物《メルチエ》、この二本の列車の短い会話が終わって、ブリキの警笛が鳴ると、僕らは喜々として、つぎの待ちあわせめざし、出発する。前方離れたところでは職員が、案内板に僕らの遅延時間をチョークでうれしそうに記している――わが心よ、何ごとも旅に冒険の風味を添えるものだよ、と自分に言いきかせる。駅に着くとべつの「ディレット」、反対方向からの急行がいた。待ちあわせでわれわれの到着を待っていたのだ。二本の列車が相並んで横たわるさまは、道で出会ってたがいに嗅ぎあう犬のようだ。職員はみんな、危機をくぐりぬけて再会するダビデとヨナタンみたいに駆けだしていって、他のみんなと挨

拶を交わす。たがいの腕のなかに飛びこんで煙草を交換する。汽車たちはたがいの別れに耐えきれず、駅のほうもわれわれとの別れが忍びがたい。職員は、「プロント」——準備完了——という言葉で、みずからを、そして僕らを悩ます。プロント！　もう一度、プロント！　そして耳をつんざく汽笛。ほかの土地なら、列車はもがき苦しみ、脳みそも飛びだすところだ。いや、だめだめ！　ここでは、あの天使のラッパ、公式の小さな警笛だけが、その役目を果たすのである。君にできるなら、やつらにあの警笛を鳴らさせてくれ。彼らは別れが忍びがたいのだ。

雨、降りつづく雨、平らな灰色の雨空、平らな灰色の雨の海、雨にけぶる列車は、小さな入江ぞいをくねくねと進んで、トンネルのなかを潜ってゆく。リーパリ諸島のいやらしい影が、ぼうっと、すこし離れた海上に浮かんでいる。一面の灰色のなかに、たまったごみの山のような影のかたまり。

さらに客が乗ってきた。とびぬけて端正な顔立ちのけたはずれに大きな女。かなり若いけたはずれに大きな男。豆つぶぐらい小さな女中で、年は十三ぐらいの小娘——美しい顔立ちだ。だがなんといっても、息を呑んだのは最初の「ジューノー」夫人である。けっこう若くまだ三十代だ。端麗なヘーラー（ジューノーのギリシャ名）のあの女王然とした愚かな美しさがそ

なわっている。晴れやかな額、水平にのびる黒い眉、大きく、黒く、誇らしげな目、まっすぐな鼻筋、くっきりとした口元、かすかな自意識の影。彼女は、僕らの心を、異教時代へとただちに連れもどしてくれる。それに――それに――とにかく、でかい。一軒の家ぐらい大きい。翼の突きでた黒く小さなつばなし帽をかぶって、肩には黒うさぎの毛皮をかけている。ゆっくりと、慎重に、入ってくる。そして席につくやいなや、二度と立ちそうにない様子を見せる。じっとすわって、このタイプ独特の不動感を漂わせる。口を閉じ、静かに抑えた無表情な顔つき。彼女は、僕が、自分を賛嘆するものと思っている。顔にそう書いてある。僕が、自分の美しさに、ただそれのみに、敬意を表するはずだと思っている。敬意は自分自身にではなく、自分の美貌にはらわれるはずだと。ちらちらと上目づかいに、よそよそしい視線を僕に投げかけてくる。

　あきらかに田舎の美女がブルジョワに成りあがったのである。彼女はもう一人のやぶにらみの乗客に、いやそうに話しかける。この相手もまた、黒うさぎの毛皮をまとった若い女性だが、こちらはお高くとまったところがない。

　ジューノーの夫はさわやかな顔つきの若いブルジョワの男で、彼もまた、ただただでかい。そのベストで、四番目の乗客、無精ひげをのばした、やぶにらみの若い女の連れの男のオーバーがつくれそうだ。若いジュピター（ジューノーの夫）氏は子山羊革の手袋をしている。ここではちょっとしたものだ。彼もえらぶっているのである。しかし無精ひげの男に対して大変愛想よく、気取らずイタリア語を話している。一方のジューノーは、気取った口調で方言を話す。

だれも、小さな女中には気をとめない。おだやかな、処女のまん丸な顔をした彼女は、シチリア人のもつ、あの愛らしい灰色の瞳をしている。半透明の瞳で、そこに光がしずむと、黒くなったり濃い青になったりする。巨大なジューノーのバッグと予備のコートを持って、僕と無精ひげのあいだにごく浅く腰かける。ジューノーが女王然とうなずいて、そこへ行くよう指示したのである。

小さな女中は多少びくびくした感じがする。孤児かもしれない……たぶんそうだろう。はしばみ色の髪はきれいに分けられて、おさげが二つできている。分相応に帽子はかぶっていない。肩にはいかにも孤児を連想させる灰色の小さい編んだ肩マントをかけている。ラシャの服は濃灰色で、ブーツは頑丈なつくり。

なめらかな、月に似た、表情のない処女の顔だ。いくぶん青白く、いじましい、恐れをいだいた小娘の顔である。中世絵画から抜けでたような完璧な顔。この顔が、人をふしぎに感動させる。どうしてだろう？　僕らがとても意識的であるとおなじくらい、自意識をまったくもたないからだ。小さなもの言わぬ動物のように、苦しみに耐えてすわっている。吐きそうなのだ。通路に出て、吐いた。病気の犬のように窓枠に頭をもたせて、はげしく嘔吐する。その上にジュピター君が聳えたつ。不親切なのではない。嫌悪感もいだいていないようだ。娘の身体の痙攣は、僕らを動揺させたようには彼を動揺させない。冷静に見守って、列車に乗る前に食べすぎたのだと言ってみるだけだ。あきらかにそのとおり。それからこちらに来て、あたりさわりのないことを僕に二言三言話す。まもなく小娘がのろのろともどってきて、ジューノーの向かいの席に浅くすわった。だめよ、と言うジューノー。あなたが吐いたら、この方が頭から浴びるわ。そこでやさしいジュピター君が、小娘と場所を代わる。こうして彼女は僕のとなりになった。小さな赤い手を組んで、へりに浅くすわる。顔が青白く、表情がない。はしばみ色の眉の細いラインが美しい。静かで透きとおった黒い目の、黒い睫毛が美しい。

だがジューノーは、雨に汚れたブーツを拭くよう命じる。娘は紙をさがす。ポケットのハンカチを使えと言う。気分の悪い小娘は力なくブーツを拭く。と、身体をうしろにそらした。だめだ。通路へ行って、また吐いた。

すこしたって、彼らは皆、おりていった。これほど自然な人間を見ると変な気がする。ジューノーもジュピターも不親切というわけではぜんぜんない。ジュピターはやさしげでさえある。だが、とにかく、うろたえない。僕らは、女王蜂《クイーン・ビー》が紅茶を飲ませようと考えたりするが、彼らはその半分も慌てない。僕らなら、小娘の頭を抱いてやったろう。彼らは、さも当たり前のように、それが痙攣するに任せるだけで、悩んだり嫌がったりすることはない。現実は現実、ただそれだけのこと。

彼らの自然さは、われわれの目には不自然にうつる。だがたしかに、それがいちばんよいのだ。同情は事を複雑にするだけだ。そして、ふしぎに微かな、あの純粋さを壊してしまう。女王蜂《クィーン・ビー》は、おおかた愚かなだけよ、とのたまう。

駅に長いこと止まっているのに、通路のすみを洗いながすものはだれもいない。まだ二時間もかかるのに。列車の職員がわきを通り、見つめる。乗客がまたいで、見つめる。乗ってきた客が見つめ、そしてまたいでゆく。「だれ？」と聞く者がいる。だれも、バケツで水をかけようとさえ思わない。なぜ僕が？　ごく自然な現象じゃないか。――南部では、この「自然」なるものに対し、すこし用心するようになってくる。

新たに二人の乗客が入ってきた。瞳の黒い、顔の丸い、明るく鋭そうな男は、銃を持ち、コーデュロイのズボンをはいている。顔の長い、血色のよい、豊かな白髪の男は、新しい帽子をかぶり、なめらかな黒い生地の長いオーバーを着こんでいる。オーバーには、いささか古びているが、かつては値打ち物だった毛皮の裏がついている。彼はこの長く黒いコートと時代物の毛皮の裏が、大変ご自慢だ。子供のように得意げに何度も膝をコートで巻いて、ご満悦の様子。銃を持ったほうの男の小さく黒く輝く目は、うれしそうに素早くあたりを見まわし、ノルマン人の末裔のようなオーバーの男と向かいあって腰を下ろす。コーデュロイの狩人氏、丸い赤ら顔に小さく黒い目を輝かせて、好奇心いっぱいの微笑みを振りまいている。もう一方の男は、脚のあいだに裏が毛皮のコートを押しこんで、一人、悦に入っている。自分だけで悦に入って、耳が聞こえないように見える。しかしちがう。そういうわけではない。彼は泥のついた足首までのブーツをはいている。

テルミニ駅では、すでにランプがともっていた。商人たちがどっと乗りこむ。僕らの客室には五人。皆、恰幅のよい、立派な地位のパレルモ人だ。僕の向かいの男は、頬ひげをたくわえ、太った膝の上にいろどり鮮やかなパッチワークの旅行用膝掛けをひろげている。彼らが醸しだすあの肉体の親密感は奇妙である。ここでブーツを脱いでカラーとタイをはずしはじめたとしてもふしぎはない。彼らには世界全体が一種の寝室だ——僕らは逃げるに逃げられない。

小さな黒目を輝かせた狩人氏と商人たちとのあいだで会話がはじまった。若い、白髪の貴族も、どもりながら長いことかけて、数語発しようとする。察するところ、若い貴族はおかしい、というか精神異常で、もう一方の狩人氏はその付き添い役。二人いっしょにヨーロッパを旅している。「伯爵」の話がでる。狩人氏が、この不運なお方は「事故にあわれたのだ」と言う。だが、おそらくこれは、南欧人の思いやりある言いまわしの一つだろう。とにかく奇妙である。僕には、血色のよい丸顔で黒く光る変な目をした、薄い黒髪のコーデュロイの狩人氏が、謎である。長い顔、長いコートの、血色のよい白子《アルビノ》、この奇妙な豪族の末裔以上に謎である。二人とも、土の上を歩いて泥だらけで、ちょっと奇矯に喜んでいる。

さて、六時半。シチリアの首都パレルモに到着。狩人氏は鉄砲を、僕はナップザックを肩に背負い、皆、群衆にまぎれて、マクエーダ通りへと消えてゆく。

パレルモには二つ、大きな通りがある。マクエーダ通りと表通り《コルソ》がそれで、たがいに直角に交わっている。マクエーダ通りは小さな歩道のあるせまい通りで、いつも馬車や歩行者でいっぱいだ。

雨は上がった。だが、せまい道は大きな凸面の堅い石で舗装されていて、その滑りやすいこと、言語に絶する。であるから、マクエーダ通り横断は一大偉業なり。ただ、一度わたってしまえば、それで終わり。通りの近いほうの端は、かなり暗く、ほとんどが八百屋だ。野菜であふれかえっている――セロリに似た白と緑のウイキョウの山、蕾のこうべを垂らした紫がかった砂塵のように赤い新アーティチョークの太束、緋色と青紫の大きなラディッシュの山、人参、長い紐にむすんだ干しイチジク、山盛りの大きなオレンジ、緋色の大きなペッパー、カボチャの最後の一切れ、生気あふれる、色とりどりの野菜の大集団だ。黒人の頭のような黒紫のカリフラワーの山、そのとなりに雪のように白いカリフラワーの山。暗く滑りやすい夜に支配された通りが、野菜のためになんと光りかがやくことか！　いきいきとして繊細な、これらあらゆる野菜の輝く肉体が、宙に積みあげられ、窓のない小さな穴蔵のような店の奥に積まれて、ランプの下、暗い大気へと、光を投げかける。たちまち女王蜂《クィーン・ビー》は野菜を買いたくなった。「見て！　見て！　雪のように白いブロッコリよ。特大のイタリアウイキョウよ。買いましょうよ。ぜったいにほしいわ。あのナツメヤシの大きなかたまりを見て。一キロ十フランよ。わたしたち、十六フランも払っているのに。ひどい話。わたしたちのところは本当にひどい」

それでもサルデーニャに持ってゆく野菜を買うことはない。

あのはなやかな大渦巻、四つ辻クワットロ・カンティの死の落とし穴で、表通りをわたった。もちろん、はね飛ばされて死ぬところだった。二分ごとにだれかがはねられ死にそうになる。しかし、まあ、馬車は軽馬車だし、馬はふしぎな注意力を備えた動物なので、人を踏むことはけっしてない。

マクエーダ通りのつぎの区域はお洒落な店がならぶ。絹製品や羽根飾り、数かぎりないシャツ、ネクタイ、カフスボタン、マフラー、男の流行ものを売っている。ここでは、男の衣類、服地、下着類が、婦人物以上とは言わないまでも、それとまったくおなじくらい大切なことがわかる。

もちろん僕はかんかんになった。女王蜂《クィーン・ビー》は目にとまるあらゆる布切れに興味を示して、この地獄のような暗い川、マクエーダ通りを何度も横断する。前に言ったとおり、この通りは歩行者と馬車で窒息しそうにごったがえしている。しかも僕が茶色のナップザックを背負い、女王蜂《クィーン・ビー》がキチニーノを手に持っていることをお忘れなく。これだけでも僕たちは、移動動物園といったいでたちになる。かりに、僕のシャツのうしろが飛びでていて、女王蜂《クィーン・ビー》が、出がけにたまたまテーブルクロスを取りあげそれを身体に巻いただけという恰好だったとしても、それはそれでいっこうにかまわない。だが、大きな茶色のナップザックとなると！　そして、魔法瓶などを入れた籠となると！　だめだだめだ、南国の首都では、そのようなものが通りすぎるとはだれも思ってもみない。

だが、僕は心を石にした。それに店にはうんざりである。三カ月間、町にご無沙汰していたのは事実だけれど、服地屋の数えきれない「ファンタジーア」をこの俺が好きになれるか？　イタリア語では、えらくシックなつもりのがらくた品はどれもファンタジーアとよばれる。この言葉には食傷気味だ、ああ気がふさぐ。

とつぜん、嵐のように僕の前を飛びだしてゆく女王蜂《クィーン・ビー》に気づいた。とつぜん、すぐ前のくすくす笑うおてんば娘三人に襲いかかってゆく彼女の姿が目にとまる。相手はお決まりの黒いベルベットの房つきベレー帽にお決まりの白く縮れたマフラー、よくいる下層階級のはねっかえりどもだ。「何か用？　言いたいことがあるの？　おかしなことがあるの？　まあ！　笑わずにいられないってこと？　まあ、笑うのね！　まあ！　なぜ？　なぜ？　なぜかって聞くの？　聞こえないわけないでしょ！　おお、あなたエイゴシャビルネ！　エイゴシャビルネ！　そう、そのせいよ！　だからよ！　だからなのよ！」

　忍び笑いの若いおてんば娘は、よせばいいのに抵抗を試みて、なぜと問いただしたあとで、たがいの背後に隠れようというのか、ひとかたまりに縮みあがった。マダムが理由を告げたのだ。三人は、マクエーダ通りのど真ん中で、予期せぬ女王蜂《クィーン・ビー》の鉄槌のようなイタリア語と鉄槌どころではない報復攻撃を浴びて、きまり悪げに一つに縮こまってしまった。たがいに回りこみ、迫りくる女王蜂《クィーン・ビー》を逃れて、たがいの背後に行こうとする。この旋回運動は停止にひとしいと見てとった僕は、男として何かひとこと言わなければならないだろうと思った。「ひどい行儀だな、パレルモは」と言い、最後に、追っぱらう調子で、「無礼者め」と吐きすててみた。

　これが効いた。三人は流れを下るように遠ざかってゆく。まだひとかたまりに縮みあがっていて、帆をしぼる舟のようだ。僕らが来るかどうかちらりと確かめる。はいはい、かわいこちゃん、行きますよ。

「どうして気にするんだ？」と女王蜂《クィーン・ビー》に言う。妻、激怒のあまり、仁王立ち。

「あの連中、この通りをずっとついてきたのよ。『軍人の背嚢さん』だの、『あいつら英語しゃべる』だの、『あなたエイゴシャビルネ』だのさんざん言って、人を愚弄して無礼だわ。でも、イギリス人はばかね。イタリア人のこういう無礼にいつもがまんしているんだもの」

そうかもしれない。――だが、このナップザック！　青銅のわめき声をあげる鵞鳥がぎっしり詰まっているみたいで、最大限に目立っている！

さりながら、さはさりながら、七時となって、店が閉まりはじめた。店を見てまわるのは終わりだ。一軒だけ、すてきなところがあった。生ハム、ボイルドハム、アスピック（肉汁ゼリー）につけた鶏肉、鳥のクリーム煮のパイ、甘い凝乳、コテージチーズ、田舎風チーズケーキ、スモークソーセージ、美しい新鮮なモルタデッラソーセージ、巨大な地中海産レッドロブスター、そのはさみをとったもの。「すごい！　すごい！」僕らは立ちつくし、大声でさけぶ。

だが、この店も閉めるところだ。人にパンテクニコ・ホテルの場所を聞く。あの親切な、奇妙なくらいやさしい南国的応対で、僕の手を取るようにしてその場所を示してくれた。自分が無力で頼りないあわれな木の葉のような心地がした。外人だからね。かわいそうに、すこしおつむが足りないのよ、と。手をにぎって、道を教えてあげなさい、と。（つぎにつづく部分に欠落があると思われる。初版から同様で、その原因は不明）

青いカーテンの掛かった、この若いアメリカ女性の部屋に腰を落ちつけて、真夜中まで紅茶で話しこんだ。単純なアメリカ人たち、彼らは皆、問題が核心に迫るやいなや、われわれよりもはるかに老練に、明敏になる。皆、世界が終末を迎えるかのように感じている

みたい。このつめたい世間で、じつに惜しげなく親切を振りまいてゆく。

2 海

老いた恰幅のいいポーターがノックする。ああ、今日も暗い。また夜明け前に起床だ。外は暗く、空は曇り空。最初の家畜の群れが町へ入ってきた。山羊につけた無数の鈴の心を震わせるすずしげな音色、美しい音のさざ波。朝となってかえって身震いするほどだが、朝にちがいはない。さいわい雨は降っていない。

空が白みはじめるころの、灰青い芝居がかった光が戸外にひろがる。寒風が吹く。僕らは、パノルムス港のカーヴにそってのびる広いさびれた波止場へと向かう。寒々としたむこうの海上には、ぞっとするような暁の白む空。足もとは、ぬかるんだ港の泥道、魚、そして、ごみ。セーターを着こんだアメリカ娘が同行する。粗くつめたい黒いぬかるみの世界を前に、消えいりそうな様子だ。だが、これらのかよわき者たちは大変な忍耐力をもっ

ている。

波止場横の、舗装が悪くぬかるんで滑りやすい、大きな広い絶望的な道をわたって、海へ向かう。僕らの汽船の影が、入江のむこうの暁の薄闇にぼうっと浮かんでいる。「あの煙草をふかしているやつです」とポーターが言う。となりに係船してある巨大な「シティ・オブ・トリエステ」号の横で、それは小さく見える。

僕らの小舟は波止場わきに密集するたくさんの空舟に取りまかれている。牧羊犬が羊の群れから抜けだすように、船が叢氷のなかを進むように、小舟はやっとのことで外へ出る。入江がひらけた。漕ぎ手が立ちあがって、櫂をむこう側に押す。波止場のだれかに、長い愁いをおびたさけびを投げる。水がチャプチャプと突きすすむ舳先に当たる。風がつめたい。薄暗い空に、パレルモの背後の異様な峰々が、幽霊のような姿を見せている。夜は明けるのを渋っているように見える。むこうで、僕らの汽船が煙草をすって、つまり煙突から煙を吐きだしている。こうして小舟にじっとすわって、薄暗い平らな水面をわたってゆく。帆船のマストや帆桁が、白みゆく空を背景に、左手に寄りあつまっている。

上ってよ、上ってよ——船に着いた。はしごを上る。「あら、まあ」とアメリカ娘が言う。「小さいわねえ！　信じられないくらい小さいわ！　ええっ、あなたがた、こんな小

さいので行くの？　あらあら！　こんな小さい船に三十二時間？　いやだわ、わたしはいやよ」

　旅客係、料理人、給仕、機関士、皿洗い等々の、おおかたは黒いカンバス地の上着を着た一群がいる。船にはほかにだれもいない。手持ち無沙汰にたむろする柄の悪そうな船員の小さく黒い群れ、そして、僕らはなぶられるために差しだされた最初の乗客——灰色の光のなか、こんな具合だった。

「だれが行くの？」

「僕たち二人です。若い女性は行きません」

「きっぷ！」

　これがぞんざいなプロレタリアート風というものだ。

　一つだけある細長い部屋に連れていかれる。長いテーブルが置かれ、カエデ材の黄金色の扉がたくさんある。壁の化粧板には、一つおきに、ウェッジウッド風の青と白の絵がはめこまれている。青地に白い大理石の女神らしき絵、ヒュギエイア（ギリシャ・ローマ神話の健康の女神）を使った健康塩の広告みたいだ。絵のない化粧板の一つが開くと——そこが僕たちの船室だ。

「あらあら！　陶磁器用の戸棚ほどの大きさもないわ。いったいどうやって入るの！」アメリカ娘がさけぶ。

「一人ずつ入るのさ」と僕が答える。

「でも、こんな小さい場所見たこともないわ」

たしかにとても小さい。最初に寝台に潜りこまないと扉が閉まらない。でもどうってことないさ、僕は「でかいアメリカ人」じゃないもの。一方の寝台にナップザックを、もう一方にキチニーノを放りだして、扉を閉める。船室が消えて、細長い地下食堂のカエデ材の化粧板に変わった。

「まあ、すわることができるのはここだけなの?」アメリカ娘がさけぶ。「とにかく本当にひどいわ。換気はないし、とても暗くて臭いわ。まったく、こんな船見たことない!あなたがた、本当に行くの? 本気なの?」

食堂はたしかにずいぶんと潜った感じで、息が詰まる。長いテーブルと薄気味悪い備えつけ回転椅子の一群のほかは何もなくて、外気もぜんぜん入ってこない。だがそのほかの点では、ヨーロッパを出たことのない僕には、それほど悪いとも思われない。カエデ材の化粧板と黒檀の曲線、そして女神ヒュギエイア。これらが丸一周ぐるりと、おぼろに見える遠くの端のカーヴをもぐるりとまわって、こちら側をもどってくる。だが、金色の古いカエデ材のなんという美しさだろう! 扉のアーチの黒檀の曲線とあいまって、優美さのかぎりをつくしている! 古風なヴィクトリア朝のすばらしい光が、ある種の輝きが、そこにある。ガラスをはめたヒュギエイアでさえ、さほどひどくはない。色はいい。例のウエッジウッド風の青と白が、じつに美しくつややかな金色のなかに浮かぶ、その色はいい。

この船が建造された時代には、まだある種の自然な豪華さというものがあったのだ。えりぬきの素材を惜しまなかった。そして宣伝の絵に健康塩の女神ヒュギエイアとは！ ウェッジウッド風のギリシャの女神とは！ もっともそれは広告ではなかった。そのことがとても気になった。けっして広告ではなかった。のちに、ウィーゴの健康塩がこのアイディアを盗んだのかもしれない。

コーヒーは、もちろんない。こんなに早くからもってのほかである。船員どもがまだ群れをなして立っている。街角の兄ちゃんたちにそっくり。彼らが、街、つまりこの船を独占する。僕らは上の甲板に上がった。

船は細長い古い汽船で、小さな煙突が一本立っている。いいかげんなチンピラ船員たちの街角集団が見えなくなると、無人船のようになった。彼らはちょうど僕らの真下にいる。船は見捨てられた。

夜明けが青ざめた色に変わってゆく。空は雲で凝りかたまったよう。東のかた、ペッレグリーノ山のむこうに、淡い金色がすこし顔をのぞかせた。風が港をわたってゆく。パレルモの背後の山々が稜線の上に耳をぴんと立てている。見えない町が僕らの近くで平らかにひろがる。あそこに——大きな船が来るぞ。ナポリの船だ。

　つぎつぎと小舟が近くの波止場を離れてこちらへ来る。僕らはそれを眺める。灰緑色の服に緋色の裏のついた大きな紺のマントをまとった恰幅のよい騎兵隊将校がいる。その緋色の裏地が休みなくきらめいている。短い髭をはやしているが、軍服はあまり清潔じゃない。縄でしばった大きな木の収納箱が彼の荷物だ。貧しくみすぼらしい。それでも、あの緋色に光りかがやく裏地と拍車がある。それらも二等で行くのかと思うと残念な気がした。しかたない。港のポーターがその木箱を吊りあげると、彼が前に進んだ。道連れとなるような乗客はまだ現われない。

　小舟がつぎつぎと来た。ほほう！　食糧が着いたぞ！　いますぐオーヴンで焼けそうな、さまざまな子山羊の半身が、いろいろな鳥肉が、セロリのようなウイキョウ、大瓶のワイン、焼きたてのパンが、包みにしたものが！　運びあげろ、運びあげろ。「おいしそうな食べ物！」期待に胸ふくらませた女王蜂《クイーン・ビー》がさけび声を上げた。

　出発時刻が近づいたのだろう。乗客がもう二人。高級黒ラシャの服を着たずんぐりした若い男たちで、小さな舟のともに、ポケットに手を入れてたたずんでいる。顎のあたりがすこし寒そうだ。生粋のイタリア人にしてはがっしりしていて男っぽすぎる。カリアリのサルデーニャ人だった。

肌寒い上甲板から下へおりた。本格的に明るくなってきた。美しくひえびえとした雲の

薄片の合間を、淡い金色のかけらが東方からペッレグリーノ山の上を飛んでゆく。トルコ石のような生まれたての青空がきれぎれに見える。左手にはパレルモの町が港全域の上にしゃがみこんでいる。海に面した波止場ぞいは、すこしさびれ、乱れて、世界の果て、海の果て、といった風情がある。ここからも、がたがたゆっくり進む黄色い荷車が見えた。ラバが緋色の長い妙な羽根飾りをつけた頭を上下させて、広く単調な港ぞいの道を行く。おお、絵模様をつけたシチリアの荷車よ、お前の横板には歴史がすべて描かれている。

男が一人わきに来た。「船長の意見では出航は無理なようです。外に出ると風が強いのです。風が強いのです！」

彼らは人を動転させ驚愕させる凶報を持ちだしてくるのが大好きで、そこに無上の喜びを感じる連中である。顔という顔に満面の喜色を浮かべている。そう、もちろん、ほかの与太ども、この甲板という街角の兄ちゃんたちはみんな、僕らをじっと見ている。だが、僕らも、これまでに何度も痛い目にあっている。

「それはそれは！」と言って、僕は空を仰ぐ。「それほどの風でもないよなあ」

静かに肩をすくめて、無関心をよそおうのがもっとも効果的だ。何から何まで知っていて、お前なんかよりずっと知っているぞという素振りが肝心である。

「いやいや！　強風です！　強風です！　外海が！　外海が！」

男は悲しそうな表情をつくって、おおげさな身振りで、港の外、灰色の海を指さした。僕も、港の外、突堤のむこうの海の淡い筋へと目を向ける。だが返事をしてやらない。平然とした眼差し。男は勝利の喜びになかば水をさされて、立ちさってゆく。

「どんどんどんどん悪くなっていくようだわ！」とアメリカ娘がさけぶ。「地中海のこの辺に出て海が荒れたら、こんな船でどうするつもりなの。ぞっとするわ。本当にそれでも行くの？　チヴィタヴェッキアから行ったら？」

「悲惨なことになるわ！」と女王蜂《クィーン・ビー》が大声でさけんで、灰色の港を見まわす。右手には、灰色の空にたくさんのマストがかたまっている。大きなナポリからの船が、すこし離れた波止場に船尾を向けて、用心深く、すこしずつ後じさってゆく。ほとんど外から遮断された入江。頭上には青空と白い飛雲が少々。入江のあちこちをせわしなく動きまわる甲虫のような小舟。ナポリ船を出迎える波止場の人だかり。

出航！　出航！　アメリカ娘は下船しなければ。じつに名残り惜しそうに別れを告げた。

「ぜひお便りで近況を知らせてくださいね」

娘が船腹をおりていった。船頭は、二十フラン、いや、それ以上を要求するが――失敗した。十フランに決まる。それでも五フラン多い。娘はずいぶんと小さく縮こまって、寒々しくすわっている。セーターを着て背中を丸め、さざ波の立つ水面を遠くの石段へ向かって、波を散らして進んでゆく。手をふって別れを惜しむ。だが、ほかの船があいだに入ってしまった。気が立っている女王蜂《クイーン・ビー》は、このアメリカの友が、自分の贅沢な価値観から僕たち二人を貧民扱いしたとおかんむりである。船旅に出る貧しい親類のなかでも、僕らがいちばん貧しい気がしてきた。

僕らの船は力のかぎり汽笛を鳴らす。出発間際に偉そうな客が波に乗ってやってくる。がらがらと係留用ロープが巻きいれられる。地中海ではけっして大群になることのないかもめが、冷えこんだ上空を幾ひらかの雪のように舞いとぶ。雲がぐるぐるとまわっている。気づかないうちに僕らは、岸から、係留地から、蒸発するように離れつつある。僕らの船は、大きな「シティ・オブ・トリエステ」号と壁のように横たわるもう一隻の黒い大きな汽船のあいだにあって、はっきりと、この二番目の汽船の黒壁へ近づいてゆく。例によって、職員帽をかぶった一人の男が海面のすぐ上の、出発用はしごのいちばん下に立って、「バルカ、バルカ」と、ボートを求めてさけんでいる。すると、海上にいた一人の老人が立ちあがって、櫂を漕ぎはじめた。速度を上げて、その不恰好な小舟を、僕らの船ともう一隻の黒壁のあいだに押しこむようにしてやってくる。下のほうで猛然と小舟を漕ぐ彼らの小さな立ち姿は、暗緑色の水の上で、絵のなかの点景のように遠い。僕らの黒い船腹は、

じりじりと、凶運のように、もう一隻の巨大な黒壁へとにじり寄っていった。老人が、そのはざまの峡谷で漕ぐ――ここまであと一歩。

そのとき、ああ、最下段の男が反対側を向いた。ひろびろとした入江からもう一艘の小舟が猛進してきたのだ。競走だ。ちかい、ちかづいたぞ、ゴール・イン。ひらけたほうからの小舟が、飛びはねるようにぐるりとまわり、はしごに着いた。峡谷の小舟は櫂を逆向きにする。職員の男がさけび、手をふる。深い裂け目の下のほうで、老人は櫂を逆に漕ぎながら思いとどまらせようと大声でさけぶ。ひらけた入江から来た舟が獲物を持ちさった。僕らの船は、ゆっくりパチャパチャパチャとスクリューを動かしはじめた。緑の海の深い裂け目の老人が命がけで舟を漕いでいる。船は、入江のひらけたほうへと漂ってゆく。

ゆっくりと、ゆっくりと、向きを変える。船の向きが変わると、僕たちの心も変わる。パレルモが意識から消えてゆく。ナポリの船、上陸する乗客、がたごと揺れて陸地へ行く馬車、大きな「シティ・オブ・トリエステ」号、すべてが僕らの心から消えていった。僕らの目にうつるのは、港湾の入り口の広い裂け目と、そのむこうの灰白色の何もない平らな海だけ。そのあたりには、幾筋か淡い光が見える。

そして心もまた、パレルモが近くに、すぐ背後にあるというのに、外を見た。振りむけば、背後の町が見える。だが、それはもう存在しない。僕らの心には存在しない。さわやかな風、幾筋かの淡い光、湾口の砂洲のむこうの海流、そして外海。

こうして船は沖に出た。たちまちといっていいほどすぐ揺れはじめた。長くゆっくりクラクラッと下がり、うっとり気を失いそうに上がる。そしてまた、長くゆっくりクラクラッと下がり、足元がすくわれるような気になる。女王蜂《クィーン・ビー》の顔が青くなる。うっとりと気を失うように船尾が沈み、甲板が持ちあがる。それから、あのいわく言いがたい前滑りが起き、甲板が下方に消える。とてもやさしい揺れ。とてもとてもやさしい。だが、ああ、じつに長く、じつにゆっくりとくる。本当にクラクラッとくる。

「なかなかじゃないか」と女王蜂《クィーン・ビー》に言う。

「ええ、けっこうすてきね、たしかに」彼女は悲しそうに答える。じつのところ、この長いゆるやかな船の上昇と長いゆるやかな前方への滑りには、僕の胸を喜びの鼓動でみたす何かがある。自由の運動。船が持ちあがる、それから、波の砕ける音を聞きながら、ゆっくり前に滑るのを感じる。魔法で空を駆けるようだ。大自然の空間を、夢のように駆けめぐる。あの長くゆるやかな、ためらうようなリズムの、船の上昇と下降。波音は船の荒い鼻息のようだ。ああ、荒ぶる内奥の魂にとって、これはなんという喜びだろう。ついに自由になった。大自然のなかをゆったりと飛翔し、足取りも軽く、外へ外へと飛んでゆく。ああ、あらゆる閉じこめられた生活から自由になった。緊張した人間関係の恐怖からも、狂気の沙汰といえる機械の執拗さからも。僕にとって拷問にひとしい鉄道からも。堅苦しく張りあう陸の人間のあいだに生きる長々と退屈な拷問からも。そして、このほとんど無人の船が波を切って進むときの、長い、ゆったりとした上昇と下降を感じよう。ああ、自由だ、自由だ、原初の自由だ。心の奥底で、航海がいつまでもつづくように、海にかぎりがないようにと祈る。このためらいがちに震える、長い波打つ脈動のなかに、時間のつづくかぎり浮かんでいたい。つきることのない空間を、引きかえすことなく、振りむくことさえせずに。

ほとんど無人の船。もちろん、おなじ甲板の、ちょうどこの下あたりにたむろする街角の兄ちゃんをのぞいての話だ。僕らは二人きりで、風雨に色あせた小さな遊歩甲板にたたずんでいた。ここには、小さな獅子の彫り物のひじかけが両端についた古いオークのベンチがある。扉があやしげに閉まっている小さな船室がある。のぞいてよく見ると、無線室と、カーテンで仕切られた通信士の小さな寝台のくぼみが判別できた。

つめたい身の引きしまる風。青黒い、なかば透きとおった海がうねる。波がかみつくように泡を立てて高まる。左手にはシチリア。かすかな植物の徴候さえほとんど見られない、ペッレグリーノ山の巨大な途方もないピンクがかった岩塊が、威圧するように海から聳えて、天にとどく。ペッレグリーノは奇妙に大きなかたまりだ。何も生えない、天空のサハ

ラ砂漠だ。老いて見える。シチリアの沿岸は、じつに堂々として、恐ろしげで、内地を防御している。歳月がその沿岸をすり切らせて丸裸にしたという印象が、また起こった。あたかも古い古い文明が土地を酷使し、その可能性を使いつくして、おそるべき赤肌の岩をあとに残したかのようだ。シラクーザでは岩の台地が、ここでは巨大な岩塊が残った。

船上には僕ら以外ほとんどだれもいないようだ。小さな遊歩甲板に二人きり。奇妙な孤独感を胸に、うねる海を、がらんとした古船に乗って、大きながらんとした沿岸部を漂いすぎてゆく。風のなかを、前のめりに下がり、また上がる。付属設備の木はどれも裸で風雨に晒され銀色にみがかれている。船室、ベンチ、それにベンチの小さな獅子。ペンキはずっと昔に褪せてしまい、ここの木材が塗られることはもうぜったいにないだろう。潮風のしみこんだ古いオークに手をおくのは奇妙な感じがする。古い立派な木目の美しいオーク。イギリス産だ、誓ってもいい。それにしても、すべてが細心に、頑丈に、長くもつようにつくられている。獅子を見ると、ぴったり合ったピンが足に打ちこまれ、しっかりその足を固定している。獅子は小さな口を開けている。ヴィクトリア朝のころと変わらず、堅固でびくともしない。けっしてすりへらない。注意ぶかく徹底的に仕上げられた、雄々しいもちのよい作品が、一隻の船に、それもこの六十年になんなんとする船に備えられているのは、なんという喜びだろう。この古いオークはすみずみまで、それはしっかりとし

ていて美しい。鉄の溶接よりもはるかに美しくいきいきと、木の仕口やピンで全体を繋ぎあわせている。錆もない、生命をさずかって生まれた、生きた組織をもつ古い木。肉体が錆びないように錆びることがなく、鉄にはおよびもつかない幸せそうなその様子。この船はとても乗りごこちがよい。もちろん、たいへん見事に波を受けて進む。

さまざまな船員が、僕らを見物しようとぶらぶら通りすぎる。この小さな遊歩甲板は船尾全体を占めていて、一等区域の上にある。はじめはまず、入れかわり立ちかわりはしごを上ってくる連中の頭が目にとまる。おおかたは無帽の頭。乗組員全員が入れかわり立ちかわり、煙草をくわえて、前かがみにのっそり前を通ってゆく。ついに女王蜂《クイーン・ビー》が一人をよびとめた。これこそ、彼ら皆が待っていたこと——話の糸口である。彼女は、ペッレグリーノ山頂に見える変な物体は廃墟かと聞いた。究極の観光客的質問！「いや、あれは、腕木信号機の駅だよ」との答え。女王蜂《クイーン・ビー》、一本取られた。だが気にはしない。船員が話しだした。やせ細った頬のこけた都会育ちの男で、パレルモの出身だ。色あせた青のつなぎを着て自分は船の営繕係だと告げる。どうも、それ以外のときは、職がなくて楽しくやっているらしい。そしてそのことで、自分はかなり不当に扱われていると思いこんでいる。この船も、今は昔、ジェネラル海運の時代には、とても重要なナポリ・パレルモ航路を運航していたんですぜ。何年も前に、ジェネラル海運は船を八万リラで売ったんですが、い

までは二百万するんですぜ。僕らは信じる素振りを見せる。いや、僕にはうまくできない。リラの話には、まったくもって死ぬほどうんざりする。今日では、イタリア語を十語耳にすれば、かならず、二千リラやら二百万やら、十やら二十やらという言葉が、毒牙もつ蚊のように耳のあたりをぶんぶん飛びまわるのだ。リラ、リラ、リラと、ただそればかり。詩的な、ロマンティックな、糸杉とオレンジの木のイタリアはもう死んだ。生きのこったのは、きたならしい無数のリラ紙幣の濃霧に窒息するイタリア。ぼろぼろのいやなにおいの紙幣が大気にたちこめて、べとついた霧のように人がそれを吸いこんでいる。このべとついた霧のむこうにイタリアの太陽を見ることができる人もまだいるのかもしれない。僕にはむずかしい。「リラ」の霧越しに、ミケランジェロを、ボッティチェッリその他を、凝視する。すると彼らはみな、「鏡におぼろにうつったように」見える。イタリアの戦後の大気があたりにたちこめて、人間を陰鬱に圧迫し、押しつぶし、臼でひいてきたない紙幣に変えてしまう。国民を金貨にしようと思われただけの王ハリー（ヘンリー五世のことと思われる）は、まだ幸運だった。イタリアは人間を臼でひいて、それをきたならしいリラ紙幣に変えようとする。

頭がもう一つ——今度は黒いアルパカの上着を着てナプキンを持った男が、コーヒーができたと言いにきた。コーヒーの時間にはもう遅い。地下の食堂へおりていって、回転椅子にすわる。船は僕らの下で、滑ってはまた上りながら疾走する。カフェオレを二杯飲んで、バター付きパンを一切れ食べる。あまたいる職員の一人が、いちおう一杯はくれた。それで見捨てられた。これ以上飲ませるものかという考えなのは明々白々である。もちろん無数の船員たち全員がちょっともう一杯カフェオレをほしいからだ。だが、僕だって負けない。上下に揺れる船、脅すように戸口にたむろすアルパカコートの連中をものともせず、バランスをとりながらブリキのカウンターへ行くと、コーヒーポットとミルクのポットをつかんだ。そして、自分たち二人のために、ものの見事に「セルフサービス」を果たした。ポットをブリキの祭壇にもどすと、殺伐とした長い食卓の回転椅子にふたたび腰を下ろす。僕と女王蜂《クィーン・ビー》の二人だけ。遠くのほうに、金モールのカラーをつけて横座りした樽のような背中と、さまざまな書類を処理してゆく太った手が見える。もちろんこれは、ただ一つのテーブルの一部と化したもの。黄色い石のような顔に黒い大きな口髭をはやした、やせて背の高いアルパカ上着が、外の戸口から来て、なみなみと注がれた僕らのカップを睨みつけると、ブリキの祭壇に行き、二つの容器の取っ手に触れた。位置をととのえるためにちょっとだけ触れる。「これは俺のものだ。勝手に自分でお代わりしやがって、まったくひでえ外人だ！」と言わんばかりだ。

できるだけ早く、よろけながらも上に行った。アルパカ野郎が青蠅のようにコーヒーポ

ットに群がるこの細長い地下牢を逃れて、外気のなかへ出る。そこでは、営繕係が蜘蛛のように待ちうけていた。

「海がすこし静かになりませんこと？」女王蜂《クィーン・ビー》が憂わしげに言う。顔がますます青ざめてゆく。

「いえ、奥様、そんな、まさか」と、やせこけた顔の営繕係が言う。「ガッロ岬の背後で、風が待ちかまえています。あの岬が見えますか？」海上前方の黒く高い崖の前面を指さす。「あの岬まで行くと、風が出て、海が荒れますよ。ここは」――身振りを交えて――「とっても、おだやかですよ」

「あらまあ！」女王蜂《クィーン・ビー》はさらに青くなった。「ちょっと横になってきます」

彼女は消えた。営繕係は、僕が「見込みない石地」なのを見てとり、前に行く。無数の船員の人ごみのなかへ溶けて消えてゆくのが見えた。彼らは、下甲板の、調理場と機関室わきの通路にたむろしている。

頭上を雲が矢のように飛んでゆく。雨滴がかかる。いきなり前触れもなくきたので波しぶきだろうと思った。いや、雨がさっと降ってきた。船は波を切って前のめりに沈み、うつろな低い衝撃音が聞こえると、つぎにはゆっくりとうしろに身を起こす。こうして、うっすらとピンク色に聳えるシチリア沿岸を進む。遠ざかるにつれて沿岸部はその姿を入江

に変えていった。ひろびろとした海からは、雨がくる、長い波がくる。

雨宿りの場所がない。下に行かねばなるまい。女王蜂《クィーン・ビー》はベッドで静かに寝ている。食堂は地下鉄の通路のように臭い。調理場と機関室近くをのぞいて雨宿りの場所がない。そのあたりならすこし温かい。コックはせまい調理場のすぐ外にある小さなまな板でせっせと魚のはらわたを取っていて、小ダラをすごい恰好に曲げて自分の尾を噛ませている。調理場の汚水が船の側面にそって、ピチャピチャと、前にうしろにゆっくり流れていく。僕の近くで、船員の一群が身体をもたせかけている。そのむこうにはもっと大きな一群。彼らはいったい何なのだろう、さっぱりわからない。とにかく、突ったって群れをなして、話して、飯を食って、煙草をふかすこと以外は何もしない。おおかたは若者でその大半がパレルモ人だが、あきらかにナポリ人とわかる男が二、三人いる。あの独特の卑屈なナポリ的美貌をそなえて、シャープな頬と、小さく黒い口髭と、大きな目をもつナポリの男たち。彼らは頬をふくらませてものを噛んで、その美しい、すこし意地悪そうな鼻で笑う。群れ全体がひっきりなしに横目で見る。命令をくだす者はだれもいない。統制がまったく見られない。灰色シャツの太った機関士だけが、そのエンジン同様、清潔で有能に見える。奇妙なことだが、機械の操縦が人間に誇りと自尊心を植えつける。

雨がやんだので外に出た。小遊歩甲板のアーチ形天窓の上にひろげられた帆布を背にして、天窓の側面に取りつけられた座席に腰を下ろす。風がつめたい。ときおり日が差したり、雨がぱらついたりする。例の大きな岬がわきにきて、背後に取りのこされてゆく。僕らは灰色の大気中の雲のように見えるかなたの岬へと向かってゆく。頭がぼうっとした。風と休みない船の上昇と滑降による麻酔のようなもの。気分が悪いのではない。ぼうっと気の遠くなるような感じ。揺れがとても大きく、大気の動きも大変力強い。その動きに乗って、長いゆるやかなリズムで海上を疾駆することの、変わることのない高揚感。

大きな鐘の音が聞こえた。正午、船員どもは食事に行く。突進してゆく。すこしたつと僕らもよばれた。「奥様は食べませんか?」と給仕が熱心にたずねる。食べないようにと願っているのだ。「いや、食べるよ」と僕が言う。ベッドから女王蜂《クイーン・ビー》を連れだす。青ざめた顔で出てきて、回転椅子にすわりこんだ。バシャン——濃い脂ぎったキャベツスープをなみなみとたたえた巨大な皿が置かれて、スープが縁から、はねて、こぼれた。極力、食べる努力はしてみる。もう一人の若い女の客もおなじだ。彼女はけっして帽子をかぶらず、それによって、ふつうの「庶民」であることを認めている。しかしまた一方で、高価な入りくんだ服を着て、暗褐色の薄い絹ストッキングとスエードのハイヒールをはいている。美しくたくましい。大きな黒い目に飾らない率直な物腰。イタリア人にしては、あまりに

もずけずけと言いすぎる。カリアリの出身だ。その彼女もスープをもてあましている。太い声で、気安く、給仕にそう告げる。戸口では、食い物にあずかろうと下心をいだくアルパカ上着の群れが、薄笑いを浮かべている。僕らの気分が悪くて食べられなければいいという蠅のような考えである。スープが終わると、どでかい黄色のオムレツが出てきた。胆汁のつまった丸太みたいだ。固くて、しつこくて、いつもの臭いオリーヴオイルでつくってある。若い女はあまり手をつけない。僕らも同じ。黄色い化け物が自分たちの祭壇に運ばれるのを眺める蠅どもの勝利となる。そのあとで、いつもの肉、長い分厚いやつを無数の薄切りにした料理がくる。まったく味がなくて、茶色のどろっとしたなんの特徴もないソースがかかっている。少なく見ても十二人前ぐらいある。ふんだんに油をかけた、味のきつい緑がかったカリフラワーの山盛りをこれに添えたのが、心臓が飛びだすくらいよく揺れる船の上の昼食である。通路の蠅どものあいだで悪の勝利の喜びが高まってゆく。おつぎのデザートは、オレンジ、木のような芯と黄色がかったもみ革のような厚い果肉のナシ、リンゴ。そしてコーヒー。

ともかく僕らは、終わりまで席を立たなかった。ちょっとしたものである。アルパカの蠅どもは、皿にのってブリキの祭壇までもどってきた大量の食事に群がって、ブンブンうなっている。ぜったい、わざと僕らが食べられないようにつくったのだ。カリアリの女が話しかけてきた。それも、イタリア人、ごく一般のイタリア人がフランス語とよんでいる、あのひどい言葉をだしぬけにしゃべりだした。イタリア人は利口ぶってこれを執拗に話す。天国の門に着いたときも、聖ペテロさまに向かって、「三等のケップを、イチメエ、クダシャンセ」と、あのフランス語で言うにちがいない。

　さいわいというか、あいにくというか、好奇心が勝って、母語のイタリア語にもどった。何をしているのか、どこから来たのか、どこへ行くのか、なぜ行くのか、子供はいるか、ほしいか云々。一つ答えるごとにうなずいて、「アフ！」と言って、黒い瞳で熱心にこちらを見つめる。それから、僕らの国籍にじっと思いを凝らすと、見てもいない目撃者たちに向かって、「すてきなカップル《ウナ・ベッラ・コッピア》ね」と言った。自分たちをすてきともカップルとも思っていない僕たちの顔が、ますます青くなった。こわもての「重騎兵殿」がやってきて、ワインをすこし飲まないかとまた聞くと、女は例の十ポンド砲のようなフランス語をはじめた。理解するのは不可能に近い。彼女いわく、船旅では食べなきゃだめよ、すこしだけでも、食べなくちゃ。だけれども――と、ここでイタリア語に変わる――ぜったいワインを飲んではだめ、ぜったいよ、ぜったいに。「飲みたくないんだ」と僕が沈んだ声で言った。するると男は――ワインのボトルを開けさせることを拒否したわれわれは、当然、この男からボトルを騙しとったという理屈になるのだろう――役にもたたぬ皮肉をこめて、「ワインは男を男にする」云々と言いだした。このあてこすりにはうんざりした。彼はワインがほしくてほしくてたまらない、そして僕らは注文しなかった、これだけがはっきりしている。彼は、食べ物はほしくなかった。
今回はナポリから来たの、とカリアリの女が言った。数日たつと、夫があとを追ってくるのよ。夫はナポリで事業をやっている、と言う。旦那は小さなサメ氏（イタリアでは悪徳商人の意）ですかと聞きそうになるが、思いとどまった。ご婦人方二人は、横になるといって部屋へもどり、僕は外へ出て、防水用帆布の下に腰を下ろした。

頭がひどくぼうっとして、自分ではないみたいだ。ついうとうとと前後不覚になる。午後の陽射しが強くなった。船は南に折れると、風も波もうしろに残して、海上ずっと温かく、ずっとおだやかになる。太陽には強いすばらしいワインのような温かさがあって、紺青の海には金色の光がひろがっている。古いオークがほとんど白に照りはえるうるわしい海上の昼下がり。陽の光、サーッと音をたてる波、空《から》の船の速度を上げた疾走のなかで、温かく甘美なひとときを眠りのうちに過ごし、生きかえったように目覚めた。前方右手に、ぼうっと立ちはだかるように島々が見えた。風吹きわたるエーガディ諸島だ。右側には、頂上に建物のある山、というか高い円錐形の小山。正面には海を背景にして、まだずいぶんと遠く、建物が港の波止場にたっている。防波堤も、海に突きでた城も、みな小さくかなたに、絵のように見える。建物は正方形で美しい。心をうたれる魔法のような何かが、遠く、陽光と烈風の下にある。正方形の均整のとれた美しい建物が、かなたで待っている。

物語のなかの失われた町のように、リップ・ヴァン・ウィンクルの町のように、待っている。トラーパニだ。シチリアの西の港、西に傾いた太陽の下の町トラーパニ。

近くの小山はエリクス山。見るのははじめてだ。空に聳える山を想像していたが、小山にすぎなかった。頂きには、山と見分けがたい村がかたまっていて、いまもその辺に、つめたい霧がうっすらと引っかかっている。七百六十メートルあるというが、小山にしか見えない。

だが、いったいどうして、海上に聳えるあの小山を見ると、心がはっと止まるのだろう。西のエトナ、といっても町を頭に戴いた小山にすぎない。人びとに対して、かつてそれはエトナ以上といってもいいくらい大きな魔力をふるっていたにちがいない。アフリカを見つめていたのだ！　晴れた日にはアフリカの沿岸が見える。おそるべきアフリカが見える。そして、山頂に偉大な物見の寺、いにしえの世には世界の聖なる神秘だった寺がある。ギリシャのアフロディテよりも古い先住民のヴィーナス――その先住民のヴィーナスが、物見の寺から、エーガディ諸島のかなた、アフリカを見つめる。世界の神秘、微笑むアスタルテ（セム族の豊饒神。ギリシャ・ローマではアフロディテ＝ヴィーナスと同化した）。この地は、古い古い、世界の中心の一つ。ああ、アフリカを見つめる女の神！　笑うエリュキネ《エリュキナ・リーデンス》よ（アフロディテ＝ヴィーナスの添え名。エリクス山上にアフロディテ・エリュキネの寺院がある）。ここ、いにしえの、あとかたもなく失われてしまった世界の中心に、笑う女の神がいる。

じつをいうと心臓が止まりそうになった。だが、ただの歴史的事実がそんなに強力なのだろうか——本から学んだ断片の力が人をこんなに動かすというのか？　それとも、その名前そのものが、暗い血のなかから一つのこだまを呼びおこすのだろうか？　僕にはそんな感じがする。エリクス山の名を聞くと、僕の血の暗闇の奥から恐ろしいこだまが響いてくるような気がする。まったく説明のつかない話だけれども。アテネの名にはほとんど動かされない。だがエリクスと聞くと、僕のなかの暗闇がふるえる。西のかた、アフリカの日没を見入るエリクス。エリュキナ・リーデンス。

背をもたせている小さな船室からカチカチ音が聞こえる。無線通信士がせっせとトラーパニに連絡をとっているのだろう。ブロンドがかった縮れ毛の、態度のでかい太った若者である。人は何か機械の操作を任せられるとすぐさま、人間以上の威厳をそなえているかのように偉ぶりはじめるものだ。不可解な船員の一人が仕事もなく、小さな戸口のあたりを一本足のひよこのようにぶらぶらしている。カリアリの女が、男二人と上がってきた。彼らもまた、そのたくましい独立心の強そうな容貌や黒い目をかすめる矜持の光から、サルデーニャの人間とわかる。彼女にはコートもショールも何もない。美しい上等な生地のドレス、風に吹かれたほつれ毛が額にかかる無帽の頭、透明な暗褐色のストッキング、ただそれだけ。だが寒そうには見えない。二人の若者のあいだにすわって、じつに元気にしゃべる。オーバーを着たほうの男の手をやさしくにぎる。二人の若者のどちらか一方の手をつねににぎっている。風にほつれ額にかかった髪をかきあげて、力強いぶっきらぼうな声で、速く、休みなく、精力のかたまりのようにしゃべる。これら三等乗客の若者二人が以前からの知りあいなのかは、まったく見当がつかない。それでも、兄弟のように彼女の手をにぎっている。とても自然で好ましい。べとついた、いやらしいところがない。「べつにいいでしょ」と言っているみたいだ。

　僕が通りすぎると、彼女が例の力強いすさまじいフランス語で呼びかけてきた。

「奥様はベッドですの？」

　横になっていると言う。

「まあ」首をたてに振って、「船酔いかしら？」

　いや、船酔いじゃありません、ただ横になっているだけです。

　二つの枕にはさまれるように、二人の若者のあいだにすわっている女。その二人の若者が、隙のなさそうな、白目のよく見える、サルデーニャのふしぎな黒い瞳で、じっと見つめる。感じのいい男たちで、すこしあざらしに似ている。彼らはこの耳慣れぬ言語にはっとして、一瞬、呆けた表情を見せた。僕が通りすぎると女は元気いっぱいサルデーニャ語に訳しはじめる。

　どうもトラーパニには向かっていないようだ。町は左手の丘のふもとにひろがっている。日に照りはえた東インド会社の工場を思わせる正方形の建物が、潮のながれる紺青の海のむこうの、閉ざされたふしぎな入江に並んでいる。僕らはレヴァンツォ島の大きな島影へ進んでゆくようだ。トラーパニには寄らず、サルデーニャへと舵をとるのかもしれない。

どんどん前進する。船はつねにトラーパニを左後方に残して、仄青い、積みかさなった島々のあいだを縫ってゆく印象を与える。町が視界に入ってから一時間はたった。それでもまだ僕らは、外海へ、レヴァンツォ島のほうへと突きすすんでゆく。無線通信士もせわしげに、上甲板の小さな船室で、カチカチトントンやっている。のぞいてみると、小さなオフィスをカーテンで仕切ったそのうしろに、ベッドと椅子が見える。すみずみまでとてもきちんとしていて居心地がよさそうな部屋だ。

島のほうからは、地中海を行く大型帆船が、僕らの進路を横切ってトラーパニへ向かう。船は逆風をついてジグザグに進んでくる。僕は船の名前を知らないが、営繕係があれはスクーナー船だと言う。その口調には、本当は知らないけれども死んでも知らないとは言えない例のイタリア的不安がのぞく。ともかくも、帆船は高くはしごのように連なった四辺形の帆を午後の光に白く輝かせて、やってくる。完璧な凹面形のカーヴをもつその美しい舳先が、においの跡を追って海をうろつく野生動物のように疾走してくる。おや、においを追って、また北へ向いた。針路を変えて港の入り口から走りさり、われわれのうしろを通りすぎた。美しい船だ。軽快で素早く、白一色に輝く元気な帆をはためかせている。

僕らの針路が変わる。船はこれまでずっとレヴァンツォ島南方をめざしてきた。だが、その島がゆっくりと、通りで人に道をあけるように退きはじめた。島は、すこしずつ横を向いて歩みさる。船ははっきりと、港の入り口に向かってゆく。ここまでずっと港の裏手をめぐるようにして外海を進んできた。いまでは海に突きでた古い城砦が見える。それから小さな灯台と港の入り口も。そのむこうには町の正面。大きな椰子やふしぎな暗い木々があって、そのうしろには、正方形の大きな南国の建物がたちならぶ。建物は遊歩道に面して、いかめしい大御殿のように立派である。町の正面は、どこも南国の堂々とした偉容を誇っている。現代から遠くへだたり、産業主義の潮流からも一歩退いて、町がある。

十字軍の戦士たちを思いだした。東方へ行く途中で、何度もここに立ちよったことだろう。午後の陽射しを存分に浴びて、椰子の木のならぶトラーパニは、いまでも静まりかえって戦士たちを待っているようだ。どうも待つ以外にはあまり用事もなさそうだ。

日なたに出てきた女王蜂《クイーン・ビー》が、「まあ、きれい！」と声を上げた。海は静まった。僕らはすでに港のある入江のカーヴにさしかかり、風も当たらなくなった。帆をたくさんひろげた島からの船が、風を受けて北のほうからこちらに進んでくる。南のかなたには、海面とおなじ高さに、たくさんの低い風車がきびきびと翼をまわしていた。風車という風車はどれもずいぶんずんぐりとしていて、青い静かな午後、マルサーラに向かってひろがる塩の潟に囲まれて、陽気にくるくるまわっている。風車の大軍である。ドン・キホーテならば脳みそがひっくりかえるだろう。あちらこちらで、水色の海面とおなじ高さでくるくるまわる。白い塩の山のきらめきが目にとまることもある。ここの潟が、トラーパニを豊かにしているあの大きな塩の潟である。

だが僕らは、岬の先の古城をすぎ、小さな灯台をすぎ、それから港の入り口をすべりぬけて、静かに入江のなかへ入ってゆく。海も、もうおだやかになった。ああ、ぐっすりと眠りこんだ丸い港にあふれる午後の光の豊かさは、なんという心地よさだろう。海辺には高い椰子の木がまどろみ、水も眠りこんでいる。とても小さくて気持ちよさそうな港。海岸遊歩道の暗い並木道のうしろには、日を浴びて暖かな色をした大きな建物がある。いつもの、静かに眠る、休みなく太陽に暖められた南の町の偉容がそこにある。

静けさに囲まれて、船は光りかがやく海面をゆっくりと旋回する。と、またたく間に、錨が下ろされた。右手むこうにも、ほかの船が停泊している。何もかもが午後の陽光の洪水のなかで眠っているようだ。港の入り口のむこうでは、大海の潮が流れ、風が吹く。ここではすべてが、静かで、熱く、忘れさられている。

「上陸なさいますの？」と、若い女が青年の手を一瞬放して、例の威勢のよいフランス語でさけぶ。さあどうしよう。ともかく、彼女について来られてはかなわない。彼女のフランス語は、僕らのとはちがうのだから。

陸地は眠りからさめない。僕らに気をとめる者など一人もいない。一艘の舟だけが、数メートルの距離を漕ぎだして船腹につけた。上陸してみよう。

やめておけばよかった。わかっていたのだが。外から見ると、とても立派に、とても美しく映えるこれら南の町に、足を踏みいれてはいけない。ケーキを買おうと思ったのだ。そこで、海からの眺めはまことに美しい並木道をわたった。だが一歩なかに入ると、そこは屋外のごみ捨て場というか、郊外の新興地にある未整備のでこぼこ道といえばいいのか、鉄の腰掛けが数脚に、古わら、ぼろくずが散乱する場所で、それだけとれば、目も当てられぬほどすさんでいる。だが気高い並木があり、美しい日の光があり、海がある。島々が湾口のかなたで魔法のように淡く光っている。そして太陽、熱い光を浴びせる永遠の太陽。あたりに何人か、みすぼらしい、暇をもてあました連中が、落ちこんだ顔をして南国風に立っている。前の大洪水で船が浸水してここに取りのこされたので、つぎの大洪水がさらに遠くへ押しながしてくれるのを待っているといった風情である。波止場ぞいに角をまがると、ごたごたした小さな港でノルウェー船が荷を積まれる夢を見ていた。

僕たちはケーキを見つめていた。海に揺すぶられた胃には、しつこく色あせてうつった。そこで、下水溝のように暗くじめじめした大通りにぶらぶらと足を向ける。市電が、やっと世界の果てに着いたといった感じに、がたんと音をたてて止まった。下校途中の子供た

ちはすっかり浮かれて僕らのすぐうしろを走ってくる。息をひそめて、こっちのしゃべる恐怖の外国語を聞こうとしている。四十歩ほどの長さの暗い横道に折れて、北側の入江へ出た。永遠の下水道とでもよべそうな、黒い、鼻のひんまがる、泥の岸。

そこで暗い大通りの端まで行って、日の当たるほうへと急いで曲がった。ああ――すぐに太陽のただなかに入る。そこでは椰子の木が聳え、僕らの船が光りかがやく湾曲した入江に横たわり、そして陽光が集中する。瞬時のうちに僕らは酔った、目がくらんだ。気が遠くなる。ごみにすさみ、太陽に打ちのめされた並木道の鉄の腰掛けにすわる。

ぼろを着たきたない女の子が、汗をかいてぴくりとも動かない太った赤ん坊を抱いて、垢だらけの太った男の幼児の面倒をみていた。五十センチくらい離れた所に立って、これから買おうという豚を見るように、こちらをじっと見ている。近づいてきて、女王蜂《クィーン・ビー》をしげしげと眺める。僕は大きな帽子をまぶかにかぶっていた。それでも――ああだめだ。少女は僕の横に腰かけて、帽子のつばの真下から顔を突っこんできた。みだれた髪が触れる。キスしてくるのかと思いきや、それもちがう。こっちの頬に息を吹きかけながら、僕の顔は蠟人形の神秘だとでもいうのか、ただじっと見ている。急いで立った。

「こりゃたまらない」と女王蜂《クィーン・ビー》に言う。

女王蜂《クィーン・ビー》が笑う。赤ん坊の名前を聞く。赤ん坊はたいていの赤ん坊同様、ベッピーナといった。

追いたてられた僕らは、光と影の交錯するすさんだ並木道を船のほうにぶらついていって、いま一度、町なかへと折れた。岸辺には十分といなかったことになる。今度は右に曲がる。と、前よりも店がたくさんあった。通りは暗く、陽が射さず、寒い。そのうえトラーパニでは、二つの商品しか売っていないらしい。保存処理をしたうさぎ皮、猫皮と、大きく醜悪な当世風ベッドカバー関連用品。花柄の厚手の絹地で、ひどく値がはるもの。トラーパニの人びとは数千リラくらいはなんとも思わないらしい。

だが、いちばん目立つのはウサ公とニャンコである。いたるところにウサ公とニャンコが、押し葉のようにたたきのばされて、鈴なりにぶらさがっている。そう、毛皮だ！　白うさぎの、黒うさぎのがいっぱい、ぶちのうさぎ、灰色のうさぎのが……。そして、猫、ぶち猫、三毛猫の、だがたいていは黒猫のが、生きているようなぞっとする姿で、もちろんみんなぺったんこにのされている。一匹分だけの毛皮。房になり、束になり、山積みされて、ずらりとぶらさがる、表面だけのウサニャンニャン！　十匹、二十匹と、干した葉のような、よりどりみどりのニャンコとウサ公。かりに、船の猫がたまたまトラパーニの通りに入りこんだならば、すさまじい鳴き声を上げて発狂すること間違いない。

細く曲がりくねった現実ばなれした町を、さらに十分ほどぶらついた。大きな壁の落書きから判断すると、町には多くの裕福な住民とかなりの数の社会主義者がいるようである。W・レーニン、そして、打倒ブルジョア《アバッソ・ラ・ボルゲジーア》。ところで、レーニンのWは、名簿にあるもう一人のウィリーだと思わないでほしい。一見イニシャル風のWは、万歳《エッヴィーヴァ》を、その二つのVを表わす。

ケーキも、よく見たあとでは買う勇気が失せる。けれども鳩の下に幼子イエスがいる平たい石膏像のようなマカロンクッキーを見つけて、二つ買う。女王蜂《クィーン・ビー》は通りを歩きながら、ずっとマカロンクッキーを食べている。船へ向かった。太った船頭がお帰りもどうぞと声をかける。船は波止場に停泊しているので、わずか七メートルほど漕げばよい。飛びこせそうでもある。太った船頭に、二リラ、つまり二フラン渡した。すると彼は即座に、社会主義労働者の怒りを演技してみせて、お札をつき返してきた。あと六十サンチームだ！　運賃は片道十三スーだよ！　え、ヴェニスかシラクーザなら二スーなのに。その顔を見つめて、金を渡して言ってやる。「ちくしょう《ペル・ディーオ》！　ここはトラパーニか！」船頭は、外人がどうのこうのとぶつぶつ言いかえす。ともかくさまざまな「組合」のうしろだてをいいことに、労働者の「権利」を盾にとって傲岸無礼にふるまう、いまいましい男らしさを失った労働貴族には、はらわたが煮えくりかえる。もうふつうの人間じゃない。人間味あふれる楽しいイタリア人はものの見事に消えさった。新たな栄誉がわれわれ労働者に与えられる、などと言って。「人間の労働の尊厳」氏が憤然と立ちあがり、何も知らないあわれな羊の口元に、一匹残らずいきなりひと蹴り、お見舞いするのである。

だが、もう一度、ちょっと言わせてもらうと、これもわれわれイギリス人が悪いのだということを覚えておきたい。われわれが労働の尊さについて美辞麗句を並べた結果、ついに、当たり前のことながら、その尊い方々が分け前をよこせと主張しだしたのである。それだけではない。われわれは政治の領域で聖なる自由を求めて、まことに気高い騎士ガラハッド風探求の旅に出たのに、なんと恥かしげもなく、ポケットに盗品を詰めこんでいるところを取りおさえられた。理想肌の単純な南欧人が、僕らをぴしゃりとはねつけるのも無理はない。

さて、船にもどった。紅茶がほしくなった。ドアのわきの表には、八時半にコーヒー、ミルク、バター、十一時半に昼食、三時に紅茶、コーヒー、またはココア、そして六時半に夕食とある。さらに、「当社は、通常の航海時間中にかぎり、乗客の皆様に食事を出します」ともある。なるほど、なるほど。それなら紅茶はどこ？　紅茶のこの字もない！　アルパカ上着は、こちらを避けて寄ってこない。だが僕らは担当の男を見つけて、義務の履行を求める。少なくとも女王蜂《クィーン・ビー》はそうした。

パレルモからカリアリへの切符は、二人で五百八十三リラです。このうち、各人、二百五十リラが運賃で、四十リラが食事です。お二人ですと、これで五百八十リラになります。

端数の三はいつもの印紙代です。航海は、およそ三十時間だか三十二時間だかかかる予定です。朝の八時に出港して、翌日の午後二時か四時に着きます。当然、紅茶はご自分で払っていただきます。

ほかの乗客も現われた。大きく、青白く、よく肥えた、カリアリで大学教授になるという「ハンサムな」パレルモ人。大きくよく肥えているが血色のよいその妻。そして三人の子供。父親役をつとめるやせて弱々しく女っぽい十四の少年、かなり毛が抜けてきたうさぎ皮のオーバーを着た小さな男の子、母親の膝にのった女の幼児。むろん、一歳《ひとつ》になるこの娘が、一座で唯一、男らしい。

みんな、朝からずっと船酔いでやつれきっている。同情の言葉をかけると、船旅のつらさを嘆じる――「センツァ・セルヴィツィオ！　センツァ・セルヴィツィオ！」女中がいないのでねえ、と言う。母親は、コーヒーと子供たちのミルクを一杯、注文した。と、そのとき、僕らのレモンティーが目にとまる。彼女は、話には聞いたことのある紅茶《ティー》がほしくなった。だがうさぎ坊やはコーヒーがいい、カフェオレ以外何もほしくないと言う。それからオレンジも。赤ん坊は切ったレモンをほしがる。父親役の女っぽいお兄ちゃんは、二人の弟妹の気ままなふるまいにやさしく笑っている。父親自身も笑う。じつにかわいいものだと、そして僕らも同感だろうと思っている。父親は疲れきっていて、しかるべく注意を払い、きちんと面倒を見ることはもうほとんどできない。

母親の紅茶がきた――レモンを入れて――その上からミルクをかける。うさぎ坊やはオレンジをちゅうちゅう吸って、紅茶をたらしながら飲み、カフェオレをどうしても飲むと言いはって、レモンを一切れかじってビスケットを取った。赤ん坊は変な顔をしながらレモンをくちゃくちゃ嚙んでは家族共通のカップに落とし、そのレモンを取りだしてちょっと砂糖をかけて、テーブルにぽたぽた垂らしながら自分の口へもってゆき、それを投げすててから、つぎのすっぱい切れはしに手をのばした。家族みんながそれをおもしろくてかわいらしいと思っている。ミルクがきた。これもまた「愛の杯」、オレンジ、レモン、砂糖、紅茶、ビスケット、チョコレート、ケーキのごった煮と化した。父親、母親、お兄ちゃんは、何も食べない。食欲がわかない。それでも、子供たちのかわいい悪戯、無理無体に、いうまでもなく魅了されている。並はずれたにこやかな忍耐力をそなえた彼らには、子供はかならずすばらしい楽しみの源となる。二人の子供が自分の身体と食卓とをかき混ぜて、レモン・ミルク・オレンジ・紅茶・シュガー・ビスケット・ケーキ・チョコの混合飼料を製造するあいだ、年長の三人は顔を見合わせては笑い、一言なにか言ったりしている。ちび猿どもに対するイタリア人のにこやかな桁はずれの忍耐力は驚嘆に値する。その結果、猿どもはますます猿のようになり、信じがたいほど自意識過剰になる。赤ん坊は色目を使い、新しい悪戯を試して、バビロニアの娼婦さながらあらゆる手練手管を操るようになる。ついには南欧の聖家族が三馬鹿の不聖家族に見えてきた。

僕はその間、鳩と幼子イエスをむしゃむしゃと頬張っていた。ガラスの薄片を食べているようで、とても堅く鋭い。アーモンドと卵白でできているのだろう。まずくはない、食べられるとすれば。クリスマスの残り物である。——せまい食卓ごしに聖家族を眺めながら、自分の気持ちが顔に出ないようにと努めていた。

なるたけ早く甲板に上がって、ワイン樽を船倉に積みこむ作業を眺めた。簡単でのんびりとした仕事。乗客同様、積み荷もほとんど空だ。ちょっと見たかぎりでは、客は全部で大人が十三人に子供が三人。積み荷のほうは、例の将校の木箱と、トラーパニで積まれたワインが十四樽。ようやく最後の樽が、所有者か担当の陸上勤務者とおぼしき男の監督のもとで、なんとかしっかりと収納された。船員に仕事の責任は何もなさそうだ。無数の船員のうちから四人が出て、船倉の上に大きく厚い板をもどしている。ふたたび海へ繰りだそうという船の、とても頼りなげな表情がおもしろい。数かぎりない船員たちは船に生命を与えることができなかった。船は、地中海の真ん中をわたる航路を、失われた魂のように駆けてゆく。

港の外で日が沈んでゆく。空には壮麗な金と紅《くれない》がエーガディ諸島の暮れゆく島影のかなたまではてしなくひろがる。僕らの住まいのあるシチリアの東側では、イオニア海のかな

たからの夜明けが、一日のうちでもっともすばらしく、かつ見慣れた光景だった。それはまことに決定的な光景であって、海のへりに光が現われると、決まって目が開き、そちらを向き、夜明けを知る。来る日も来る日も変わることなく、紫のとばりが融け、退き、天頂に向かって小さな紅がふるえると、起きなければ、と思う。僕らの住む東シチリアは、背後の山の鋭い峰々によって隠者のように西側と遮断されているから、ここのアフリカの海の落日を劇的で恐ろしいと感じる。つねに花ひらく気配の漂うわがイオニア海の夜明けよりも、はるかに壮麗で悲劇的に見える。この巨大な、紅の、燃える喇叭の日没には、どこかアフリカ的な、なかば邪悪な感じが海に漂う。はるかかなたの見知らぬ国のよう。イオニア海の夜明けは、いつも間近で、親しみやすく、楽しげである。

エリクス山のアスタルテは、女性《にょしょう》アシュトレト、エリュキナ・リーデンスは、有史以前の暗い笑みを浮かべてエーガディのかなたに沈むおそるべき太陽にじっと見入るこの女神は、東のイオニア海の黄金に輝くアポロとは、きっとちがう神なのだ。彼女、エリュキナ・ウェヌスは、僕にとってなじめない女神だ。第一、アフリカでもアメリカでも、西方は、なじみがなく、謎めいていて、すこし恐ろしい。

船は日没時にゆっくり港を出ていった。砂洲を過ぎようというときに、正面かなた、島々のあいだに、ピンで刺したように素早い光の点が見えた。振りむくと、港の入り口の明かりがひきつっている。もう見えない遠くの町の灯がちらつきはじめた。そして夜のとばりが、最後の残照の紅がかった紫のなかを海上に下りてきた。

島に近づくと、深まる闇のなかからその黒い島影が大きく迫ってきた。広い海の上に宵の明星が華麗に燃えあがるのを見て、胸がズキリと痛んだ。峰々のすぐ上にかかる明星をすっかり見慣れてしまい、下に何もないと星が落ちてきそうな気がしたのである。

レヴァンツォ島ともう一つの大きな島はすっかり暗くなった。低い場所に位置する遠い灯台の一条の光をのぞくと、墨を流したような闇だ。風がふたたび、強く、つめたくなる。船もまた、滑っては上がり、滑っては上がりをはじめた。せっかく忘れていたのに。頭上には、数えきれない大きな星が元気いっぱい、大空で生きているよう。オリオンが後方はるか上空に見えた。犬狼星《シリウス》も強く輝いている。シュウッ！　シュウッ！　船が波にぶつかる音がする。しばらく波間のくぼみを進んだあとで、またシュウッ！　海をゆく船のこのふしぎなリズミカルな衝突音とうつろな轟きには、精神を麻痺させ狂気をさそう効果がある。シュウーッとしばらく水の砕ける音、そしてうつろな轟き、そしてまた船体が持ちあがり、不意にシュシューッとくる！

ガランガランと鐘が鳴った。船員たちがまた食べているのがわかる。日がな一日、たぶん夜通し、食事が、コーヒーの時間が、つづいてゆくのだ。


夕食によばれる。例の若い女はもう席についていた。遠くには太った制服の男。航海士

かパーサーか職員か、ともかくその男は食べおわるところだった。青い顔の教授も現われた。食卓のすこし離れたところに、灰色のアルパカの長い旅行用上着を着た、白髪まじりのやり手風の小男がすわっている。トマトソースをかけたいとしのマカロニがくる。海の上で食べる料理じゃない。魚に望みをかける。さっきコックが、険悪な形相の小ダラに自分の尾を嚙ませているのを見たから。――魚がきた。なんだこれは？「インキ壺炒めです」。「カラマイオ」とはインキ壺のこと。タコイカ類の意味もある。地中海によくいる怒ると墨をはく小さなタコのことである（正しくは、カラマイオはタコではなくヤリイカ）。ああ無念だ。この足だらけの「カラマイオ」は切りきざまれ、炒められて、セルロイドを煮こんだような濃さになっている。珍味とされるものの、ゴムより固く、芯の芯まで軟骨みたいだ。

このインキ壺には、格別いやな思いがある。前にリグーリアで自分の小舟を持っていたころ、百姓たちと舟を漕いだ。そのとき、アレッサンドロがインキ壺をつかまえた。このようにするのである。身体の端に手ごろな穴をあけて紐を通した雌を洞穴にしばっておく。漁に出るまで、雌はそこで、アンフィトリテ（海神ポセイドンの妻、海の女神）の縮れ剛毛のテリアよろしく、しばられたまま時を過ごす。漁になると、アレッサンドロは、プードルのように彼女をうしろに引きつれてゆく。こうすると、雌プードルのように雌が海中の子分を引きつける。かわいそうに、恋する雄が犠牲者となる。えじきとなった彼らが舟に引きあげられる。僕は、その灰色の半透明な足と大きくつめたい石のような目を見つめて、ぞっとしていた。

雌は再度うしろを引かれていった。だが、数日後には死んでしまった。

いくらひどい形相の生き物だからといって、この漁法はあまりにも卑劣だと思う。ご立派な人間さまは、タコと比べてさえ、はるかに劣ることがよくわかる。

さて、インキ壺炒めのほうは、はじをすこしかじっただけであきらめた。カリアリ娘もあきらめた。教授は手をつけさえしない。アルパカ上着のやり手風ごま塩頭だけが威勢よく口を動かして、顎を弾ませている。山盛りのカラマイオが残る。喜びにわく青蠅どものものとなる。

お決まりの肉——無数の灰茶色の薄切りにした、まったく味のしないヒレ肉の細長いかたまりが登場。ああイタリアよ！　教授が逃げた。

なめし革のようなナシ、リンゴ、オレンジがくる——もっと楽しいときに食べようと思ってリンゴを取った。

コーヒーがきた。そして豪勢なごちそうのつもりで、有名な菓子がすこし出された。うんざりするほど皆おなじ味だ。若い女が首をふる。僕も首をふる。だが女王蜂《クイーン・ビー》は、子供のように喜んでいる。いちばん喜んだのは、しかし、青蠅ども。黒いアルパカのかたまりと化してブリキの祭壇に突進し、黄色いケーキの上でぶんぶんうなりがならの大さわぎとなる。

だが例のシトロン色の頬をした干からびた男は、暗い顔つきでケーキには興味を示さない。またこちらに来て、ワインのことでわれわれを責めたてる。しつこさに負けて、カリアリ娘がマルサーラワインをグラスで注文した。しかたなくこちらも彼女にならう。というわけで、茶色い液体の入った小さなグラスが三つ並んだ。カリアリ娘は一口すると急に逃げだした。女王蜂《クイーン・ビー》が、おそるおそる一口すすり、そろりと退去した。僕は女王蜂《クイーン・ビー》の小さなグラスと自分のを飲みほした。食い意地の張った青蠅どもが、興奮して嘲るようにうなる。黄色い頬の男はボトルを持って消えた。

教授の船室からかすかなうめき声が聞こえる。だれかが吐きそうになるのだろう、ときおりその声がはげしくなる。この食堂とのあいだには、薄い扉があるばかり。人生の辛酸をなめつくしたぼろぼろの古雑巾のような男が、なかの惨状を見せまいとして、神妙な顔つきで洗面器を持って入ってゆく。僕は階段を這いのぼり、明るく光をしたたらす星を眺めた。つめたい風を吸いこんで、暗い海がすべってゆくのを見た。それから船室へもどると、舷窓を過ぎる波をちょっと見てから、ミートサンドの中身のように、わが身をせまい二段ベッドの下段にはさみこんだ。ああ、特小の船室！　マッチ箱のなかの二本のマッチのように揺られる僕ら！　奇妙な、それでいてすばらしい、海上の船の疾駆よ。

波が高く息のつまるような夜だったけれども眠れなかったわけではない。実際しばらくたつとぐっすり眠れた。舷窓をのぞくと、明るんできている。海はずっとおだやかになっ

た。光あふれる澄みきった朝。急いで起きて、部屋のすみのバケツに水がしたたり落ちる洗面器でさっと身体を洗う。椅子一つ置くスペースさえない――洗面器は枕元にある。デッキに出た。

ああ、なんと美しい朝だろう！　はるか後方、水平線に、ちょうど日が上ってくるところだ。空は金一色だ、喜びにわき火に熱せられた一面の金色だ。海は鏡のように輝いて、風はおさまり、波もゆったりとおだやかなうねりに静まった。金色の光のなか、船の航跡にできる泡が氷のように青白い。うるわしの、うるわしの、広大な海の朝。太陽が海を泳いで上ってくる。背の高いバーク船の平らな前檣の帆が美しい影を落としながら光の中にひろがっている。遠く遠く、凛として生気あふれる朝の水平線に、一隻の汽船が見える。

美しい夜明け。美しく澄んだ、広大な、海のただなかの朝。金色の大気、そして歓喜。海にはスパンコールが震え、空は、遠く、遠く、頭上遠く、底知れず澄みわたる。船上にいることのかぎりない喜び！　人の心の黄金の一刻よ！　ああ、小さく静かな船に乗って、ひっそりと、陸から陸、島から島へと、いつまでも航海ができるなら、なんとうれしいだろう。この美しい世界のひろがりを、いつも放浪することができるなら。ときには鈍色《にびいろ》の陸に船をつけ、かたい地面の抵抗を身に感じて、不動の大地に旅の律動を静めるのも楽しいだろう。だが、人生の中心は、旅のなかに、空間の震えのなかに、あってほしい。ああ、旅の疾駆の、終わりのない空間の震えよ！　空間、かすかに震える空間に、孤独な胸が喜びに疼く。もはや陸地の足かせもなく、足に丸太をつけられ地面にしばられたロバではない。疲れた大地は、いまでは何も答えない。さあ出発しよう。

三人の、俗世と縁を切った男らしい仲間を見つけて、ともに俗世を離れ、打ちふるえる空間を生命あるかぎりさまよいつづけよう。なぜ、錨を下ろすのか。停泊の理由など何もないのに。陸地はもう魂に対して解答をもたないのだ。力を失ってしまったのだ。やさしい神々よ、どうか小さな船をください、三人の俗世を離れた仲間をください。どうか、どうか！　この潑剌とした自由な世界を、人影も見えず、空間が楽しげに飛びさるこの世界を、あてもなくさまようことをお許しください。

うるわしいキンポウゲの黄金色の朝。大海原は、とびきり美しい青色へと色を薄めてゆく。太陽が、花ひらく聖なる昼の燃えあがる大柱頭《スティグマ》のように、水平線の上にのぼった。中世と見まがう地中海の帆船は、花に集まる変わり羽根のふしぎな昆虫だ――どっちへ行こうか決めかねるようにかすかな朝風に揺れている。汽船は、スペインのほうへ、水平線のむこうへ沈んでゆく。空間が、僕らのまわりでさやかに鳴りひびく。凪いだ海！

若いカリアリ女とその二人の友が現われた。海も静まり、彼女はしゃんとして、元気を取りもどしたようだ。二人の男の友は、それぞれ彼女の肩に触れあうように立っている。「ボンジュール、ムシュー！」と、女が遠くからこちらに向かってさけぶ。「コートー召しあがった？」

「まだです。あなたは？」

「飲んでないのよ。奥様は……」

マスチフ犬のようにどなる女。それから滔々と、何もわからない二人の友に訳してみせる。なぜ彼女のフランス語がわからないのだろう。イタリア語もどきなのに。

女王蜂《クィーン・ビー》をさがしに下へおりた。


二人でデッキに上ると、前方に陸地のおぼろな形が現われた。薄い真珠よりももっと透きとおっている。もうサルデーニャだ。遠く、遠く、離れたところに、氷山のようにぼうっと半透明の姿を見せる背の高い陸地は、海から見ると魔法のようだ。海のただなかに魅惑の影のように立ちあらわれた、これがサルデーニャだ。壊れやすい半透明の真珠層を切りとったような帆前船が、ナポリのほうにゆらりゆらりと遠ざかってゆく。帆の数を数えようと思った。四角い帆が五つ上下に連なっている——僕は「はしご」とよんでいる。だけど、薄い翼のようなのは、いったいいくつあるだろう？　よくわからなかった。

われらが友、営繕係に見つかった。もっとも僕の友達ではない。感じがいいとは思っていないはずだ。それでも近づいてきて、うんざりするほどくだらない話をはじめた。また、

若い女のさけぶ声――「コーヒー飲みました？」いまおりるところですと答えると、今日の食事は全部有料よと教えてくれた。食事は一日で終わりなのだ。だまされたと思った女《クィ》王蜂《ーン・ビー》が怒りだす。僕は前から知っていた。

それでも下におりてコーヒーを飲んだ。若い女もおりてきて、アルパカ青蠅の一人に目くばせをした。するとそのあとで、一杯のカフェオレと二枚のビスケットが、船室の彼女のところへしずしずと運ばれるのが目撃された。イタリア人がこっそりと静かに何かをすると、周囲の空気自体が秘密を語りだして、千枚の舌でそれをさけびはじめる。千枚の見えない舌が大声で真相をさけぶなか、若い女は自室でこっそりと、ただでコーヒーを飲んだ。

だが、すばらしい朝。女王蜂《クィーン・ビー》と僕は、船の最後部のベンチをこわごわとまわって、風のこない、だれにも見えない場所にすわった。泡だつ航跡のすぐ真上だ。眼前には、ひろびろと朝がひらけて、海上にながながとのびる船の道筋は、カタツムリの通り道のように光りかがやいている。しばらくはまっすぐにのびて、それから左に曲がり、休みなく左へ左へと曲がってゆく。澄みきった水平線から、光りかがやくカタツムリの通り道のように、こちらへ向かってくる航跡。無人の海の輝きわたる、その静けさのなかに腰を下ろした。

至福のひととき。

と思いきや、見つかった。営繕係がやってくる。

「おや、いい場所を見つけましたね！」

「本当にいいところ！」とは女王蜂《クイーン・ビー》の言葉。この闖入はがまんならない。

男が話しはじめる。否応なく戦争の話になる。ああ、戦争か——ひどいものだった。病気になったよ、ひどい病気だった。なぜって、あなた、まともな食べ物がないとか、休みや暖房がろくにないとかいうだけのことじゃないでしょう。しじゅう、自分の命のことで怖くてたまらないんです。自分の命のことで、怖くてたまらないんだ。それが原因だよ。六カ月の入院さ！　するともちろん女王蜂《クイーン・ビー》はほろりとしてしまう。

この点でシチリア人はじつに単純である。相手に、死ぬほど怖かったと言う。と、それで病気になってしまう。女王蜂《クイーン・ビー》は女だから、そういう単純なやつらが大好きだ。僕は心のどこかで怒りを感じていた。彼らが満腔の同情をあてにしているから。偉大な軍神マルスがいくらこの地球で小さくしなびてしまったからといって、これほどの冒瀆を耳にするのは不愉快である。

近くで自動速度測定器がまわっている。海中を船のあとからついてくる細いロープがそれだ。気まぐれにいきなり動いてまわりだし、痙攣するように身をよじる。彼の説明によ

れば、ロープの端の小さなねじが航行速度に合わせてまわるのである。ただいま、時速十ないし十二イタリアンマイルで進行中。ええ、二十マイルは出せるんですよ。でもね、十マイル、十二マイルぐらいにしておくんです。石炭節約のためにね。

ああ石炭――イル・カルボーネ！（その話が出ると思ってた）。イギリス――リンギルテッラには石炭がありますよね。そこで、お国はどうします？　とても高く売るんですよ。とくにイタリアにはね。イタリアは戦争に勝ったのに、いまじゃ石炭も買えないんだ。なぜか！　値段ですよ。為替レート、イル・カンビオ！（これじゃ二重の責苦だ）。二つの国、イギリスとアメリカは、自国の通貨を高く維持することができましたよね。英ポンド《ラ・ステルリーナ》と米ドル、わかるでしょう、これらこそお金なんです。イギリス人とアメリカ人は、ステルリーネとドッラリを持ってイタリアに押しよせ、ただでほしい物を買っていくんです。ただでですよ。いいですか！　それにひきかえ、僕らあわれなイタリア人は破産状態の素寒貧だ。かつての同盟国は、等々。

この手の話にはすっかり慣れている。うんざりするほど慣れている。一歩と歩きださないうちに、為替《カンビオ》レートというこの不愉快な言葉が僕の頭めがけて投げつけられる。しかも、恨みがましく苛立った悪意に満ちていて、こちらの血を逆流させる。誓っていうが、イタリア人諸君、イタリアでの僕の持ち物はすべて、自分で金を払って買ったものだ。それに、こちとら英国代表ではない。二本足の、歩くグレート・ブリテンではありません。

——戦争を起こしたのはドイツ《ラ・ジェルマーニア》が悪いですよ。でもしかたないでしょう、戦争なんだから。イタリアとドイツ《リターリア・エ・ラ・ジェルマーニア》はずっと友達だったんだ。パレルモではね……。

ああ、もう一秒たりともがまんできそうにない。泡だつ海の真上に腰を下ろしながら、耳のなかに、この不愉快な野郎がくちゃくちゃ嚙んだ新聞のかたまりを押しこまれるなんて——だめだ、もうがまんの限界だ。イタリアでは逃れようがないのだ。二言ばかり言葉を発するやいなや、相手はただちに古新聞を嚙みはじめ、それをこちらの耳に詰めこんでくる。逃げ道なし。こちらがもしイギリス人ならば、リンギルテッラ、イル・カルボーネ、イル・カンビオとなる。英国・石炭・為替レートとして遇せられる。人間らしく対しようとしても、まったくの骨折り損に終わる。国立高利貸・石炭悪魔・為替泥棒とあいなる。イタリア人、それもとりわけ労働者の目にうつるイギリス人は皆、この三重の抽象概念のなかに消えてしまった。ためしに、もしできることなら、彼らを人間らしくさせてごらんなさい。こちらが一個の人間にすぎないことをわからせてごらんなさい。しょせん僕は、これまでの年月を孤独に放浪してきた一個の人間にすぎない。だがイタリア人にとって、僕は英国・石炭・為替レートという完全な抽象概念である。かつてはドイツ人が、生けるものをつめたく理論化・抽象化する化け物だった。いまではイタリア人のほうが上だ。僕は歩く統計欄、それもイタリアにとっては悪い数字の。それ以外の何ものでもない。だから口を閉ざして歩みさった。

さしあたり、営繕係は振りきった。大人げないが、頭に血がのぼっている。しつこく蚊に悩まされるようだ。帆前船が近くにいるので、帆を数えてみると十五ある。その姿はじつに美しい！　だが船上にいると、だれかが、新聞を嚙んではこちらに向かって吐きすてる。そしてこの僕を「英国・石炭・為替野郎」と呼びはじめる。

蚊男は徘徊をやめない。だが、横から見た僕の頬の石のごとき無表情が、彼を近づかせない。それでもうろうろしている。女王蜂《クイーン・ビー》は彼に同情している。かなり同情している。もちろん、ブーツもなめんばかりに、「お美しい方《ベル・ペッツォ》」などと言って取りいるからだ。いや、なめるのはブーツだけじゃないかも。

そのあいだに僕らは、きのうのデザートのリンゴを食べて、女王蜂《クイーン・ビー》の幼子イエスと鳩ケーキの残りを食べた。陸地が近づいてきた。いちばん端の岬と半島の形が見えてくる。教会のような白い点が見える。こちらに向かってくる陸のかたまりは、殺伐としてずいぶん不恰好だ。けれども魅力がある。

前方の陸を眺めていたら、隙を与えてしまった。蚊男が襲いかかってきた。そう――よくわからないけれど――白い点は教会だと思いますよ――灯台かな。右手の岬を過ぎて、スパルティヴェント岬とカルボナーラ岬にはさまれた広い湾に入ると、カリアリまでの旅はあと二時間です。二時から三時のあいだには着きましょう。いま十一時ですからね。そう、帆前船はナポリへ行くのでしょう。いまはあまり風が強くないね。風が出たら、もっともっと、この汽船より速く走りますよ。ああ、ナポリ――美しい、美しい、ねえ。すこしきたないけれど、と僕。だから、どうなんです、と蚊。すばらしい町ですよ！　もちろんパレルモのほうがいいけれど。

　ああ、ナポリの女――と出しぬけに彼が言う。髪はとってもお洒落ですよ、とてもすてきで美しい。でもね、下《ソット》は、下《ソット》は、下のほうはきたないよ。これが冷ややかな沈黙に迎えられると、こう言いついだ。ノイ・ジリアーモ・イル・モンド！　ノイ・キ・ジリアーモ、コノシアーモ・イル・モンド。われわれは方々に旅をします。われわれは世界を知っています。われわれとはだれのことか。よくわからない。パレルモ出身のごろつき営繕係殿下がふくまれるのは間違いない。ともかく、われわれは旅をするから世界を知っています、と言う。これはつぎの一撃の準備だった。「ナポリの女とイギリスの女はね、この点で同じだよ。下のほうはきたないよ。下のほうがきたないよ。ロンドンの女はね……」

　がまんの限界だ。

「君があばずれ好きだから、どこでもあばずれに会うんだろう」と言ってやる。

　相手は急に動きをとめて、僕のことをじっと見た。

「ちがいます！　ちがいますよ！　誤解ですよ。そうじゃない！　そういう意味じゃないんです。ナポリの女とイギリスの女の下着はきたないということだよ……」

だが返ってくるのは冷ややかな視線と横顔だけ。そこで女王蜂《クィーン・ビー》のほうに向いて、愛嬌を振りまく。すこしたつと、またこちらを向いて、

「イル・シニョーレが怒っています！　わたしに怒っています」

だが僕はそっぽを向く。やっとのことで退散した。悔しいことだが、意気揚々と、首にひと刺しお見舞いした蚊のように。じつの話、今日び、この手の輩にはぜったい話をさせてはいけない。やつらはもう人間じゃない。イギリス人であることを憎んで、こちらが一個の人間であることなぞ考えもしない。


僕らは前方へ、前甲板のほうへ歩いてゆく。そこには船長の展望室がある。船長は年配の男で、口数少なく覇気がない。紳士風。だが、しょぼくれて見える。ちょうど、お盆運搬課の男がもう一人、というかまた一人、ブラックコーヒーのカップを持って、はしごを這いのぼってゆくところだ。僕たちはもどって、天窓から厨房をのぞく。見える見える、ローストチキンとソーセージがある。ローストチキンとソーセージが！　ああ、子山羊のわき肉、鳥肉をはじめうまいものはここに行くのだ。ぜんぶ船員の腹のなかへおさまってしまう。こちらはもう上陸まで食事なしで行く。

岬を越した。白い点は灯台だった。太めのハンサムな教授が小さい娘をかかえて上ってきた。女っぽいお兄ちゃんはふかふかうさぎ坊やの手をひいている。一家そろってむつまじく、まことにもって仲むつまじく……僕らの側に腰を下ろした。で、また会話のはじまる予感。いや、それだけはご勘弁を！

船員が、いや船員なんかじゃない、街角の与太が何人か、赤白緑のイタリア三色旗をあげている。マストの先に旗がなびく。すると女っぽいお兄ちゃんはご丁寧にも感きわまって、大きな身振りで変な帽子を取って、さけび声をあげた。

「見て見てイタリアの国旗だよ！」

ああ、おぞましい今日びの感傷趣味！

陸地はゆっくりと、とてもゆっくりと過ぎてゆく。丘の多い、だが不毛な感じの土地で、木がほとんどない。シチリアのように峨々として壮麗な感じもある、というのではない。シチリアには風格がある。船は湾の東側にそって進む。西のかなたにはスパルティヴェント岬がある。まだカリアリは見えない。

「まだ二時間あるわ！」とカリアリ女がさけぶ。「食事もあと二時間だわ。ああ、上陸したら、とびきりのごちそうを食べましょう」

男たちが自動速度測定器を引きいれている。空がくもってきて、きびしい北風の吹く午後に現われるあの氷のような雲のかたまりにおおわれる。もう温かくはない。

ゆっくりゆっくり、形らしい形もない岸にそって這うように進む。一時間たった。前方に、巨大なチェス盤のかけらみたいな黒白格子縞の小さな砦が見えた。細長い岬の端に、人家もなくちょっと殺風景な細長い半島の端に、たっている。ゴルフ場とも見まがいそうな風景。だが、ゴルフ場じゃない。

とつぜん、カリアリがむこうに現われた。形らしい形もないからっぽの湾の奥に、裸の町が鋭く鋭く金色に聳え、平地から重ねあげられ、裸で空に晒されている。ふしぎな、人をはっとさせる、ちっともイタリアらしくない場所だ。町は重なり高まって、細密画のよう。僕はエルサレムを思いだした。木もなく、おおいもなく、ずいぶんと飾り気なく、誇らかに聳える。歴史を遡ったように遠く離れ、修道院の彩飾祈禱書《イルミネイテッド・ミサル》に出てくる町のよう。この町はどうやってあそこにできたのだろう。スペインらしくもあり、マルタのようでもある。イタリアではない。急坂の孤独な町、昔の彩飾画《イルミネイション》に出てきそうな木のない町。だがそれでも、宝石に似たところがある。巨大な湾の奥に忽然と現われたローズカットの裸の琥珀。きびしい寒風が吹いて、空気がつめたい。空は一面、雲のかたまりとなった。あれがカリアリか。あの姿には興味がそそられる。目には見えても入れないかのようだ。何か幻のような、思い出のような、過去に属する何かのような町。あの町を本当に歩くなんてできっこない。あそこに上陸し、あそこでものを食べ、そこで笑うなんて。ああ、できない！　船はそれでも、ゆっくりと休みなく近づいてゆき、僕らは実在の港をめざしていた。

海に面した正面には、例によって暗い並木の遊歩道があり、そのうしろに豪壮な建物が並んでいる。だが、ここではピンクの明るい色というより、もっとくすんで映えない黄色の石造りだ。港それ自体は水をたたえた小さな入江。僕らが慎重にそのなかに滑りこんでゆくと、左手からは雪のように白い塩を積んだ三隻の塩運搬船が、小人のようなタグボートに引かれてそろりそろりとまわってきた。入江にはほかに二隻のものさびしげな船があるだけ。甲板の上は寒い。船はゆっくりとまわって波止場わきに引かれてゆく。ナップザックを取りに下へおりる。太った青蠅が襲いかかってきた。

「九フラン五十払ってくれよ」

金を払って、船をあとにした。

3　カリアリ

波止場で待つ人はとても少ない。大半がポケットに手をつっこんだ男たちだ。さいわい彼らにはある種の孤高と慎みがある。今日びの旅行者ゴロとはちがう。やつらなら、つめたい恐ろしい復讐心を抱いて、こっちが乗物を出るやいなや襲いかかってくるはずだ。ここには真に貧しそうな男たちがいる。本土では、金のない人間、少なくともぶらぶらしている人間はもういない。

港のまわりの雰囲気が変だ。人っ子ひとりいないようで、それでいてあたりに人がいる。今日は「祝日《フェスタ》」、顕現日《エピファニー》だった。だがシチリアとはまるでちかう。口当たりのよいギリシャ・イタリア的魅惑、けれん味ある優雅、人を酔わせる魔力はすこしもない。むしろ素っ気なくむきだしで、寒々しく黄色くて、どこかマルタのよう。だがマルタの異国的活気はない。ありがたいことに、だれも僕のナップザックを持とうとしない。だれもそれを見て騒ぎたてない。だれも気にもとめない。男たちは、つめたく孤高をまもって、じっと立っている。

税関を通る。それから町の税関《ダッツィオ》を抜け、自由の身となった。両側に低い木の植わった広く新しい急坂を上りはじめる。乾いた、広い石の新道は、寒空のもと、黄色がかってみえる。見捨てられたような感じ。むろん、あたりに人がいるのにである。北風が刺すようにつめたい。

広い階段道を上る。広い殺伐とした急勾配の大通りを、休みなく上へ上へ、若芽のように小さい木々のあいだを上ってゆく。宿をさがして、空腹に息も絶えだえになって。

ようやく見つけた。スカーラ・ディ・フェッロという。緑のある中庭を抜ける。待つことしばし、やっとエスキモーに似た黒い直毛の小男が、笑みを浮かべてやってきた。エスキモーみたいな彼はサルデーニャ人の一典型だ。ツインはありません、シングルだけです。で、なんと僕らは、じめついた一階そでの浴室棟《バーニョウ》（売春宿のふくみもあり）に案内された。石の廊下の両側に小部屋が並び、どの部屋にも黒ずんだ石風呂と小ベッドがある。一人ずつ小浴室に泊まられてもいいですよ。ほかにないのならしかたない。だがじっとりと冷えた、地下のようなひどいところだ。こういう古びた「バーニョウ」でのありとあらゆる道ならぬ「密会」を連想してしまう。通路の端に警官が二人、すわってはいる。だが風紀を守るのが目

的かどうかは見当もつかない。ここは浴場だ——それしかわからない。

しかし五分後にエスキモー氏がもどってきて、部屋がありましたと言う。うれしそうだ。彼とても、「バーニョウ」へ放りこむのはいやだったのだ。どうやって見つけたかは知らないが、とにかく、大きくて薄暗く冷えびえとした部屋が、井戸のように小さい中庭の厨《くりや》のにおいの上にある。だがすみずみまで清潔だし、これならいい。人の心も温かくきれいで人間らしい。人間ならざる太古の魂をもつシチリア人、うわべはよいが骨の髄まで冷淡なシチリア人にすっかり慣れてしまっていた。

じつにおいしい食事のあとで、町を見に出かけた。三時すぎ。どこもかしこもイギリスの日曜みたいに閉まっている。寒々しい石のカリアリよ、夏のお前はじりじりと暑いだろう。男たちがあたりにたむろしているが、通行人を放ってはおかないイタリアのあの親密な好奇心はない。

ふしぎな石の町カリアリ。僕らは螺旋階段のような通りを上った。すると、子供の仮装舞踏会の掲示が目にとまった。カリアリの坂はとても急だ。通りを上ったそのなかほどに「堡塁《ほうるい》」とよばれる変わった場所がある。練兵場に似た木の植わった大きく平らな広場だ。それが町の頭上に奇妙にせりだしていて、螺旋坂の上に長い幅広の陸橋のようなものを差しかけている。堡塁の上にもまだ急な坂道がつづいて、大聖堂、そして要塞へといたる。

とてもおもしろいことに、この広場、堡塁は、大運動場のように大きくて索漠とした感じがあって、空中にせりだしているのがわからない。眼下には丸い小さな港。左手には、椰子の木立ちとアラビア風家屋のある、瘴気ただよう海辺の低湿地が見える。そこから例の黒白模様の監視砦のほうに細長い陸地が突きでていて、白い道がのびている。右手には、じつに変わった光景だが、細長く奇妙な砂洲が土手道のように湾の浅瀬を突っきって、遠くまで達している。砂洲の片側は外海、もう一方は地の果てのような巨大な潟になっている。そのむこうに尖った黒ずんだ山々が、広大な湾の反対側にもちょうどおなじく暗い丘が。ここで世界が途切れたかのような、ふしぎなふしぎな地形だ。湾そのものはきわめて広い。だが、こういう変わった現象がすべて、湾の奥で起きている。奇妙な町だ。鋲のように打ちこまれた粗い岩の町、家屋におおわれた飾り鋲のような岩の町が、湾の湿地に突出する。そのまわりでは、一方に椰子にすさんだアラビア風の瘴気ただよう平地がぐったりと横たわり、もう一方に大きな塩の潟が、砂洲のかなたで死んだようにひろがっている。その背後にはさらに、ぎっしりと、ぎざぎざの山並みが忽然と聳え、また平地のむこうにも丘が隆起して、海と対峙する。陸地と海の双方が湾の奥で力つきたかのよう。世界の果て。その世界の果てに出現するカリアリ、その両側に突如生起した、蛇の頭の山々。

しかしそれでもカリアリはマルタを連想させる。ヨーロッパとアフリカのあいだで迷い子となってどこにも属さない土地。どこにも属さず、いまだかつて属したことのない土地。

もっとも縁が深かったのは、スペイン、アラブ、フェニキア。だが、真の運命とは縁がなかったようだ。運命をもたず、時と歴史に取りのこされた土地。

土地の霊とはふしぎなものだ。現代の機械文明はそれを踏みつぶそうとする。だが、うまくゆかない。最後には、土地によりじつにさまざまな、ふしぎな、排他的な、悪意を秘めた地霊というものが、現代の機械的単一性をこなごなに打ちくだく。これこそ本当だと思いこんでいたものすべてがパーンと破裂して、僕らは目を丸くして立ちつくすことだろう。

市役所と螺旋状本通りの上にある大胸壁では、人がおおぜい房のようになって、身を乗りだして下を見ている。僕たちも見にゆく。おやこれは、舞踏会の入り口だ。陶器のような羊飼いの娘がいるぞ。水色の粉を振った髪に牧杖にリボン、可憐なマリー・アントリネット風サテンといったいでたちの娘が、誇らかにあたりを睥睨しながら、ゆっくりと道を上ってゆく。年も十二を出ていないだろうに。召使を二人、付き添いに従えて、しゃなりしゃなりと進みながら、右に左に女王然と視線をおくっている。そのお高くとまった様子に賞をさしあげたい。非の打ちどころがない。ワトーにはちょっと高慢すぎるが、爪の先まで「侯爵夫人」だ。人びとが息をこらして見つめる。大声を上げたり、金切り声を発したり、走りまわったりはしない。この場にふさわしく、息をつめて見つめている。

馬車が二頭の太った鹿毛《かげ》の馬に引かれてきた。螺旋状本通りをずるずると滑りながら、ほとんど泳ぐようにして上ってくる。これだけでも離れわざ、カリアリに馬車はないのだから。滑りやすい石畳の螺旋階段のような道――そこを櫂のように足を動かして上る二頭の鹿毛。考えてもごらんなさい、一歩だって満足に歩けやしないのに。だが馬車は着いた。するとと三人の風変わりに愛くるしい子供がひらひらと飛びだした。白サテンの華奢な少年ピエロ二人に、おなじ白サテンの少女ピエロが一人。黒い斑点をもった、かよわい冬の蝶のようだ。ふしぎな、名状しがたい孤高の気品が、どこか伝統的かつ「世紀末」的な何かが、彼らにはある。といっても僕らの世紀ではなくて、十八世紀の驚くべき人工的洗練がある。男の子は首のまわりに大きな非の打ちどころない襞襟《ラフ》をつけて、うしろには、寒くないようにとクリーム色の古いスペイン風ショールをかけている。タバコの花のようにに弱々しい。孤高然としたつめたい気品を漂わせて、馬車のそばをひらひらと舞う。なかから大きな黒サテンのママが出てきた。子供らは、小さい風変わりな蝶の足を石畳の道に舞わせ、大きなママのまわりを三つのかよわい幽霊のようにふわふわ漂いながら、椅子にすわったたくましい警官のわきを抜けて、ホールへと入ってゆく。

薄黄色の錦織りをまとった色男ご到着。襞襟をつけ、帽子をわきの下に抱えている。年の頃は十二前後。なんのやましさも感ずることなく、威風堂々とねじれた急坂を徒歩で上ってくる。いや完璧な自意識ゆえの貴族的沈着か。本物の、十八世紀の伊達男。フランス人よりはぎごちないかもしれないが、真髄をきわめている。ふしぎなふしぎな子供たちだ。一種よそよそしげな気高さをそなえ、ひとかけらの疑問も抱かない。彼らにとって、自分たちの高貴さは疑う余地もない。僕は生まれてはじめて、昔の貴族のもつ真につめたい気高さをこの目で見た。彼らは自分が高位の存在秩序を体現していることに、なんのやましさも感じていない。

もう一人、女中を連れた白サテンの「侯爵夫人」があとにつづいた。カリアリでは十八世紀が色濃い。彼らには、それが最後の光りかがやく現実なのかもしれない。十九世紀はほとんど問題にならない。

ふしぎなカリアリの子供たち。貧乏な子供は徹底して貧乏な裸足のはなたれ坊主で、暗くせまい通りを元気に暴れまわっている。だが裕福な家の子はじつに美しい。まこと並はずれて洗練された装いぶり。度肝を抜かれた。大人はそれほどでもないのに、子供たちときたら！　あるたけの「粋」、流行《はやり》、独創が、子供たちにそそぎこまれる。それがとてもうまくいっている。ケンジントン公園の上をゆくものもたくさんある。子らは垢抜けた服を見事に決めて、心をゆるませず、自信たっぷりに、パパ、ママと散策する。思いもよらなかった。

そして、ああ、暗く、せまく、じめついた道が、クレバスのように大聖堂まで上ってゆく。巨大なバケツの汚水が空からザーッと落ちてきて、浴びそうになる。外で遊んでいてその水をかぶらないでもなかった坊やが、星や点灯夫（街灯に点火してまわる人）を見るときの子供らしい呆けた驚きの表情を浮かべて、上を見あげる。

かつての大聖堂は異教徒たちの古く美しい石の要塞だったにちがいない。いまでは、いわばいく時代もの肉挽き機にかけられて、ローマ・サン・ピエトロ大聖堂にあるあのひどい天蓋にちょっと似た、バロック風ソーセージとなりはてている。それでも、鄙びた世を忍んだ趣がある。日暮れどき、それも顕現日《エピファニー》なので、かなり不ぞろいな盛式ミサの行列が、石畳を中央祭壇へと向かってゆく。すみにしゃがんでおはじきをしたり、パンやチーズを食べたりしてくつろいでもかまわないような、居心地のよい昔の教会の感じがある。

祭壇のさまざまな掛け布の上には網目のレースがあって、人目をひく。きっと聖ヨゼフが守護聖人だ。彼の祭壇が一つある。死にゆく者への祈禱文がある。

「おお聖ヨゼフ、われらが主の真の潜在的《ポテンシャル》父よ」――だれかの潜在的父になるといったい何かいいことがあるのだろうか？　その他の点については、僕はベデカー（有名な旅行案内書）ではないから……。

カリアリの天辺は要塞である。古い門、古い塁壁は、蜂の巣状に穴のあいた、黄色がかったきめ細かい砂岩でできている。塁壁はスペイン風に、壮麗に大きく孤を描いてのびあがり、くらくらっとくる。道はまたふもとのほうへ、丘の裏側をゆっくりと下りてゆく。そこは町の外。椰子の木立ちのある平地と気を失いそうな海がひろがり、そのむこうはさらに内陸部、丘々が見える。きっとカリアリは、独りぽつんと失われた絶壁の岩の上に建っているのだ。

要塞のすぐ下、町を見下ろす高台に立って、日没を眺めた。身の毛もよだつ光景だった。すさんだ潟のむこうに横たわる、青みがかった、ベルベットのような、瘤だらけの蛇の頭の山々のかなたに、日が落ちてゆく。暗く焼けつく濃い紅の西空。その端から端まで、青黒い雲の筋、雲のかたまりが、不気味に垂れこめている。青黒い山頂のうしろには、不吉なくすぶる赤色の垂れ幕が一面にひろがっていて、海へとつづく。はるか下には潟がある。何マイルも何マイルもつづいて、荒れはてて見える。だが、砂洲がひとすじ、橋のように海をわたって、道が通っている。大気全体が暗い。陰気な青みがかった色。壮大な西空は陰々とくすぶり燃えて、あたりに光をはなつこともなく、濃い赤色だ。寒くなった。

急な坂を下った。暗く、臭く、じめついて、とても寒い。車輪のついた乗物は上れないだろう。町の人びとは一部屋に住んでいる。戸口で男が髪をとかしたり、カラーを留めたりしている。祝日の宵がおとずれた。

道を下りきったところで、仮面をつけた若者の小グループに出会った。長い黄色のワンピースを着て、フリルのついたボンネットをかぶったのが一人、老婆のようなのが一人、赤い綾織りの服が一人。腕を組んで、通行人にちょっかいを出している。女王蜂《クィーン・ビー》、キャッとさけんで逃げ道をさがした。仮面が怖いのである。子供のころから怖いのである。じつをいうと僕もおなじだ。二人して身を縮ませて、通りの反対側を急ぎ足で進む。堡塁の下に出た。勝手知ったる広く短くよく冷える大通りを、海のほうへ下りてゆく。

坂を下りるとまた、仮面の乗った馬車がいる。カーニヴァルがはじまる。広く大きなスカートをはいて民族衣裳の百姓女に扮した男が、大股で御者台によじのぼって、リボンのついた鞭を振りまわしながら、小さくかたまった聴衆に話しかけている。口を大きく開けて、大音声で、お母さんと馬車に乗るの云々、えんえんと熱弁をふるいつづけている。母親とは御者台に揺られながらすわっている老婆に扮した男のこと。鬘をつけて、きらびやかな装いに身をつつんでいる。娘役は御者台の上で鞭を振りまわし、大音声を発し、得意然と歩く。聴衆はじっと聞きいって、にやりとする。皆にはじつにリアルなのだろう。女王蜂《クィーン・ビー》は遠くをうろうろしながら、なかば魅せられたように見ている。男は鞭と足とを大きく派手にふって——フリルのついたズロースを見せ——馬をまわし、海ぞいの大通りを御していった。ここが馬車の通れる唯一の場所である。

海辺の大通りはローマ通り《ヴィア・ローマ》という。片側にカフェが並び、その向かいにはこんもりした木立ちが僕らと海とをへだてるようにある。町の背後をぐるりとまわってきたミニ列車ともいうべき小蒸気レールバスは、この海ぞいのこんもりした木々のあいだにがたんと止まる。

このローマ通りにカリアリの社交生活は集中している。道の片側には外にテーブルを出したカフェ、その反対側には並木道のような浜辺があることを考えてみれば、通りはまことに広くて、夕べには町じゅうの人がすっぽりとそこに収まる。ここで、この場所でだけ馬車は、大変ゆっくりとではあるが走ることができる。将校は馬に乗ることができる。住民は「集団で」ぶらつくことができる。

突如まわりに出現した群衆にはびっくりした。人がゆっくりかたまりとなって流れてゆき、短く濃密な川になっている。乗物の交通はなきにひとしく――あらゆる類の人間が二本足でひたひたと進む濃密な流れがあるだけだ。馬車《チャリオット》の通行が許されずだれもが歩いていた帝政ローマの街路は、こんな感じだったにちがいない。

小集団の仮面たち、単独の仮面たちが、ひしめきあう流れとなって、木立ちの下を踊りながら闊歩してゆく。仮面をつけると人は人らしく歩かなくなる。針金で上からあやつられる等身大のマリオネットさながら、突拍子もなく、踊って、跳ねて、前へと進んでゆく。

そんな具合に、肩から針金で引っぱりあげられ前進させられているかのように、変に活発に進んでゆく。僕の前をすてきな色つきハーレクィンが行く。いろどり豊かなダイヤ模様に全身をつつんで陶器のように美しい。軽やかな気まぐれな足取りで、ひしめく群衆のあいだをまったく独りで、とびきり陽気に跳ねてゆく。小さな子供が二人、あざやかな緋色と白の衣裳に身をつつんで、手をつなぎ、ゆっくり落ちついて歩いてくる。彼らは軽やかな仮面ステップをしていない。すこしたつと、シルクハットの空色娘が大きくひろがったとても短いスカートをはいてやってくる。きどって歩く。すると、スカートがバレリーナのようにパタパタパタと上下する。そのうしろをスペイン大公が猿みたいに跳ねまわっている。皆、群衆のゆっくりした流れのあいだを、縫うようにして進んでゆく。ダンテ氏とベアトリーチェ嬢が登場。おそらく天国にいるのだろう、全身を白いシーツのようなローブにくるんで、頭には銀の花冠をのせ、腕を組んで、きわめてゆっくり、威風堂々と闊歩する。それでも、上から針金で動かしているような、ゆっくりと飛びはねる感じがある。とてもいい。よく知られたヴィジョンがまるごと生きかえった。経かたびらのように白く、亜麻色の髪に銀の冠を戴いた生身のダンテ氏が、不死のベアトリーチェに腕を貸して、暗い並木道をのしあるいてゆく。鼻と頬骨、縞模様の頬、それに空《うつ》けた表情はダンテにうってつけだ。地獄篇に対する現代的批判を体現している。

すっかり暗くなって、明かりがともされた。道をわたって「カフェ・ローマ」へ行き、石畳の人ごみのなかにテーブルを見つけてすわる。さっそく紅茶を飲んだ。風の凍てつく寒い晩だ。だが群衆は、ゆっくりと寄せては返す波のように、行ったり来たりしている。テーブルに腰を下ろしている大部分が男で、皆、コーヒーやベルモットや火酒をすすりながら、くつろいで歓談している。近代的自意識はひとかけらもない。感じのいい、ある種自然な精神のたくましさと、封建時代の打ちとけた空気がいくばくか感じられる。子供連れの家族が、民族衣裳を着た子守女を連れてやってきた。全員、一つのテーブルにつく。とびきり美しい子守女は下座にすわっている様子だが、たがいにすっかり打ちとけている。彼女は、上等な生地の緋薔薇色のドレスに、紫とエメラルドグリーンの風変わりな小ベスト、大きくゆったりした袖のついた、やわらかな手織りリンネル地の胴着を着て、白と緋薔薇の頭飾りをのせ、金細工の大きな飾りボタンとイヤリングをつけている。ケシのようにあざやかな色合いだ。この封建ブルジョワ一家はシロップ入りドリンクを飲みながら、人ごみを眺めている。驚くべきは、彼らの自意識の完璧な欠落。皆がまったく自然に落ちつきはらっている。とびきり美しいこの民族衣裳の子守もまるで故郷《くに》の通りにいるようにすっかりくつろいでいて、よく動き、よくしゃべり、道行く人に声をかけている。おさえた感じがまったくない、いや、それどころか、出すぎた感じもまったくない。女は、目には見えない身分の壁、目には見えず、だが超えがたい、身分の壁の下手にいる。壁は双方にとってよいものだと思った。獣のように、バリケードで押しあいへしあいすることもなく、双方ともに、おのおのの側で、人間らしく自然でいられる。

群衆は道の向かい側、海寄りの木々の下にいる。僕たちの側は、ときおり歩行者がぶらぶら通るくらいだ。民族衣裳の百姓をはじめて見た。背筋ののびたハンサムな初老の男で、白と黒の衣裳の姿が美しい。袖のたっぷりした白シャツに、厚い地元産フライズ（片面をけばだてた厚地の外套用粗紡毛織物）のぴったりした黒い胴着を前を大きくあけて着ている。そこからおなじ黒フライズの短いキルトスカート、というか一種のフリルが突きでている。おなじ生地の帯が粗いリンネルのゆったりしたキュロットの股間をとおっている。膝の下でしばったキュロットは、ぴっちりした黒フライズのゲートルにつづく。頭には長い黒のストッキング帽（円錐形の長い帽子）をかぶり、その先をうしろに垂らしている。ああ、すばらしい——男らしさがこんなに美しいとは！　手を背中でぶらぶらさせながら、背筋をのばして、ゆっくり孤高然と歩いてゆく。屈することを知らない魅惑的な近寄りがたさ。白と黒のきらめき、大きな白キュロットの悠揚たる歩み、黒ゲートル、黒いボレロつきの胸当て、そしてまた、白い大きな袖に白い胸、それから帽子の黒へともどる。なんとすばらしい色のかたまりの対照！　カササギのような色彩の魅惑！　奇跡だ！　きちんと表現された男らしさは本当に美しい。現代の衣服によって、なんとばかげた姿になり果てたことか。

もう一人、目の動きが速く、頰のきびしい、かたく危険な太股をもった青年農夫がいる。ストッキング帽を折って、フリギア帽のように額まで前に垂らしている。ぴっちりとした短ズボンをはき、革のように見える茶色っぽい厚手の生地のきつい袖つきベストを着ている。その上には、使いこんだ黒の羊皮で、縮れた羊毛が外側についた一種の胸当てをつけている。仲間に話しかけながらずんずん歩いてゆく。たるんだイタリア人のあとで、こんなぴっちりとした短ズボンをはいた、昔の野性をいまなお秘めるひきしまった男の肉体を見る。ああ、心がうばわれる！　ヨーロッパでは、男という種族はほとんど死滅したことがわかってぞっとした。キリスト型英雄と女性崇拝型ドン・ファン、それに男女平等ぐるいの阿呆、これしかいない。かつてのたくましい、屈服を知らない男は消えてしまった。あらぶる男の孤独な魂は鎮圧された。その最後の火花がいま、サルデーニャとスペインで消えようとしている。あとに残るは、プロレタリアート、男女平等俗衆思想、そして、悲しげな顔つきで害をふりまく自己犠牲好き教養お坊っちゃん。それだけだ。ひどい話！

だが、あのきらめくふしぎな白黒の衣裳！　前から知っていたような気がする。着たことさえある。夢に見た。夢に見て実際に触った。なぜかそれは僕のなかの何かに属するものだ。僕の過去にか？　よくはわからない。おのれの血が知っているという居心地のわるい意識がつきまとって離れない。ぜったい以前から知っていた。エリクス山の前で感じた居心地のわるさと、もっともあのときの畏れはないけれども、相通じるところがある。

朝。ぬけるような青空から太陽は光を投げていた。だが日陰は死ぬほど寒い。風は平たい氷の刃のようだ。日なたのほうへ駆けていった。宿ではカフェオレを出さないという。小さなカップのエスプレッソだけ。そこでまた、海辺へ、ローマ通りへ、きのうのカフェへと下っていった。今日は金曜日で、町の外からおおぜいの人たちが巨大な籠を持ってばたばたとやってくる様子。

「カフェ・ローマ」にカフェオレはあった。だがバターがない。腰を下ろして、外の動きを見た。サルデーニャのミニロバ、これまで見たこともないくらいちっちゃなロバが、手押し車のような小さい荷馬車をひいて、極小の足を動かして速足で進んでゆく。なんと小さいのだろう。横を歩く少年が大男に見える。ふつうの男ならば、残酷にのしあるく巨人キュクロープスになってしまう。大の大人が、蠅とたいして大きさのちがわないこの小さな生き物に自分の荷物をひかせるのはばかげていないか。一頭が箪笥を荷馬車にのせて引っぱっているが、家一軒うしろにくっつけているみたいだ。それでも、ちっぽけな姿で、けなげにも荷物に押しつぶされながらとぼとぼと歩いてゆく。

住民の話によると、かつてサルデーニャ山間のムア（ヒース類の生えた英国の荒れ野）に似た荒れ野では、このロバの群れが半野生の状態で草を食んでいたそうだ。だが戦争が、戦時特権階級のあきれた蛮行が群れを滅ぼしてしまい、もうほとんど残っていない。牛もおなじだ。牛の故郷、丘多き地中海の小アルゼンチンとよばれたサルデーニャも、いまではからっぽ同然。戦争のせい、とイタリア人は言う。いや、違う。戦時支配層のあくどい、あさましい、あきれた浪費のせいだ。世界を疲弊させたのは戦争ではない。戦争仕掛け人が母国でおこなった悪辣な意図的な浪費である。ドイツがイタリアを破壊したのではない。イタリアがイタリアを破壊した。

日なたをぶらつく白黒衣裳の農夫が二人、光りかがやいていた。すると昨夜見た夢は、夢ではなかったのだ。自分にさえわからない何かに対する僕のノスタルジアは幻ではなかった。そう、フライズとリンネルに身をつつんだ男たちを見た瞬間、またおなじ憧れを感じた。昔から知っていて、また取りもどしたい何かに対する、心からの憧れを感じた。

今日は市《いち》がたつ。僕らは道を折れて、二つ目の大きな割れ目のような通り、ラルゴ・カルロフェリーチェに入った。尻尾の切れ端のような、だだっぴろい短い並木道。これがカリアリだ。どこもかしこも半端なかけらばかりの町。歩道わきには露店がたくさんあって、櫛、カラーボタン、安鏡、ハンカチ、綿製品、ふとん布地、靴クリーム、くず瀬戸物などを売っている。だが、つきそいの召使に巨大な竹籠を持たせて市場へ向かうカリアリ・マダムの姿も見える。小さな男の子が、買い物帰りのご婦人のうしろを、パン、卵、野菜、鶏などを積んだ巨大な皿のような竹籠を頭にのせてついてゆく。そこで僕らも市場へ出かけるご婦人のあとをついて、市のたつ大広場に出た。するとそこは卵で光りかがやいていた。金色の竹で編んだ大きな丸皿籠にはいった卵——ごったがえし、山のように積みあげられた卵が、シエラネヴァダ山脈のように白く温かく輝いている。なんという輝き！　これまで気づかなかったが、卵は大気中に、真珠色の温かい、ほとんど熱に近い光を放っている。金色の真珠の熱気が伝わってくるようだ。無数の卵が、輝く並木道をつくっている。

そのうえ値札には、六十サンチーム、六十五サンチームとある。ああ、わたし、カリアリに住むわ、と女王蜂《クィーン・ビー》が声を上げた。シチリアの卵はひと山一フラン五十なのである。

ここは、肉、鳥、パンの市場だ。白パン、黒パン、さまざまな形の焼きたてパンを売っている店がある。じつにおいしそうな、ちょっと味見をしてみたい地元菓子を売る小さな店がある。たくさんの牛、豚、子山羊肉がある。チーズ屋の露店もある。あらゆる形のあらゆるチーズが、あらゆる白、あらゆるクリーム色が、らっぱ水仙の黄色にいたるまである。山羊のチーズ、羊のチーズ、スイスチーズ、パルメザンチーズ、ストラッキーノ、カチョカヴァッロ、トロローネ、その他、名前も知らないチーズがいっぱいある。ただ、値段はシチリアとほとんど変わらなくて、キロ当たり十八フラン、二十フラン、二十五フランくらいだ。それにすばらしいハムが、キロ当たり三十フラン、三十五フランである。だがバターは大部分ミラノの缶詰で、つくりたてのものと値段はおなじだ。塩漬け黒オリーヴの輝くばかりの山が、緑の塩漬けオリーヴの巨大な鉢がある。鶏、あひる、野鳥が、一キロ十一、十二、十四フランで売られている。特大のボローニャソーセージ、モルタデッラもある。教会の柱みたいに太い、十六フラン。もっと小さなソーセージやサラミなど、スライスして食べるものもよりどりみどりだ。光りかがやく食べ物の、すばらしい豊饒。とくに金曜日の場合、魚にはすこし遅かった。それでも、裸足の男が、地中海でとれた気味のわるい物体を二匹差しだした。あの海には化け物がうようよいる。

百姓女が売り物のうしろにすわって、色とりどりの、おそろしくたっぷりした、リンネル製自家織りスカートを風船のように身体のまわりにひろげている。黄色い籠が明るい光を放っている。ここもまた、あふれかえる感じがある。だが残念ながら、卵をのぞけば割安の感じはない。毎月毎月、すべての値段が上がってゆく。

「わたし、カリアリに引っ越して、買いたいものを買うわ」と女王蜂《クィーン・ビー》がのたまう。「あの大きな竹籠、ぜったいにほしい」

小さな通りへ下りた。だが建物に囲まれた幅広の石段から、さらにいくつかの籠が現われた。そこで上に行った。すると、野菜市場に出た。女王蜂《クィーン・ビー》、ここでますますご機嫌になる。なかには裸足もまじる百姓女が、小さくきつい胴着にヴォリューム豊かな色スカートをはいて、野菜の山のうしろにすわっている。ああ、こんなに美しい光景は見たことがない。主調をなすほうれん草の鮮烈な深緑。その深緑のなかから、凝乳の白と黒紫のカリフラワーが塔のように聳えている。フラワーショーのような、すばらしいカリフラワー。

すみれの大きな束のような鮮烈な紫のカリフラワー。その緑と白と紫のかたまりのあいだから、あざやかな緋薔薇色と青紅のラディッシュが、小さなカブほどに大きいラディッシュの山が、突きでている。さらにアーティチョークの細長い紫灰色の蕾が、ナツメ椰子のぶらぶら揺れる房が、イチジクの山が。砂糖をまぶしたような白イチジク、暗く沈んだ黒イチジク、明るく日に焼けたイチジク、籠という籠いっぱいのイチジクがある。アーモンドの籠もすこしあって、巨大な胡桃がたくさんある。平たい籠の地元産レーズン。トランペットみたいな緋色のペッパー。とても大きな、真っ白な、汁気たっぷりのすばらしいウイキョウ。籠の新ジャガ。ウロコだらけのコウルラービ、野生のアスパラガスの束、黄色く芽ぶきはじめたスパラチェッリ、大きくて肌のきれいな人参、真ん中が白い、羽毛のような青菜。茶紫の長タマネギ、そしてもちろん、大型オレンジのピラミッドの山だ。薄色リンゴのピラミッドの山だ。燦然と輝く籠のなかのマンダリン、黒緑の葉つき小型ポンカン。果実の光のあざやかな縁と色彩の宇宙が、ここカリアリ市場の屋根の下ほど輝いていたことは、僕の人生でいまだかつてない。自然のままの豪勢な光景。そしてかなり安い。まだ安い唯一のものだ。ただジャガイモだけは例外で、どんなものでもキロ当たり一フラン四十か五十する。

「あらあら!」と女王蜂《クィーン・ビー》がさけぶ。「カリアリに住んで、この市場で買い物するのが、死ぬまでにかなえたいわたしの夢になっちゃった」

それでも日陰は寒い。あたたまろうと思って道へ出た。陽射しは強い。だが南欧の町全般にいえるのだが、道は井戸のなかのように陽が射さない。

女王蜂《クィーン・ビー》と僕は数少ない日なたを選んでそろりそろりと歩くが、また否応なく影に呑みこまれてしまう。店をのぞいてみるが、見るべきものは多くない。大部分が小さくきたない田舎の店だ。

だが、道にはかなりの数の百姓が、そして比較的ふつうの装いの百姓女がいる。手織りのリンネルや厚手のコットンのぴっちりした胴着とヴォリューム豊かなスカートからなる衣裳。いちばんかわいらしいのは、赤とダークブルーの太縞細縞がまざったものだ。ウエストのところでダークブルーが集まって一色になり、無数のプリーツが薔薇色がかった赤をことごとく隠している。だが彼女、つまりこの豊かなペチコートの百姓女が歩くと、その赤色が、自分の色彩を見せつける鳥のようにパッパッパッと光る。暗い通りではこれが美しい。とんがりのついた無地の軽い胴着をつけて、小さな胸飾りに大きくゆったりした白袖といった場合もある。そしてたいていは、ネッカチーフやショールをゆるく結んでいる。短い歩幅できびきび歩く姿は魅惑的である。つまるところ、僕がいちばん惹かれる女の衣裳とは、きつい小さい胴着と、たっぷりとして動きにあわせて揺れるプリーツの多いスカートではないか。そこには現代のエレガンスに完全に欠落している魅惑、鳥のような動きのたわむれがある。

おもしろい連中だ。老いも若きも、百姓女はとてもきびきびして誇らかだ。背筋を小さな壁のようにのばして、毅然とした美しい形の眉をしている。ぴりっとした姿は見ていて楽しい。東洋人のようにこそこそ歩くところもない。きりりと機敏な鳥のように道を駆けてくるので、いきなり頭に一発ゴツンとやられそうだ。ありがたいことに、やさしさはサルデーニャ的性格ではないようだ。イタリアの本土は、ゆでたマカロニのようにじつにやさしい。あらゆるもののまわりには、ふやけたやさしさが何ヤードも何ヤードもからみついている。だがサルデーニャの男は、僕の見たかぎりでは、女を理想化しない。サルデーニャの男は、イタリア野郎お得意の流し目、例の「あなたの僕《しもべ》」といった表情をしない。町の外の男が女を見る目つきも、奥様どうぞご勝手に、だ。這いつくばる聖母崇拝はサルデーニャの特徴ではないらしい。ここの女は自分で警戒して、背骨の緊張をゆるめず、拳をかたくにぎりしめていなければならない。男は隙あらば、亭主関白であろうとする。女もまた男の勝手を許さない。だから昔風に、男女の仲が敵味方の陣地にきれいに割れる。じつのところ、べたべたしたひっつきあいや軟弱な聖母崇拝にうんざりしたあとでは、気分がひきしまってこれが最高だ。サルデーニャ人は、気高い志に見合った「高貴なご婦人」を求めはしない。いや、けっこうです、という。そこの若いご婦人が、若い高慢な世の女がいいのです、と。気高い志云々の女ども、そう、あのからっぽのぺてん師まがいの女どもよりは、はるかにいい。あまりにも自分をさらけだしてしまうカルメンタイプよりもいい。サルデーニャ女には、どこか人となじまず人にさからう近寄りがたさがある。それぞれが、それぞれの陣地を攻撃から守らんと不退転の決意をかためた男女のあいだに、仮借ない、すばらしい分裂が起きる。その結果、出会いには、たがいにまったく未知の者同士の、荒く、きびしい、一種の味わいが出てくる。そしてそれぞれが、おのれのもって生まれた誇りと勇気をかけて危険な跳躍を敢行し、また急いで舞いもどってゆく。

僕は昔のきびしい愛がほしい。感傷や高貴には、当世風崇拝の涎まじりお涙ちょうだい式の茶番には、うんざりしている。

カリアリでは魅力あふれる顔をときおり見かける。あの大きい、光のない、黒い瞳を。魅力的な黒目はシチリアにもある。きらきらと大きい不逞な光の点のある目を奇妙にぎょろつかせた長い睫毛のシチリア人がいる。それはあきらかに古代ギリシャの目である。だがサルデーニャで見る目は、やわらかな何もない暗闇だ。一面ビロードにおおわれていて、なかから小鬼がのぞいていることもない。さらになじみの薄い、いにしえの音を響かせる瞳、まだ魂が自意識をもたないころの、ギリシャの精神がこの世に現われる前の時代の音がする。遠い、永遠に遠い、まるで洞窟の奥深くに横たわって出てこない知性のような音。

ちらっと目をやるその一瞬に暗闇をさぐってみる。だが、核心にはとどかない。それは見も知らぬ生き物のように、ねぐら深くもぐってしまう。黒いたくましい生き物が、そこにいる。だが、それは何か?

この大きく黒い光のない目を、ベラスケスが、ゴヤが、わずかながら伝えていることがある。ふわふわした和毛《にこげ》のように細い黒髪とよくあう瞳。僕はカリアリ以北でこんな目を見たことがない。

農民衣裳の生地、赤と青、太縞細縞の綿布を女王蜂《クィーン・ビー》が見つけた。暗い店の入り口に巻かれてでんとある。入って、さわってみた。厚めのやわらかいふつうの綿布で、一メートル十二フラン。たいていの百姓模様とおなじく、見た目よりはるかに複雑で精妙である。太縞のおもしろい配置、微妙なバランス、幅広の青のかたまりの片側だけに残された一本の細い白糸。太縞は布地を縦にではなく横切るように走っているのに、横幅はスカート一着になんとか間にあう長さしかない。もっとも農民スカートの裾には、たいがいいくつもの太縞がぐるりとめぐる帯がある。

単純、率直、愛想のいいエスキモータイプの男が、この服地はフランス製で戦後はじめての巻物です、という。古い、昔の模様はたしかにいいが、生地はそれほどでもない。女《クィ》王蜂《ーン・ビー》は、一着つくれるくらい買った。

店の主人はまた、オレンジ色、緋色、空色、藤紫色などのカシミアを見せる。インドに向かう途中のドイツ商業潜水艦から押収された質のいいまじり気なしのカシミアだよ、という。メートル当たり五十フラン。とてもとても幅が広い。その輝きには魅せられたが、ナップザックで持ちあるくにはかさばりすぎる。

——

こうしてぶらつきながら商店を見、農民の金のすかし細工の装身具を見、感じのいい本屋をのぞいた。だが、見るものはほとんどない。このまま進むかどうか、それが問題となった。先へ行こうか？

カリアリを発って北へ行くには二つの道がある。島の西側を北上する国鉄と、真ん中を貫く狭軌の支線と。もっとも、幹線の汽車には間にあわず、行き先はどこであれ、支線に乗ることにした。

二時半の汽車があって、マンダスというおよそ五十マイル離れた内陸の町まで行ける。ちょっと変わった小柄なホテルの給仕に聞くと、彼はマンダスの出身で、宿も二軒あるという。そこで魚ばかりの昼食をとってから、勘定を払った。おいしい食事三回、ワインそれに宿代で、六十フラン余り。いまのイタリアの水準で、これは安い。

素朴で親切だったスカーラ・ディ・フェッロに満足して、ザックを肩に背負い、二人で支線の駅まで歩いてゆく。今日の午後は陽射しがきつい——海辺では焼けつくように暑い。

建物も道路もからからに干からびているようだ。港もずいぶんぐったりとして、世界の果てといった風情。

小さな駅は農民でごったがえしていた。ほとんど全員が、織物の鞍囊《あんのう》を一対持っている。粗織りウールの大きく平たい帯の両端に平らなポケットをつけたもので、買った物でいっぱいだ。持ちはこびに使うほとんど唯一のバッグでもある。彼らはこれをさっと肩に掛けて、大きなポケットが前に一つ、後ろに一つくるようにする。

この鞍囊にはすっかり魅了された。黒錆色の未加工ウールの縞に、これも未加工のさまざまな白いウール、麻、綿の縞をまぜて、粗く織ってある。横に走るさまざまな幅の太縞細縞。白っぽい帯には、青、緑、ローズレッドとそれは見事な色あいの花が、農民の柄で織りこまれていることもある。また、暗色のウールの上に幻想の獣、動物がいることもある。帯に描かれた花の色の明るさに目を見張らせられるもの、グリフィンめいた幻想の獣が気味わるいもの、とさまざまだ。この縞馬バッグの群れは、それ自体で一つの風景をなしている。

汽車には一等と三等しかない。およそ六十マイル離れたマンダスまでの三等は、二人で約三十五フラン。楽しい鞍囊といっしょに押しあいながら、席のたくさんある木造客車へと入ってゆく。

ふしぎやふしぎ、一秒の狂いもなく出発した。カリアリを出て、また旅路へ。

4　マンダス

客車は市から帰る人でいっぱいに近かった。このような鉄道の三等客車はコンパートメントに分けられていない。あけっぱなしなので、部屋を見通すようにみんなの姿が見える。ベルコーレとよばれるこの魅力的な鞍嚢をあたりかまわず置くと、乗客の大半は活気あふれる「会話《コンヴェルサツィオーネ》」を交わしはじめる。やはり、汽車は三等に乗るのが断然いい。ひろびろとして息が詰まることがなく、だれもが上機嫌の陽気な酒場にいるようだ。

僕らのほうの端がたっぷりと空いている。通路をへだてた真向かいには、嬉々として家路につく子供のような初老の夫婦がいる。旦那は全身肥えに肥えた男で、白い口髭をはやし、べつに無愛想ということもないが、ちょっと眉根をよせている。奥さんはやせた背の高い色黒の女で、たっぷりとしたスカートの茶色のドレスに黒いエプロンをつけている。特大のポケットがある。頭には何もかぶらずに鉄灰色の髪をきれいに分けている。汽車に乗って、二人は、かなりうきうき興奮している。奥さんは、大きなポケットから有り金全部を取りだして、それを数え、旦那にわたしている。あるたけの十リラ札、五リラ札、二リラ、一リラ札が見える。汚れてくしゃくしゃになった、裏がピンク色の一リラ札をためつすがめつして、使えるかどうか調べている。それから小銭をわたす。旦那がそれをズボンにしまおうと立ちあがって、太った太股のポケットに押しこんだ。はっとした――シャツのうしろがまるごと出ている。うしろ向きのエプロンみたいだ。どうしてかは謎である。太った気のいい無頓着なタイプの男なのだ。ちょっとえらそうに眉根をよせて、やせた背の高い、いかめしい顔つきの従順な妻をもつ、例のタイプだ。

二人はとても幸せそうだ。旦那は目を丸くして、魔法瓶から熱い紅茶を飲む僕らを眺めていた。彼も、すわ爆弾か、と思ったのだろう。青い目の上に、白い眉毛が突ったっている。

「おお見事に熱い！」と、紅茶の湯気を見て彼が言う。例によって感嘆のさけび声だ。

「健康によいのですか？」

「ええ、とても」と女王蜂《クィーン・ビー》。

二人は満足げにうなずいた。ええ家に帰るところです。

汽車は、瘴気が漂ってきそうな海辺の平地を走ってゆく。しょぼくれた椰子の木を過ぎ、

モスク風建物を過ぎる。踏切では、赤旗をもった女の踏切手が元気よく飛びだしてきた。だらだらと最初の村に入ってゆく。村の家はアドービ（日干し煉瓦）づくりで、分厚いアドービの庭塀があって、塀の上には雨よけにタイルの屋根がついている。囲いのなかには暗色のオレンジの木。だが、土色の干し粘土の村は、異質な感じがする。きつねの穴やコヨーテの住居のような、ほとんどただの土くれ同然に見える。

振りかえると、岩の上に突きたった、意外に美しいカリアリが目に留まった。その横には、丸く反った薄い刀身のような海が見える。それが本物の海とは、この淡い粘土色の平地からはなかなか信じがたい。

だがまもなく、汽車は丘陵地帯へ上っていく。すると耕地がとぎれがちになる。ヒースの荒れ野の丘がこんなに海の近くまで迫っている！　ああ、サルデーニャ島の広大な空間は、この低木しか生えない無人の土地からなっているのだ！　ヒースやイワナシの灌木や、胸の高さのギンバイカの一種が生える荒れ野。ときおり牛を数頭見かける。そしてまた、灰色がかった小さい畑が見えて、小麦が植わっていた。コーンウォールに、ランズエンド（英コーンウォール州にあるイングランド最西端の地）あたりに似ている。遠くにぽつりぽつりと、うら寂しい風景のなかで働く百姓がいる。ときおり遠景に、男が一人で白黒の民族衣裳をきらめかせている。小さく、かなたに、孤独なカササギのような奇妙に鮮明な姿。サルデーニャのふしぎな魔力

のすべてがこの光景のなかにある。低い荒涼とした丘々のあいだ、広大な風景のくぼんだ一角に、小さくあざやかな白黒の人影がぽつんと見えて、まるで一人で永遠に働きつづけるかのようだ。ここには小麦に適した灰色の耕地、くぼ地がある。かつてサルデーニャはすばらしい穀倉地帯だったのだ。

しかし南部の農民の大半は民族衣裳をもう着ない。たいていは、兵士が着る緑と灰色のカモフラージュ服、イタリア製カーキを着ている。どこへ行こうが、どこにいようが、このカーキ服を、緑と灰色の軍服を見かける。厚手の上質な、だが胸くそ悪いこの生地を、いったいイタリア政府は何百万ヤード配給したのだろう？　知ったことではないが、イタリアじゅうをフェルトの絨毯でしきつめるくらいはあったろう。カーキは小さな子供をこわばった没個性の服やコートで箱詰めにしてから、干からびた父親をつつみこみ、さらには女たちをもその暖かさでくるむことがある。カーキは人間の頭上に垂れこめて世界中にひろがった灰色の霧の象徴だ。あらゆる個性の抹殺、あらゆる野性の孤独の根絶の象徴。ああ、民主主義！　ああ、カーキ民主主義！

ここでイタリアの景色はずいぶんちがう。イタリアにはたいてい劇的なところがある。すみずみまでロマンティックということだろうか。ロンバルディア平原にはドラマがある、ヴェニスの潟にはロマンスがある。半島の山間部はだいたいどこでも、風景そのものが人の心をかきたてる。石灰石の岩層が元来もつ華やかさのせいだろうか。そう、イタリアの景色は真に十八世紀的な風景画である。すべてが驚異の念を呼びおこして恰好の話題となる、あの古典的ロマン派風に描かれている。水路橋、すりばち状の山の頂きの廃墟、険阻な峡谷、ヴィルヘルム・マイスター風瀑布。いたるところに起伏がある。

サルデーニャはちがう。はるかに広くて、ふつうで、起伏がまったくなく、景色が遠くまでつづいてゆく。南西部の劇的な山頂群まで行くのだろうか、なんの変哲もない殺風景な山の背が遠くまでつづいてゆく。そのため、イタリアにはまったく欠落したひろがりが出てくる。まわりに美しい空間がひろがって、遠くまで旅ができて、ここで終わりとか、これで終わりということがない。シチリアの峰々に幽閉されたあとでは、これぞ自由、と感じた。空間が、そう、ぼくは空間がほしいのだ。ぼくの魂に空間を与えたまえ。情趣あふれる倒れそうな峨々たる巌《いわお》は、みんな君に差しあげよう。

僕らはこうして午後の金色のなかを、かろやかに、煙を吐きはき、ケルト的ともよべそうな広い丘陵をくねっていった。ただケルトの地にしては、胸の高さや上背ほどのヒースをはじめ、灌木が大きすぎる。山賊のようだ。黒い野生風の牛の角がときどき見える。

しばらく走りつづけた。するとようやく、だだっぴろい寂しさが切れて駅に着いた。駅に着くたびに、この先はもう何もない、人も住まないと感じさせられる。だが、そう思う

たびに、またつぎの駅に着く。

　ほとんどが汽車をおりた。乗客はたいてい、パブを通るごとにおりる軽馬車の御者のように、各駅ごとに外気を求めて降車する。わが太めの友も立ちあがって、悠然とシャツのうしろをズボンにたくしこむが、このズボンがまた、こちらをひやひやさせどおしの代物で、いまにもずるりとすべり落ちそうだ。その彼が這いおりて、細長い茶色の茎のような女房があとにつづいた。

　汽車もまた、ご当地流に五分から十分、ゆったりと腰を下ろしている。やっと汽笛と警笛が聞こえた。わが太めの友が走ってきて、動きだした汽車の最後尾に、太ったカニみたいにしがみついた。するとそのとき、外から大きな悲鳴が、それから束になった複数のさけび声が聞こえた。みんな飛びあがった。線路ぞいにひょろ長い茶色の茎の女房が見える。数百ヤード離れた家にちょいと立ちよった帰り道に、動きだした汽車が目にとまったのだ。

　天空目がけて手を振りあげるその姿をご覧あれ！　「マリアさま！」と、どよめきを突きぬけて、すさまじい悲鳴が響いた！　それでも、スカートの膝のところを両手でつまみあげて、グレーのストッキングの細い足を猛然と動かして、汽車のあとを追う。無駄である。汽車はつれなくも自分の道を進んでゆく。飛びはねるようにして彼女がホームの端にたどりついたときには、もう一方の端をあとにするところだった。事ここにいたって自分のために止まってくれないのを悟った妻殿、痛ましや、長い腕を投げだして、遠ざかる汽車のお尻に必死のお願いをする。それから腕を天高く上げて、神様にお願いをする。それから絶望の淵にしずんで腕を頭のうえに下ろした。これが最後の姿だった。かわいそうに、頭をかかえこみ、身体を前に二つに折って、もだえ苦しんでいる。置きざりだ——ああ見すてられた。

　あわれ太めの旦那は、その間ずっと、車両の端、外の小さなデッキで、細君に向かって手を差しだしながら、半狂乱の叱声をとどろかせて、止まれ止まれと汽車にわめきたてていた。汽車は止まらない。細君は残される。人里はなれた駅に、薄れゆく光のなか、取りのこされる。

　顔を紅潮させて、目を真ん丸に星のようにぎらつかせて、狼狽、痛恨、憤怒、懊悩にすっかり形相の変わった男が、自分の席にもどってきた。火のようにかっかして身体をこわばらせ、口もきけない。感情の葛藤の炎に燃えあがる、ほとんど美しいその顔。しばらくはさまざまな気持ちのただなかにあって意識がないかのようだった。それから、その茫然自失のなかから、怒り、そして憤りが姿を現わした。鼻のでかい狡猾なフェニキア人みたいな車掌のほうにぱっと向きなおる。「どうして家内のために列車を止められないんだ！」すると、車掌も火がついたように、いきなりかっとなる。ヘッ！　列車は皆さんの都合でいちいち止まってはいられませんよ。列車は列車、時刻表は時刻表ですよ。いったいなんの用で奥さんは線路ぞいをちょろちょろするんですか？　ヘッ！　自分が不注意だった報いですよ。奥さん、この汽車でも買われたんですか、ええっ？　太めの男はその間ずっと、車掌の話を無視し、自分も無視されながら、答えをまくしたてている。「一分、え、一分だけじゃないか。車掌のお前が運転手に声をかけてくれればそれでいいのに！　かわいそうなやつ！　もう汽車もない！　どうすることやら！　切符だって？　金もないんだ。かわいそうなやつ」

今晩カリアリにもどる汽車があるよ、と車掌が言う。すると太めの男、さやがはじけるように服のなかから飛びだしそうになった。座席で体をはずませて――「それがなんの役に立つんだ？　俺たちの家はスネッリなのに、カリアリにもどる汽車がなんの役に立つ！　ますますひどくなるだけじゃないか」

こうして二人は、跳ね、おどり、たがいに心ゆくまで言いあった。車掌はうすら笑いを浮かべながらサルデーニャ風に下がっていく。太め氏は、恥辱と憤怒と悲嘆にまみれた熱い眼差しでこちらを見ると、ひどい話だよ、と言う。そう、まったくひどい、と僕らも同意した。すると、カリアリの寄宿学校教師だというもったいぶった女が進みでて、小生意気にもご同情申しあげるといった調子で見当ちがいの質問をたたみかけた。それが終わって一人になると、太めの友は、くもった顔を手でおおい、世界に背を向けてふさぎこんだ。

すべてがじつに芝居がかっていて、みな思わず笑ってしまう。女王蜂《クィーン・ビー》、涙を流しながらも笑っている。

汽車の旅は何時間もつづく。ある駅に着くと、車掌がきて下りろと言う。この客車はこれ以上さきには行きません。マンダスに行くのは二両だけです。そこで荷物をもって這いおりる。肩に鞍嚢をかけた太め氏の悲惨を絵にかいたような姿。

乗りこんだ車両はけっこう混んでいる。大部分一等の客車があと一両あって、残りは貨物である。有蓋、無蓋の長い貨車の列の尻尾についた二両のさえない客車、それが僕らである。

空席があったので腰を下ろした。だが、五分ほどして気づいてみると、二人の小さな孫をつれたやせた老婆が頭から湯気をたてて、そこは自分の席だとぶつぶつ言っている。なぜ席をあけたかは言わないのに。あんたの足元にあたしのパンの包みがあるだろ、と脳天から火を噴くよう。あんたの頭上の小さな棚にあたしの鞍嚢《ベルコーラ》があるだろ、と。太った兵士たちは朗らかに女のことを笑うが、女は羽根のぬけ落ちた情け知らずの老鶏のように、ばたついて、はねまわる。彼女にはほかに席があるし、そこでまったく快適なのだから、僕らは笑みを浮かべて、文句を言わせておいた。女は、僕の足元のパンの包みを指で引きよせ、太った子供といっしょにぐいっとつかむと、体をこわばらせて腰を下ろした。

すっかり暗くなってきた。車掌が来てもう灯油がないと告げる。ランプのなかの油が全部なくなれば、暗闇のなかにすわっていただくことになります。沿線のどこにも、もう灯油はありません。そういって座席のうえに上がった。そして、幾人かの少年にマッチをすらせて長いこと苦心したあげく、明かりをなんとか豆粒ほどの大きさにした。その薄暗がりのなかに僕らはすわって、おぼろな影となった顔を見まわす。銃を持った太った兵士、特大の鞍嚢を持ったハンサムな兵士、不気味な浅黒い小男、しじゅう彼と乳児をやりとりしている、頭に白い布をむすんだ堅固な女、上背のある民族衣裳の百姓女――彼女は暗くなった駅に飛びだしてゆき、チョコ一個を手に、意気揚々ともどってくる。僕らのことが気になる一人の青年が駅名をいちいち教えてくれる。そして、どこにでもいる、つばを吐く男。

しだいに乗客がまばらになる。ある駅では、裏切られた亡霊さながらのふさいだ顔で通りすぎる太め氏の姿が見えた。ふくらんだ鞍嚢を前にうしろに垂らしているが、もはやそこに喜びはない。喜びはない。灯油ランプの豆粒ほどの明かりがさらに小さくなった。夢のような薄暗がりにすわっていると、羊毛や農民のにおいがする。太ったストイックな青年が場所を教えてくれる。ほかの暗い顔は静まりかえった暗闇に沈みはじめた。眠る者もいる。小さな汽車はサルデーニャの見知らぬ闇を走りつづける。やけになった僕らは、紅茶の最後の一滴を飲みほして、パンの最後の一片を食べた。いつかは着くのだから。

七時をすこしまわったころマンダスに着いた。マンダスは連絡駅で、この手の小列車は、丘陵地帯を懸命に這いのぼったあと、ここで腰を下ろし、ながながと歓談する。五十マイル行くのにざっと五時間かかったことになる。駅がようやく見えてくると、皆、さやから爆ぜる種のように汽車から飛びだして、ある目的で、ある方向にダッシュしてゆく。この遅さを考えればふしぎはない。めざすはもちろん駅食堂。小さな駅食堂は賑わっていて、宿泊することもできる。

小カウンターのうしろにとても感じのよい女がいる。茶色の髪を分け、茶色っぽい目と日に焼けた肌で、茶のベルベットのきつい胴着をつけた、茶色の女。彼女のあとについて、要塞を上がるようにせまい螺旋階段を上がってゆく。蠟燭をもって先に立ち、寝室に案内してくれた。しめきった寝室特有の、すえたひどいにおいがする。窓を開けはなった。凍てついた大きな星が空から猛然と嚙みついてきた。

部屋には巨大なベッドがある。八人くらい寝られそうな、とてもきれいなベッドだ。蠟燭をおいたテーブルにはいちおう布がかかっている。だが、この布がなんともはや！もとは白だった、と思う。しかしいまでは、時にうがたれた穴やら、悲しげな黒インクのしみやら、あわれなどす黒いワインのしみやらで、蜘蛛の巣さながらになっている。紀元前二千年のミイラの布切れと化している。このテーブルから持ちあげられたことはあるのだろうか、それともミイラ化してテーブルにくっついてしまったのだろうか！　僕自身、調べはしなかったが……いや、このテーブルカバーには感銘をうけた。上には上があるものだと。想像だにしなかったテーブルクロス。

要塞の階段をおりて食堂へ行く。長い食卓の上にスープ皿が伏せられて、ランプには不気味な裸のアセチレンの炎が燃えている。つめたい食卓に腰を下ろすと、一瞬のうちにランプの火が小さくなった。この部屋は、いやサルデーニャ全体が、じつに、じつに、氷の石のように寒い。屋外では大地が凍てつき、屋内でも暖をとる工夫などまったくない。地下牢の石の床、地下牢の石の壁、あまりに重くつめたく、そよとも動かない死体みたいな空気。

ランプが完全に消えて、女王蜂《クィーン・ビー》がさけび声を上げた。壁の穴から茶色の女が首を出す。そのむこうには料理に使う火が見えて、悪魔らしき二つの影が釜をまぜている。茶色の女が来て、炉棚に置くずんぐりした磁器の壺のようなランプをふった。よくふってなかを揺すって、また火をおこす。それから湯気の立ったキャベツのスープを持って現われる。こまぎれのマカロニが入っている。ワインはいかがですか？　死体みたいにつめたいご当地ワインが頭に浮かびぶるっと震えた。ほかに何があるのか聞く。マルヴァージャ、マルヴォワジーがあります。クラレンス公を死に追いやったマルムージワイン（マデイラ産の強い甘口ぶどう酒）のことだ。マルヴァージャを一パイントもらい、元気を出す。いや、元気が出そうになった矢先に……ああ、また、消える。茶色の女が出てきて、ふってたたいて、また火をおこす。けれどもランプは、「お前なんかのために」というかのように、またぱっと消えてしまう。

　すると、蠟燭とピンを持って主人が来た。大きな、愛想のいい、口髭をたらしたシチリア人。ピンで徹底的にぽんこつランプをほじくり、揺すったかと思うと、小ネジをまわす。炎がぱっと高くあがる。すこし心配だ。どちらから等々、と聞いてくる。とつぜん、目を爛々と輝かせて「社会主義者ですか？」ときた。ははあ、僕らを、市民よ同志よとよぶつもりだな。僕ら二人をボルシェビキのスパイとふんだのだ。なるほど。スパイとして僕らを抱きしめようというのだ。まあちがうわ、と女王蜂《クイーン・ビー》が、その栄誉を否定する。僕は笑みを浮かべて首をふるだけ。他人の魅惑的な幻想を壊すのは悲しい仕事である。

「ああ！　いたるところで社会主義がのさばっているわね！」と女王蜂《クイーン・ビー》がさけぶ。

「でも――どうでしょうか、どんなものでしょうか」と控えめにシチリア人が言う。

　情況を察知した女王蜂《クイーン・ビー》がつけ加えた。

「すこしくらいは世間に社会主義も必要よ《シ・ヴォーレ・ウン・ポケティーノ・ディ・ソチャリズモ》、すこしはね。でも、たくさんはだめ。たくさんはだめ。いまは多すぎるわ」

　神聖な教えを肉汁に入れる塩加減のように論じた彼女の話に目をパチクリさせた男は、女王蜂《クイーン・ビー》が自分を騙していると思いこんで、腹に一物ある僕ら夫婦に大いなる興味をそそられながら、さがっていった。彼がいなくなるやいなや、ランプの火が思いっきりのびあがって、シューシュー音をたてはじめた。身をひく女王蜂《クイーン・ビー》。だがこれにも飽きたらず、とつぜん新たな炎が、尾をふりまわす獅子のように火口の根元をなめまわしはじめる。度を失った僕らが距離をあける。また女王蜂《クイーン・ビー》がさけび声を上げる。すると、ピンを持った亭主が微妙な笑みを浮かべながら親切そうにやってきて、乱暴者をなだめる。

ほかに何か食べるものはありますか？　僕は炒めた豚肉一切れをもらい、女王蜂《クイーン・ビー》はゆで卵をもらう。それを食べていると、今宵最後の役者たちが入ってきた。緋色の庇帽《ひさし》をかぶった二人に金と黒の庇帽が一人、しめて三人の駅職員である。僕らとのあいだに目に見えない衝立のようなものがあるかのように、騒々しく、帽子も脱がずに腰を下ろす。みんな若い。黒帽はやせたニヒルな顔つき。赤帽の一人は小さく血色のよいごく若い男で、ちょび髭を生やしている。マイアリーノ、陽気な黒小豚ちゃんとあだ名をつけた。栄養がすみずみまで行きわたり、まるまると太って、よく動く。残る一人はすこしふくれた青白い顔に眼鏡をかけている。皆こちらを無視しようと決めこんでいるらしく、その拒絶をにおわすためにか、夕食の席に知らないご婦人《シニョーラ》がいるというのに、帽子を取ろうとしない。僕らが見えない衝立の反対側にいるかのように、きつい皮肉を飛ばしあっている。

しかし、この不可視の衝立を取りのぞこうと決意をかためた僕は、こんばんは、とても寒いですね、と言ってやる。相手もぼそっと、こんばんは、ああ、すずしいね、と答えた。イタリア人はけっして寒いと言わない。「すずしい《フレスコ》」以上になることはけっしてない。彼らは「寒い」という言葉を帽子に対するあてこすりと取って、だまりこんでしまった。だが女がスープ鉢をもって入ってくるとまた、彼女に向かって、とりわけマイアリーノががなりだした。料理は何があんの。ポークのビフテキよ、と女が教える。連中は顔をしかめた。細切れの蒸し豚もあるわ。ため息をつき、がっくり肩を落とし、それからまた気を取りなおして、言う。じゃあビフテキだ。

スープに飛びかかる三人。湯気のなかから、スープをはね散らかしてすする音が聞こえてきた。こんなに喜びあふれる三重奏を聞くのは生まれてはじめてだ。元気いっぱいずるずると、スープをスプーンからすすりあげてゆく。ソプラノのマイアリーノが、トリルをつけてすすりこむ。素早くずるずると震わせて、きざみキャベツで休みをとる。おかげでランプがまた揺れはじめた。バリトンの黒帽氏は、スプーンのすすり音を低く見事に響かせている。バスの眼鏡氏が、だしぬけにゴボゴボと深い音をとどろかす。合奏をリードするのはマイアリーノの長いトリルだ。だがとつぜん、変化をつけようと思ったか、片手に持ったスプーンを立てて、巨大なパンのかたまりを口いっぱいに頬張って、チョッチョッチョッと舌鼓を打ち、それを飲みくだした。子供のころ、僕らはこれを「クラップする」とよんでいた。

「ママ、ねえちゃんがクラップしているよ！」そう憤然とさけんだものだ。ドイツ語では「シュマッツェン」という。

シンバルのようにマイアリーノがクラップすると、バリトンとバスが低音をとどろかせる。そこにまた、輝く高音が素早く合流する。

もっともこの速さでは、スープは長くもたない。ポークのビフテキがきた。すると、カスタネットのチョッチョヨッとシンバルのクラップクラップクラップの三重奏とあいなった。どんなもんだとマイアリーノがあたりを見まわす。彼の舌鼓が他を凌駕した。

ご当地のパンはかなりきめの粗いブラウンブレッドで、皮がきわめつきにかたい。大きな岩塊のようなパンが、しめった紙ナプキンの上にかならず一個ちょこんとのっている。マイアリーノ氏、自分の岩塊をひき裂くと、黒帽氏に向かって低くうなった。黒帽氏がでんぷん粉のように真っ白い、変な三角パンを持っていたからである。この白パンを食べる彼の姿は、いっぱしの伊達者である。

とつぜん、黒帽氏が僕のほうに向きなおった。どこから来たのか、どこへ行くのか、どんな目的？　それも言葉少なにあざけるように聞いてきた。

「わたし、サルデーニャ好きよ」と女王蜂《クィーン・ビー》がさけんだ。

「どうして？」と男が意地悪く聞きかえす。女王蜂《クィーン・ビー》は答えをさがした。

「そうね、シチリア人よりサルデーニャ人のほうが感じがいいわ」

「どうして？」と男が意地悪く突っこむ。

「オープンで正直だからよ」

黒帽のつんとした鼻が気のせいか下がった。

「宿の亭主はシチリア人だよ」マイアリーノが巨大なパンのかたまりを口に押しこみながら、肥えた陽気な黒小豚のノンシャランな目を、部屋の奥のほうにぐるぐるまわしながら言う。会話があまりはずまない。

「カリアリは見たの？」と黒帽がおどすように僕に言う。

「ええ！　カリアリは気にいったわ――きれいなところねえ！」女王蜂《クィーン・ビー》がさけぶ。妻は旅路におせじしたたる溶かしバターの小瓶を携行する。

「そう――カリアリはまあまあだ――まあまずまずだ」と黒帽氏。「カリアリ・エ・ディスクレータ《まあまあ》」誇りに思っているふうである。

「それじゃマンダスはいいところなの？」と女王蜂《クィーン・ビー》が聞く。

「どこが？」連中は思いっきり皮肉っぽく聞きかえした。

「何か見るものはあるの？」

「めんどり」すぱっとマイアリーノが片づける。

マンダスはいいところかと聞くと、皆、気が立ってきた。

「ここの人たちは何をしているのかしら？」と女王蜂《クィーン・ビー》。

「ニエンテ！　マンダスじゃなーんにもしない。マンダスじゃ、暗くなると寝るのさ、ひよこみたいに。マンダスじゃ、通りをあてもなくうろつく豚のように歩くのさ。マンダスの山羊は、住民よりも頭がいいよ。マンダスに必要なのは社会主義だ……」

皆がいっせいに声を上げた。三人の謀反人にとって、マンダスはあきらかに、これ以上一分たりとも生身の人間ががまんできる土地ではないのだ。

「じゃあ、ここではとても退屈なの？」と僕が言う。

「ああ」

むきだしの「ああ」の静かな激しさは万巻の書よりも重い。

「カリアリに行きたいの？」

「ああ」

沈黙が、緊迫した冷ややかな沈黙がつづいた。そして三人は顔を見合わせ、マンダ人についてきつい冗談を飛ばす。黒帽がこっちを向いた。

「サルデーニャの言葉、わかる？」と彼が言う。

「ある程度ね。まあ、シチリアよりはわかるけど」

「でも、サルデーニャのほうがシチリアよりむずかしいよ。本土の人のまったく知らない言葉がたくさんある」

「そう、だけれども」と僕は言う。「やさしい言葉ではっきり話すでしょう。シチリア語はみんなくっつけて話すから、単語がぜんぜん聞こえない」

ぺてん師を見るように僕を見る。だが嘘じゃない。サルデーニャ語を聞きとるのは僕にとってちっともむずかしくない。本当を言うと、音の問題というより人間として近づきやすいか否か、ということだ。サルデーニャ人は、開放的で男らしくはっきりものを言う。シチリア人は糊みたいでとらえどころがなく、率直に話したがらない印象をうける。いや、印象にとどまらず、実際そうである。シチリア人は過度に洗練された傷つきやすい古代の魂。シチリア人の精神にはあまたの側面があって、はっきりと一つの考えをもつことがまったくない。うちに一ダースの心があって、自分でもそれを意識して落ちつかない。そのうちの一つを選んでおのれを託すことは自分と相手に対する欺瞞にすぎない。一方、サルデーニャ人は、まだ一個の率直な精神をもっているようだ。僕がぶち当たった社会主義への小気味よい全幅の信頼がその一例。シチリア人は文化的にあまりにも古く、まるごと社会主義をのみこめない。あまりの老獪、狡猾から、ありとあらゆる信念、信仰に対し、斜にかまえてしまう。爆竹みたいに爆発してから、自分の燃やすその炎さえもつんと疑うように、辛辣にくすぶる。過ぎてしまえば同情の念もわくが、日々の暮らしのなかで、これはたまったものではない。

「そんなに白いパン、どこで手に入れるの?」黒帽ご自慢のパンだから、そう聞いた。

「俺の家でつくるんだよ」それから、シチリアのパンについて彼のほうが聞いてきた。これより、このマンダスの岩よりちょっとでも白いかい? ああ、もうすこし白いよ。それを聞いて三人がまたふさぎこむ。パンのことではいたく傷つくのだ。イタリア人にとってパンのもつ意味は大きくて、文字どおり生命の糧である。実際にパンによって生きのびている。いまでは世界中の趨勢に従ってか、味よりも見目のよさでその価値を決める。パンは白くあらねばならぬと思いこんでいて、そこにすこしでも暗い陰を想像すると、魂にも影が落ちるのだ。まったくの的はずれとも言えない。個人的にはもう白パンは好きでもないが、黒パンを食べるなら、混ぜ物のない純粋な小麦粉でできたものがいい。シチリアの農民は自分の分の小麦をとっておいて、それで天然の黒パンをつくる。ああ、これが最高だ——新鮮で、おいしくて、まじり気がなさそうで、戦前の自家製パンがどれもそうだったように、とても香ばしい。それにひきかえ自治体のパン、規定配給分のそれは、かたいうえにかなり肌理があらく、質が落ちる。舌ざわりがざらついていて不快だ。あきあきしてしまう。トウモロコシのあらびき粉を混ぜているんじゃないかと見ているが、よくはわからない。それに町や自治体によって、パンのばらつきがひどい。これが最後の問題だ。いわゆる公正で平等な配給というのは、影もかたちもない。あるところにはくさるほど香ばしい上質パンがあるのに、べつのところではざらついたまずい配給パンで、つねに切りつめながらなんとかやっている。実際貧しい人びとの生活はパンだけがたのみの綱で、配給制限にひどく苦しんでいる。配給の不正、不公平の原因はカモッラ（イタリアの犯罪秘密結社）に、いまでは暴利をむさぼる企業連合にすぎないラ・グランデ・カモッラにあるといわれており、カモッラは貧しい階級から目の敵にされている。僕にはよくわからない。わかるのは、ある町——たとえばヴェニス——ではまじり気なしのパン、砂糖、煙草、塩が際限なくありそうなのに、フィレンツェなどでは、いつもいつもこれらの配給の乏しさをめぐって怒りが渦まいているということくらいだ。この種の品々はすべて政府の専売品で、しかるべく割りあてられることになっている。

僕らは三人の友におやすみを言って、寝室へ上がった。部屋に入ってものの一、二分もたたないうちに、茶色の女がノックする。「あのう、すみません、黒帽さんが小さな白パンを一個差しあげてこいとおっしゃいまして」——心底感激した。こういうこまやかな心配り、気前のよさは、世界中からほとんど消えてしまった。

小さな変わったパン。角が三つあり、男根みたいな形で、船のビスケットとおなじくらいかたい。でんぷん粉でできている。厳密にはパンとはほど遠い代物だった。

夜は寒く、毛布は薄くて重かった。だが夜明けまでぐっすりと寝た。七時、澄みきった寒い朝。日はまだ上っていない。寝室の窓辺に立って外を眺める。と一瞬、わが目を疑った。ここはイングランドに、コーンウォールの寥々とした一帯やダービーシャーの高原に、とてもよく似ている。駅の裏にはかなり荒れた小さな放牧用庭があって、羊が二匹いる。うらさびしい納屋などが何棟か建っていてコーンウォールそっくりだ。広くさびしい田舎道が、草の縁どりや積みあげただけの低い石垣のあいだを、小さな木立のある灰色の石づ

くりの農家に向かって、遠く殺風景な石の村に向かって、のびている。黄色の太陽が現われると、荒れ野は青っぽくいやそうにきらめいた。緑の丘陵は自然石や溝で仕切られた牧場。そこここに石づくりの納屋が、一つきりで、あるいは風に吹かれる裸の木をすこし従えて、立っている。毛の荒れた冬の馬が荒れた草地で草を食んでいる。ミルク缶を二つ持った少年が、草に縁どられた広いがらんとした道をどこからともなくやってくる。コーンウォールや一部のアイルランドそのままの風景である。僕のなかに、ケルトの地に対するいにしえのノスタルジアがわきおこった。ああ、畑を仕切る古い素朴な石垣よ——その淡い、漂白された花崗岩の色！　黒ずんだ陰鬱な草、冬の朝のさびしい馬！　ふしぎなケルトの光景は、イタリア、ギリシャの魅惑の美とくらべても、はるかに感動的で、人の心をまどわせる。歴史の幕の上がるまえ、世界はこうだった——このケルトの虚ろ、暗さ、大気におおわれていた。と、そんな気がする。だがひょっとしたら、これはまったくケルトじゃないのかもしれない——イベリアか。ケルトとはいったい何か、何でないか。僕らのケルト観ほど不充分なものもほかにない。ケルトは一民族としては存在しなかった、と僕は考えている。ではイベリア人は……！

凍てついた道に出ていって、霜で灰青い日陰の草を見る。冬の黄色い朝日を浴びて、草が溶けはじめ、つめたくきらめくのを見る。すばらしい。青みをおびた冷気、冷えびえとかなたに屹立する物影。すばらしい。薔薇の咲きやむことのない南国で二冬を越した僕の魂に、この凜とした朝の荒涼、霜の気配がしみわたった。酔いしれた。さみしい何もないこの道で強い喜びにおそわれて、どうしていいかわからない。ゆるい石垣の下、草の生えた浅い溝を歩いてみる。小さく盛りあがった草の上を、垣の土台の小さな畝を歩いてみる。凍った牛の糞をまたぎながら道を横切る。どれも僕の足に、土に触れた僕の足にとてもなつかしくて、何かを発見したときのように興奮する。そして、自分は石灰岩が大嫌いなのに気づく。石灰岩であれ大理石であれ、石灰質の石の上で暮らすのはぜったいいやだ。大嫌いな石、死んだ石、生命をもたず、足に喜びを与えない石。砂岩でさえはるかにましだ。だが、まずは花崗岩！　花崗岩が僕の好きな石。足の下で生き生きしている。深い個性的な輝きがある。その丸さを、僕は愛す。そして、日光に焼けてしなびてしまう、石灰石の角張った乾きを憎む。

道が広くなり、そこに草が生えていて、深い井戸がある。そこまで行くと引きかえした。日の照った何もない高原をピンクの駅とその付属の建物に向かってもどってゆく。朝の光の下で、機関車がもくもくと白雲を上げている。左方かなたには、一列に並んだ小さな家々もある。鉄道員の住居のようだ。見慣れない、だが見おぼえのある眺め。駅の構内は乱雑でかなりいたんでいる。宿のシチリア出身の旦那を思いだした。

茶色の女が、コーヒーと、じつに濃いこくのある山羊の乳と、パンを出してくれた。そのあとで、女王蜂《クィーン・ビー》と僕はもう一度、村へ行く道を出かけた。彼女も胸を高鳴らせて、大きく息を吸って、身のまわりに広い空間を、四肢を動かす自由を感じている。イタリアやシチリアでこんな感じを受けることはない。そこではすべてが古典的にきっちり決められているのだ。

村そのものは、家と店と一軒の鍛冶屋がある長くくねった仄暗い日陰の通りで全部だ。コーンウォールとまちがえそうだ。だが、やはりすこしちがう。何かはわからないが、容赦なく地を焼きこがす夏の光を思わせるものがある。そして、いうまでもなく、壁を這う薔薇やライラックの木、コテージ風の店や積みわらが醸しだす、あのイギリスの風景の心地よさはすこしもない。ここはもっときびしく殺伐としていて、何もなく暗い。白黒の民族衣裳の老人が掘立て小屋のような家から現われる。肉屋が巨大なばら肉を運んでゆく。女たちがじっとこちらを見る。その眼差しは、大声でわめくような本土の注視とくらべて、もっと隠微でもっと寡黙だ。

こうして丸石舗装のでこぼこ道を下りてゆき、村をひととおり見た。最後の家を過ぎて、反対側の端へ出る。するとまた、うねる丘のなだらかな下り坂の上から景色がひらけた。風景はおなじ調子でつづいてゆく。一月の朝の黄色い陽光にかすむ、低くうねる丘陵。石垣、牧草地、灰色の畑。小馬と赤黒い牛を使ってゆっくりゆっくり畑を耕す男。遠くにはだらだらつづく人気のない道。そしてそこに、ひどく異様な一点が見えた。囲われた墓地。

村の外のなだらかな丘の斜面に、四方を高い塀で囲われて圧縮された墓地が横たわっている。取りかこむ塀の内側には、閉じた引き出しのような墓の大理石板が、白く輝いている。塀そのものが死体を入れておく箪笥というか整理棚のようだ。暗色の羽毛のような糸杉の木叢が、囲い地の平らな墓のあいだにすっと立っている。南国では、墓地は塀で仕切られてぎゅう詰めに隔離される。つまり死者は、しっかりと檻のなかに入れられる。土地いっぱいに墓がひろがるということは起こらない。墓はせまい檻に閉じこめられ、糸杉が骨を肥料に肥え太っている。風景のなかの、これが唯一のきわだった異音だった。だが同時に、風景のすみずみまで奇妙な何かがしみわたっている。太陽に痛めつけられた南国、東国で起こる、底のほうは不毛であるかのようなあのなじめない感覚。太陽に痛めつけられて、心臓を乾きに食い破られた土地。

「いいわ！　いいわ！」と女王蜂《クィーン・ビー》がさけぶ。

「でも、お前、ここに住めるのか？」

「ええ」と言いたい妻。しかし、その勇気はない。

ふらふらと舞いもどった。女王蜂《クィーン・ビー》は例の鞍嚢風バッグを買いたがった。何に使うと僕が聞くと、ものを入れるのよと言う。お見事！　それでも、店をのぞいていたらそのバッグが目にとまったので、なかに入って手にとった。きちんとしたつくりでとてもしっかりしている。しかし地味だ。あまりにも地味だ。白い横縞の上に、緑、薔薇色、深紅と美しく彩られた花は何もない。サルデーニャ人の好む三つの色なのに。グリフィンのような空想の獣もいない。これじゃあだめだ。いくらですか？　四十五フランだよ。

マンダスでは何もすることがないので、朝の列車に乗って終点のソルゴノまで行こうと思う。そうすれば、サルデーニャ中央の大きな瘤、ジェンナルジェントゥとよばれる山瘤のふもとの斜面を横断できる。それにソルゴノはとてもいいところだという気がした。

駅にもどると、アルコールランプで紅茶をわかして魔法瓶を満たし、ナップザックとキチニーノに荷物をつめた。ホームの日なたへ出てゆく。女王蜂《クイーン・ビー》は白パンのお礼を言いに黒帽氏のところへ行った。そのあいだに勘定を済ませて、車内でとる食事を頼んだ。茶色の女は、奥の巨大な黒鍋からさまざまな豚肉のかたまり——安肉を煮たもの——をすくいだして、熱いところを二切ればかり、パンと塩をつけて、くれた。これが昼飯だ。金を払う。全部こみで二十四フラン（イタリアでは、フランと言ってもリラと言ってもおなじこと）。そのとき、カリアリからの汽車が着いて、客が口々に、スープちょうだい、肉汁ちょうだいと大声を張りあげてなだれこんできた。「ただいま！　ただいま！」とさけんで、黒鍋へ向かう女。

5　ソルゴノへ

連絡駅ではさまざまな汽車が横ならびにすわりこんで、えんえんと話に花を咲かせている。それが終わってやっと出発だ。アットホームな小列車に乗り、サルデーニャの中心めざして輝く朝を走るのは最高の気分だ。マンダス駅員のしかめ面もなんのその、今日も三等に乗った。

最初、景色はかなりひらけていた。斜面は急だが背は高くない山々の、長い支脚がずっと見える。僕らは小さな汽車から、風景を、山を、谷を、見わたした。遠くの低い斜面に小さな町がある。密集して防御をかためた様子をのぞけば、イギリス南部の丘陵の町と変わりはない。男が一人、自分が来るのを遠くその町のだれかに合図するつもりなのだろう、客車の窓から身を乗りだして、白い布を差しだした。風になびく白い布。遠い町が、窪地に小さく、ぽつんと淡く光っている。小さな汽車はどんどんと飛んでゆく。

汽車を見ているとけっこうおかしい。ずっと登りなのだが、線路が大きなループを描いてカーヴしている。だから窓の外を見ていると、くりかえしぎょっとする。小さな列車が大きな煙をぽっぽっと吐いて、僕らの前をそれてゆくのが目に留まるのである。驚くなかれ、それは僕らの豆機関車が前方の急カーヴを突っ走る雄姿。列車の長さはかなりあるが、貨車はみな前に繋がれて二両の客車だけが尻尾にひっかけられている。だから自分の機関車が、前を飛びはね、向きを変えてはまわりをまわる犬のように、ひっきりなしにせかせかと、視野のなかに走りこんでくる。乗客のほうは、ほそい糸のように連なる貨車の尻尾についてゆく。

よくもまあ、この豆機関車が急坂つづきの軌道を行くものだ。勇猛果敢にがんばって山の背に出る。変な鉄道だ。いったいだれがつくったのだろう。山を登り、谷を下り、平気の平左でいきなりカーヴを曲がる。きちんとした大鉄道ではこうはいくまい。うなりながら深まった切通しを進み、トンネルを臭い煙で充満させて、それでも小山をぜいぜいと、小犬のように駆けあがってゆく。そしてあたりを見まわすと、べつの方向に飛びだしてゆく。うしろに客を引っつれて、顔色ひとつ変えずに。このほうが、トンネルを掘って通るよりもずっと楽しい。

サルデーニャでは自分の石炭は自分で掘りだすのだと教えられた。自分で使う分には十

二分にある。だが、極度の軟炭で蒸気機関には向かないという。山積みの石炭を見た。こまかくつやのないきたなそうな代物だ。貨車にも積んである。穀物を積んだ貨車もある。

どの駅でも乗客は無残におっぽりだされる。そのあいだに、豆機関車たち、黒地の小さなボディーにあざやかな金の名札をつけた機関車たちが、側線をぶらついて、いろんな貨車をくんくん嗅いでまわっている。どの駅でも、僕らがすわっているあいだ、貨車は見捨てられたり、焼き印を押された羊のように側線から選びだされて列車に繋がれたりしている。それがじつに長くかかる。

ここまでの駅は皆、窓に金網を張ってあった。マラリアをうつす蚊がいるということだ。サルデーニャではきわめて高いところまでマラリアが上がってくる。高地の浅い谷、荒れ野のきびしい夏の陽射し、川がなく、沼沢をなす水の動きが、否応なくこの病を生じさせる。だが、見たかぎりでは——八月、九月に流行るのだろう——それほどひどくはない。ちょっぴり、と彼らは言う。ちょっぴりだけだよ。木のあるところに来ればもうないよ。そう言うのだ。何マイルも何マイルも、地形はイギリスの丘陵風で、ものさびしく、木は一本もない。だけど、木のあるところまでの辛抱だよ、と言う。ああ、ジェンナルジェントゥの森や林、もっと高いその森や林に行けば、マラリアはないよ。

風を切って豆機関車はどんどん上ってゆく。環のような急カーヴを曲がって、自分の尻尾、つまり僕ら乗客にかみつく勢いだ。とつぜん、山の背のむこうに飛びこんで姿を消した。景色が変わる。名高い森が現われてきた。まず最初ははしばみの林、まったく野生のはしばみの林が何マイルもつづいて、緑のマートルとアービュタスの下生えから、数少ない黒牛がこちらをのぞこうとしている。汽車をじっと見る、めずらしい荒くれの百姓が二人。表に毛のついた黒い羊の上着をまとって、長いストッキング帽をかぶっている。奥深い藪のあいだから、牛のようにじっと目を光らせる。ここのマートルの茂みは人の背の高さにとどき、牛、人ともに、なかにつつみこまれてしまう。上方に裸の大きなはしばみがすっくと立っている。この辺を移動するのはさぞ大変なことだろう。

ときおり遠くひらけた土地を、黒白の農夫が一人で馬に乗ってゆくのが見える。小さな鮮烈な姿。生けるものが背景からおのれを際立たせるこの誇り高い本能を、僕は、深く深く愛する。そしてうさぎのように臆病なカーキの保護色を憎む。小馬の上の黒白の農夫は、葉叢のかなた遠く点にしか見えないのに、光りかがやいて、風景を支配している。ああ！誇り高き男たちよ！　馬に乗ってゆくのか！　ああ、しかし、ほとんどの男は、いまなおカーキにくるまれて、うさぎのように埋没し、無残なありさまを晒している。砂色のカーキを着たイギリス人が犬に似るのとまったくおなじに、イタリア人は緑と灰色の軍服を着るとふしぎにうさぎに見えてくる。恥と汚辱にまみれてあたふたと逃げてゆくようだ。僕らに黄金と緋色を返したまえ、ええい、あとは悪魔に食われてしまえ。

景色が本格的に変わりはじめる。山の側面がどんどん急になる。男が二頭の小さな赤牛を使って、木々がしがみつくように生える屋根のように急な岩だらけの傾斜地をたがやしている。小さな木製の鋤に身をかがめて、ぐいっぐいっと鋤なわをひく。すると牛は、懇願するような、へびのような奇妙な恰好で鼻を天に向けながら、小股でちょこちょこかよわい足を動かす。こうして岩と木の根のあいだを傾きながら、斜面をわたってゆく。小さく、弱々しく、ガクンガクンと歩を進め、再度、角をうしろにやると、へびのように鼻面を天に向けた。男は木の鋤をくるりとまわしてもうひと掘り。いやはや、この岩だらけの急斜面にしがみついているさまは驚嘆に値する。イギリスの百姓がこれを見れば、目の玉が飛びだすことだろう。

渓流があった。というか、ひとふさの長い髪のような滝が小さな渓谷にそそぎこんでいる。川床がすこしひらけていて、かなた下方に葉の落ちたポプラのすばらしい木立が見える。幽霊のようだ。流れのほとりの谷陰で、木々は幽霊のような燐光に似た明かりを放っている。燐光、いや、白銀の輝き。金をまぜた淡い灰色にふしぎに仄光る葉の落ちた大枝、つめたく映える無数の小枝。僕が画家だったらこれを画く。木肌が生きていて感覚があるようだ。影が木々をつつみこんでいる。

それからもう一本、葉が落ちて銀と藤色に光るイチジクの木を画いてみたい。イチジクは、枝をもつらせて冷ややかに白く燃えあがる、岩から生まれた繊細な生き物。黒い冬の地面の上に真裸で突ったち光る姿は、人の目をうばう。もつれあう白い海のアネモネ《イソギンチャク》のよう。ああ、せめて木が答えることができたらいいのに！　僕が木の言葉を知っていたら！

谷の急斜面はほとんど峡谷のようになっていて、そこに木がある。想像していたような森はない。灰色の小ぶりなオークがちらほらと見える。しなやかな栗の木がある。岩が頭をのぞかせる急傾斜に、長い鞭の枝をもった栗の木や、ずんぐりと枝の太いオークがちらばっている。汽車はその中腹をあやうげにくねって進む。するととつぜん、橋を飛びこえて、思いがけなくいきなり駅に突っこんだ。おやおや、男たちがいっせいに乗ってくるではないか。駅はバスで幹線とつながっていたのだ。

　思いがけない男たちの闖入——坑夫か人夫か百姓か。みんな巨大なズダ袋を持っている。黒地に薔薇色の花をあしらった美しい鞍嚢もある。老人が一人、ゆったりした黒白の衣裳を着ているが、ひどく汚れてぼろぼろだ。ほかの男たちは、ぴっちりした赤茶のズボンに袖つきベストといったいでたち。羊の革の上着を着た者もいる。全員、長いストッキング帽をかぶっている。ああ、男たちのにおい！　羊毛のにおい、男と山羊のにおい。むっとするにおいが車内にたちこめた。

　しゃべる男たち。とても元気な、中世の顔をもつ男たち。抜けめなく、ちょうどアナグマヤケナガイタチがけっして警戒を怠らないように、すっかり警戒をゆるめるということが一瞬たりともない。同胞的感情とか洗練された人のよさとかはすこしもない男たち。めいめいが、おのれとおのれの持ち物は自分で守ることを、となりの藪には悪魔が潜んでいることを知っている。ルネッサンス後のイエス体験がない。これは新発見だった。

うたぐり深いとかたがいに気まずいとかいうのとはちがう。まさにその正反対である。騒々しくて、自己主張が強くて、活気に満ちている。だが、皆がいい人で、また、いい人でなければならないという現代の象徴たるあの狂信には縁がない。他人が自分によくしてくれるとは思っていないし、そう望んでもいない。愛し、服従はしても、触れられることは拒絶する、なかば野性を残した犬を思わせる。頭に触れられるのを拒絶し、なでまわされることを拒絶する。すさまじいうなり声が聞こえてくるようだ。

発情期のトカゲがとさかを飾るように、男たちは長いストッキング帽をとさかのつもりでかぶっている。ひっきりなしに動かしては帽子を頭に置きなおす。ずるそうな茶色の目をして、顔のまわりに幼い髭をたくわえた若い太った男が、先を三つに折って、勇ましく見目よく額の上に聳えさせている。例の老人は、先っぽを左の耳に垂らしている。と、巨大な歯を顎に並べたハンサムな男は、帽子をうしろにやって背中に長く垂らしている。男はそれを前方、鼻の上に移して、きつねの耳のようなとんがりを二つ、こめかみの上につくった。これらの帽子が伝える表情の豊かさには信じがたいものがある。地元の人間でなければうまくかぶれないという。帽子は一ヤードほどの黒メリヤスの細長い袋にしか見えない。

　車掌が切符を売りにきた。男たちは皆、丸めた札束を取りだした。向かいの小さな虫食いだらけのねずみ男でさえ、十フランの分厚い束を持っている。今日び、百フランもない男は一人としていないようだ。一人として。

　男たちは声を張りあげて、車掌に文句を言う。粗野な活気がみなぎった。なんたる荒くれどもだ！　ハンサムな男は袖つきベストの前をあけて、シャツの胸ボタンをはずしている。ぼうっと見ていたので、黒い下着を着ているように見えた。だがふと気がつくと、それは彼の胸毛だった。シャツの下は黒山羊のように真っ黒だ。

　こちらと男たちのあいだには溝がある。彼らにとって、われわれの考えるキリスト受難だの普遍的意識だのは、まったく理解の外にある。男たちは一人ひとりが、野の獣のように自己を中心にして生きて、世界はそこで終わる。男は外を見る。するとほかの物が目にとまる。そして、それをばかにしたり、いぶかしんだり、興味ありげにくんくん嗅いだりする。だが、「汝、汝自身のごとく隣人を愛せよ」という教えは、けっして、その一端たりとも、男たちの魂に触れはしなかった。熱く暗い疑うことを知らない愛で、彼らは隣人を愛するかもしれない。だがおそらくその愛は、とつぜん終わるであろう。おのれの彼方にあるものの魅惑はまだ彼らをとらえてはいない。隣人は意味のない現象にすぎない。彼らの人生は自己を軸にして求心的にまわり、他者へ、人類一般へと飛びだしてはゆかない。僕ははじめて、真の古い中世的生を実感した。それはおのれの内に閉じこもって、外の世界に興味を示さない。

男たちは座席に寝そべってゲームに興じ、大声を上げたり眠りこんだり、長いストッキング帽をかぶりなおしたりしている。つばを吐く。こんな時代でもまだ、のっぴきならない自己の一部分として長いストッキング帽をかぶっているのはすばらしい。しつこい強烈な頑固さの証しだ。彼らは世界意識の侵入を許さない。世界共通の服を身にまとうこともないだろう。荒く、いきいきと、意を決して、暗く粗野なおのれの愚昧に固執して、大きな世界が勝手に文明世界の地獄へと向かってゆくのを放っておく。彼らの地獄は彼らのもの。男たちは、文明化されない地獄を選ぶのである。

はたしてサルデーニャは最後まで持ちこたえるだろうか。思いはそこに行きついた。文明化と世界的均一化の最後の波がその頭上で砕けちり、ストッキング帽を洗いながしてしまうのか？　それとも文明化、世界的均一化の潮は、すでにごうごうと退きはじめているのか？

従来の普遍性信仰からの、世界主義、国際主義からの反動がはじまりつつあるのは確かである。第三インターナショナルを擁するロシアは、同時にまた、以前にもましてはげしくほかのあらゆる接触をいやがって後じさりし、おのれの内へ、近寄りがたい強烈なロシア主義へと閉じこもってゆく。どっちの流れが勝つのだろうか？　労働者のインターナショナルか、国家的孤立へ向かう求心的動きか？　僕らは灰色一色のプロレタリアート的均質社会に呑みこまれるのか？　それとも、振子が逆にふれて、ある程度孤立した、ばらばらの排他的な共同体が到来するのか？

　おそらくは両方だろう。結局、労働者によるインターナショナルの運動は、世界主義、世界融合への流れを崩すことになるだろう。そしてとつぜん、なだれを打ったように、世界は妥協なき孤立へと急転するだろう。すでに世界融合、世界統一の急先鋒たるアメリカでは、激烈な自国中心主義、真にアメリカ的な自国中心主義へ向かう反動が起こっているのである。いま僕らが、アメリカ帝国の崖っぷちにいることは、火を見るよりあきらかだ。

　僕個人はこの動きを歓迎している。愛と一体の時代が終わって喜んでいる。均質的な世界一体化なぞまっぴらだ。ロシアが野蛮なロシア主義、獣のように自己中心的なスキタイ主義に急旋回するというのもけっこうだ。アメリカもおなじだって？　けっこうだ。人類が、世界中似たりよったりの共通服を憎んで引きちぎってしまえば、個性、荒くれの個性、うじ虫のような残りの世界に歯向かう荒くれの個性を主張して、鮮烈な服をまとうことになれば、僕はうれしい。アメリカが山高帽とカラーとネクタイを地獄の底に蹴っとばして、アメリカの国民衣裳を着ればいいのにと思う。人びとが、おなじに見えること、おなじになることをはげしく嫌って、活気あふれる部族や国家にわかれればいいと思う。

愛と一体の時代は過ぎた。世界同質化の時代はもう終わりのはずだ。もう一つの動きがすでに始まっているのだ。すぐに男たちはたがいに戦闘帽をかぶりなおして、はっきりした個性と孤立を求めて戦うことになろう。平和と一体の日々は終わり、多様性へ向けて壮大な戦いの日が近づいた。その日よ、疾く来たれ。われらをプロレタリアートの均質社会とカーキ的没個性から守りたまえ。

僕はサルデーニャ山中の征服されざる荒くれどもを愛する。彼らのストッキング帽と、燦然と動物的輝きを放つ愚昧とを愛する。均質化の最後の波が、その見事なまでのとさかを、帽子を押しながすことがないように、切に祈る。

さて汽車は、ジェンナルジェントゥの山あいで奮闘中だ。ぬきんでた一つの頂き、そう、サルデーニャ版エトナ山は、ここにはない。険しい険しい山の斜面を、鋤のようになってバランスを取りながら、ぐるぐると列車は曲がりくねる。急斜面は上も下も一面の茂み――これがジェンナルジェントゥの森である。もっとも僕なら森とはよばない。山の急勾配に、オークや栗、コルク樫がまばらにひろがる程度だから。だが、このコルク樫！　大枝の下をまる裸にひんむかれたスリムなおもしろい木よ。赤褐色のたたずまいが、ほかの木の灰色がかった青白さのなかで奇妙に映えている。何度も何度も、コーヒー色に輝く南太平洋の裸の原住民が思いだされた。その裸の素肌のなめらかさ。衣服をまとわぬ野蛮人

の強烈なコーヒーレッド。それが、ひんむかれたコルク樫である。たくさん脱いだもの、すこしだけのもの、といろいろある。幹全部と下枝の一部が血色よく素っ裸になった木、幹のほんの一部だけそうなっている木。

夕刻に近づいた。白黒衣裳の百姓と若くて端整な顔だちの彼の女が、僕のうしろにすわって話している。女はローズレッドの衣裳で、縁をたっぷりとった華やかな草緑色のエプロンを掛けて、ゆったりした白の胴着のうえに濃い紫の小さなベストを重ねている。雇いの百姓たちが眠りにおちてゆく。夕べが近づいて、食事をしたのもずっと以前のこととなった。もらいものの白パンをたいらげて、紅茶を飲みほす。窓の外を見ていると、いきなり背後からジェンナルジェントゥの雄姿が飛びこんできた。厚い雪に埋もれた大きな瘤のような頂き。奮闘中の汽車を取りかこむ長く険しい山の背のかなたのその麗容。白いジェンナルジェントゥがまた見えなくなって半時間が過ぎる。ふいに、思いがけずほとんど正面に雪に盛りあがるジェンナルジェントゥの壮大な稜線が現われた。

あのエトナ山、美しい、自意識の強いシチリアの驚異エトナ山との、なんというちがいだろう。ここの山ははるかに人間的で理解しやすい。厚い胸とたくましい四肢、力みなぎる山の肉体。サルデーニャの農民に似ている。

駅と駅のあいだが長い。一駅に一時間。いいかげんうんざりした。長すぎる。谷のむこうを見ると、石を投げればとどきそうな距離だ。だが無念、この小列車には翼がない、飛んでゆけない。だから、線路はまた折れて、ジェンナルジェントゥめざしてどんどんもってゆく。岩だらけの道をしばらく行く。ようやくくたびれた谷の根元に行きあたる。汽車はせっせとそこをまわり、また元気よく加速してすっ飛んでゆく。列車が遠まわりするのを見ていた男は、さきに谷を下りて、谷をわたってしまう。その間五分。

この辺の百姓は、野に働く女もふくめほとんど全員が民族衣裳を着ている。ものさびしい谷間の小さな畑の数々。ジェンナルジェントゥの谷は、どこも南の荒れ地以上に人気がない。

三時を過ぎた。日陰はもう寒い。終点までやっとあと二駅だ。百姓たちはここで目を覚まし、ふくらんだズダ袋を肩にかけておりていった。トナーラがかなた上方に見える。汚れた白黒衣裳の老農夫が、小馬を連れてきた二人の女の出迎えを受けている。娘たちだろう。あざやかな薔薇色と緑の衣裳がよく映える。農夫、引きしまった太股にきついズボンをはいた白黒の男、赤茶の男、白と薔薇色の女、鞍嚢を背負った小馬。皆、山道をゆっくり登りはじめる。そのシルエットがとても美しい。皆、遠くにちょこんと鎮座する、日に照らされたトナーラ村へと向かう。新しきエルサレムさながらに輝く、大きな村。

列車はいつもどおり、僕らをおっぽりだして、貨車のあいだを行ったり来たりしている。谷間に水音。駅には山積みのコルク、そして石炭。いろどり豊かなパッチワークの大さくひろがるスカートをはいた知的障害の娘が、モップをかけ草を刈る。彼女の小さなベト風の服もおそろしく古びていて、かっては美しい黒と紫の錦織りであった名残りがかすかにある。谷が、急斜面が、周囲にひろがって、老牧夫が繊細なメリノ羊の美しい群れを連れている。

やっと動きだした。あと一時間で終点である。茶のコルク樫の林立する傾斜地を進んでゆくと、羊の群れに行きあたった。すると、僕らの客車の農夫が二人、外を見て、ふつうの生き物にはとうてい出せそうもない、この世でもっとも奇怪かつ異様な高音の金切り声をあげた。だが、羊はそれを理解して散ってゆく。十分後、今度は、三頭の子牛に向けて金切り声がはじまった。好意でやっているのかどうかは知る由もない。ともかく、これほどまでに奇っ怪で野性的な人間ばなれした羊飼いの声は聞いたことがない。

土曜の午後四時。荒れた無人の土地。汽車もほとんどからっぽになった。これで仕事は終わりだという感じがあたりに漂っている。ああ、ねじ曲がり、木々におおわれた急斜面よ。ああ、ちらりと見えるジェンナルジェントゥよ。ああ、褐色にひんむかれたコルク樫、そして、百姓のにおい、疲れのたまる木造客車よ。お前らにはあきあきした。汽車の旅は

いまや七時間になんなんとする。六十マイルの距離だというのに。だが、もう着いたも同然だ。ほら、ソルゴノが正面の林になった山腹のあわいに美しく横たわっている。ああ、小さな魔法の町よ。終着駅にして内陸道路網の要、お前のなかに快適な宿があって楽しい連中に会えることを祈っているぞ。もしかすると、一日、二日、ソルゴノでゆっくりするかもしれない。

汽車は最後の吐息をつくと、ちっちゃな終着駅に入って、やっと止まった。風にはためく鶏の羽のようにぼろ服をばたばたさせた老人が、宿《アルベルゴ》をおさがしかねと聞いてきた。そうだと言ってナップザックを持たせた。きれいなソルゴノ！　垣根にはさまれた短い泥道を村の大通りへ下ってゆくと、イングランド西部の小さな町、トマス・ハーディの故郷に来たみたいだ。オークの若木を植えた林間の空地やオーク林の大傾斜地があって、右手にはうなりを上げる製材所、左手にはバロック風教会のまわりに安らぐ、白い密集した町がある。そして、ぬかるんだ小道。

三分ほど行くと大通りへ出た。駅前小路と交わるその道に、ピンク色に塗られた大きな建物が無表情に建っていて、巨大な字で「リストランテ・リズヴェッリオ」と書いてある。Nの字がさかさまだ。「リズヴェッリオ」にはあきれた。仏語の「レヴェイエ」同様、目を覚ますとか起こすという意味だ。リズヴェッリオ軒の戸口に、「ばたばた爺さん」は飛びこむ。「ちょっと待った」と僕。「イタリア荘《アルベルゴ・デイターリア》はどこなの？」ベデカーを見ながら、そう言う。

「もうないよ《ノン・チェ・ピウ》」とニワトリ爺さんが答えた。

今日び、しょっちゅう耳にするこの答えは、決まって人を不安に陥れる。

「それじゃ、ほかのホテルは？」

「ほかにはないよ」

リズヴェッリオか、無か。なかに入ってみた。さびれた大きなバーに出る。無数のボトルがブリキのカウンターの背後に並んでいる。ニワトリ野郎がさけぶ。と、ようやく、宿の亭主登場。若そうな男でエスキモータイプだが、ずいぶんでかい。さえない黒のスーツに正餐用を思わせるななめに裁ったベストを着て、シャツの前には無数のワインのしみがある。だらしない身なりだ。僕は一瞬のうちに男を嫌悪した。ぼろぼろの帽子をかぶって、顔も長いこと洗っていない。

部屋はある？

あるよ。

彼が先に立ち、戸外の道そのままに汚れた通路をぬけて、その通路同様みごとに汚れくぼんだ木の階段を上り、ゴロゴロとどろくくぼんだきたない廊下を行くと、部屋に着いた。なるほど、大きなベッドはある。薄くて平たく、灰白色のベッドカバーが掛かっていて、不潔ながらんどうの部屋のなかでは、大きな荒れた大理石の墓のように見える。壊れかけた椅子が一脚。その上に見たこともないような細い貧弱な蠟燭が立っている。鉄の輪には壊れた洗面器。木の床も一面これ以上ないほどねずみ色に汚れ、広い壁には血だらけの蚊の死骸が点々と地図をつくっている。外の家畜小屋の庭からおよそ六十センチの高さに窓がある。そのすぐわきに鶏小屋。窓めがけてきたない羽、汚れたわらが飛んでくる。地面には鶏の糞が層をなし、真向かいの壁のない小屋では、ロバが一頭、牝牛が二頭、のんびり干し草を食んでいる。どっしりと庭の真ん中に横たわるのは、最後の陽射しを楽しむ剛毛の黒豚。いうまでもなく、種々雑多なにおい。

靴で触れるのもおぞましい床に、ナップザックとキチニーノをおろした。シーツをめくると、前の客のしみと向かいあった。

「ほかにはないの？」

「ないね《ニエンテ》」やせた、額のせまい、シャツの胸元をひどく汚した男はそう言って、にこりともせずにさがってゆく。ニワトリ爺さんにチップをやると、彼も頭をさげて逃げた。残った僕と女王蜂《クイーン・ビー》は、もう少しにおいを嗅いでみる。

「きたねえ豚野郎め！」と僕。頭に血がのぼっている。

思うに、ほかのことは許せても、あのひどいシャツの胸元、恥知らずな身なりは許せない。

ぶらぶら歩きまわって、いろいろとほかの部屋を見た。もっとひどいのもあったし、一つだけ、ずっとましなのもあった。もっとも、そこは人がいるようだった。戸は皆開いている。宿はまったく人気がないし、通りから自由に入れる。一つだけ確かなのは正直ということだ。きっととても正直な土地柄なのだろう。足ある獣は、人間も動物も、歩いて適当に入っていける。だれも、これっぽっちも気にしない。

階下におりた。ほかの部屋といっても、道の一部のような営業中のバーしかない。フバ追いがリズヴェッリオの角にラバを残して、カウンターで一杯やっている。

この有名な宿屋は村のはずれにある。僕らは道ぞいに、家のあいだをゆっくり下りていった。気のめいるいやな土地！　冷えびえとした、希望も生気もない、土曜の午後のけだるい村。誇るべき何ものもたない、荒れすさんだ村。ちゃんとした店は一軒もない。やつれた顔の教会、陰気な住居群。村の中心を突っきって歩いた。真ん中に、ひらけた空き地のような場所があって、灰色の大きなバスがとまっている。運転手もずいぶん疲れて見える。

このバスはどこ行きですか？

本線の接続駅行きだよ。

何時に？

朝の七時半。

それだけ？

それだけだ。

ともかく村を出られるのはありがたい、と言ってみる。

さらに行くと、村をはずれた。まだ、固定していない石を置いて補修した大通りの下り坂の上だ。ここはよくない。それに日が差さない。村はかなりの標高で寒さがきびしい。僕らは踵を返して、丘の上へ、日の照る場所へと急いで上っていった。


――――――――


あばら家を何軒か過ぎて、小さな横道に折れ、両側が土手の急な小道へ向かって上がってゆく。よくわからないまま気がつくと、屋外「公衆便所」のど真ん中にいた。ここいらの村には水洗設備がまるでないことは知っていた。男女を問わず、皆したいときには脇道に行ってするだけだ。これが太古の昔からイタリアの習慣である。水洗なんて、プライヴァシーなんかなぜ気にするの？　地球上でもっとも社交的な民族の彼らは、用を足すのも一緒がいい。

ふとあたりを見まわすと、その手の「集会場」のまっただなかにいた。なんとしてもここから出なくては！　その思いで、急な土手をよじ登り、上の刈り株畑に出る。ますます腹が立ってきた。


――――――――

夜のとばりがおりはじめ、日が落ちてゆく。眼下にソドムの林檎（失望の種の意）たる悪逆の村がかたまって見える。周囲には木々をまとった美しい丘と谷がひろがって、霜のおりた夕闇はもう青ずんでいる。空気がつめたく強く肌を嚙む。まもなく日は沈むだろう。海抜二千五百フィートの高地である。

たしかに景色は美しい。オークの斜面、さびしい宵の憂愁、この世ならぬ気配。だが、僕のはらわたは煮えくりかえっていて、それを認めるどころではない。体を暖めようと狂ったようによじ登った。あっという間に日は沈み、ひやりと重い青い影が、すべてのうえにおりる。村から木を燃す青い煙が立ちはじめると、いままでに増して黄昏の西イングランドめいてくる。

だが、もう充分。もどらなくては。あのくさいくさい小路の拷問をまた？　いや、断固として否。脳天から湯気を立てながら——まったく道理に合わぬがしかたない——むりやり女王蜂《クィーン・ビー》を引ったてて、森を下り、畑をわたり、荷馬車道をとおって大通りに、村と宿の上方に出る。

寒くなった。黄昏がおりてきた。民族衣裳を着ていたり着ていなかったりとさまざまなぼろをまとった荒くれたちが、大通りを小馬に乗って下ってきた。むこうの角から、ぎょろ目の牛が四頭、丘を下って歩いてくる。三頭の美しく繊細なメリノ羊が、好奇心の強い飛びでた金色の目でじっとこちらを見つめる。神さびた男が杖をついてくる。長い木のさおを持った分厚い胸の百姓がくる。長い毛、長い角のまばらな山羊の群れが、神経をぴんと張って意気揚々と、ベルをチリンチリン鳴らしてやってくる。皆、ためらいがちに挨拶をしてよこす。何もかもが、リズヴェッリオの角で停止する。男たちが一杯きこしめすのである。

汚れ胸の亭主に再度アタックしてみた。

ミルクをもらえますか？

だめだ。七時半に何か食い物を出すよ。

火はあるの？

いいや。やつはまだ火をおこしてないな。

きたない自室に行くか、大通りを歩くか、それしか道はない。また大通りを上ってゆく。夕霜に重い大気のなか、動物たちがじっと頭を垂れて道端に立っている。あのひどいバーで男たちが酒杯を干すのを待っているのだ。僕らはゆっくり歩いて丘を上った。右手の野では、ぼんやり不安げにうごめくメリノ羊の群れが無数の小さく美しいベルを響かせて、道ぞいの土手の切れたところを上ってゆく。凜と冷えた音のさざ波が聞こえる。薄暗がりの野で、生き物ではないと思いこんでいたあるものが、だしぬけに動いた。老牧夫だった。ひどく年老いた、ぼろぼろのきたない白黒衣裳の牧夫が、いったいどれくらいのあいだだろうか、広い野の端に石のようにまったく動かず、杖にもたれて立っていたのだ。そして、夢のようにいきなり動きだして、あわれげな好奇心の強い雌羊のほうによぼよぼと歩いていった。遠く西の空から赤色が薄れてゆく。疲れて、ゆっくり道を上ってゆくと、角のところで、神のように悠然と下ってきた灰色の孤独な雄牛にぶつかりそうになる。牛はぷいと頭をそらせ、僕らをまわって過ぎた。

わけのわからない場所に出た。すこししてコルク置き場と気づく。薄暮のなか、コルクの皮が、しわくちゃになった獣皮のように、いくつもいくつも山をなしていた。

「じゃ、わたし、帰るわよ」女王蜂《クイーン・ビー》がにべもなく言って、さっと踵を返した。いまはもう見えない内陸のまばらな林、丘々のむこうには、夕暮の最後の赤がくすぶって見える。青くかすかに光る煙が、たそがれた村の上に浮かんでいる。くねくねと丘を下る足元の大通りがおぼろに青い。

女王蜂《クイーン・ビー》は、激怒した僕に怒っている。

「何をそんなにぷんぷんしてるの！　だれだって、正義のロレンス氏ご立腹って考えるわ。どうしてあなたは善悪で考えるの？　宿のあの男、あなたの話し方に身をすくませていたわ。あんなにひどくしなくたって！　どうしてありのままを受けいれられないの？　それもこれも人生じゃないの」

いや、ちがう。僕の憤怒は黒い、黒い、黒い。なぜかは天のみぞ知る。だが思うに、前もって心に思いえがいたソルゴノが、それは魅惑に満ちて見えたからだろう。ああ、じつに魅惑に満ちていた！　何も期待しなければ、かくも打撃を受けなかったろう。幸いなるかな、期待せぬ者、汝は失望を知らないであろうから！

堕落した現地民ども、いけしゃあしゃあとあんな管理をやってる旅館の亭主、この高地に獣のような人間悪をもちこむ暴挙を犯したいやしげな村民ども――どいつもこいつも皆呪ってやった。長いストッキング帽礼讃は――覚えておいでか？――露と消えた。みんな呪った。がみがみ女房の女王蜂《クィーン・ビー》も一緒くたにして……。

バーでは、貧弱な蠟燭がほそぼそと光をしたたらせていて、落ちつきのない暗い顔つきの男たちが、土曜の宵の帰りがけに一杯やっている。牛が寒風に晒されて、望みも失せた顔をして横たわっている。

ミルクは着いた？

いいや。

いつ来るの？

わからんね。

ああ、僕たち、どうすりゃいいんだ。部屋はないのか？　どこか腰を下ろせる場所は？

ああ、いまなら、あの部屋《スタンツァ》があるな。

いまならだって！　亭主はただ一つの細長い蠟燭を取り、酒飲み連を闇のなかに残して先に立ち、地の底のような暗いつまずきやすい土の廊下を、ぐらつく石や変な板をわたり、そのスタンツァまで案内してくれた。

スタンツァ！　漆黒の闇だった——とつぜん、オークの根のさかんな火が見えた。あかあかとはげしく炎をあげる豊かな火が見えた。その瞬間に僕の怒りは消えた。

亭主と蠟燭が、僕らを戸口に見捨てていった。つみたての花のような躍る若い炎の花束が暖炉になければ、部屋は真っ暗になる。この火の明るさで部屋のなかが見える。まったく何もない地下牢のような場所で、でこぼこのかわききった土の床、高いがらんとした陰気な壁。上のほうに手の幅の窓があるだけだ。

火の前に置かれた高さ三十センチほどの小さな木製ベンチ、壁に立てかけた自家製らしき巻いたござ数枚、この二つをのぞけば家具はまったくない。いや、もう一つあった。濡れたテーブルナプキンのかかった火の前の椅子。そのほかは、天井が高く、暗く、何もない、刑務所の地下牢そのものだ。

だが、とてもかわいている。暖炉があって、乾燥したオークの根のごつごつ重なったあいだから、上へ落ちる滝さながらに若い豪奢な火が躍りあがっている。椅子と土左衛門まがいのナプキンを急いでわきに除けた。暗闇のなか、ゆらゆら揺らめく豊かな火を、暖炉の大洞窟を前にして、低いベンチに並んで腰を下ろした。すると地下牢や暗さのことは忘れてしまう。人は食べ物なしに生きていける。だが、火がなくては生きられない。イタリアの諺だ。僕らは新しい黄金のような火を見つけた。その火の前に、すこし下がって、低いベンチに並んで腰かけて、でこぼこの土の床に足をおろした。そして赤い炎がゆらゆらと立ちのぼり、顔をなめまわすのを感じた。豪奢に燃えさかる炎の川の湯浴み。僕は汚れ胸の亭主のことをすべて許して、王国を手に入れたようにうれしくなった。

顔に光を浴びて、炎に微笑みながら半時間ほど二人きりですわっていた。トンネルのような外の通路にときおり足音が聞こえ、のぞきこむ人の気配がする。だが、だれも来ない。僕ら以外には唯一の部屋の住人、惨憺たるテーブルナプキンがわずかに湯気を立てるその気配もまた感じとれる。

震えながら入ってきたのは、蠟燭と、金色のコーデュロイをはいた顎鬚をはやした初老の男と、長い長い串にさした驚くべき物体である。男は蠟燭を炉棚に置いて、火のかたわらにしゃがんでオークの根を整える。じっと、奇妙に、火のなかを見すえる。そして串に刺した物をこちらの眼前にかかげた。

子山羊肉を焼きにきたのだった。だがこの子山羊、真っ平らな「ひらき」にされて、扇のような恰好で長い鉄串に突きささっている。見ものである。手間もかかるにちがいない。ねじ曲げられて肩に当たった頭、切断されて根元ののこった耳、目、歯、数本の鼻毛。皮を剝がれた子山羊がまるごとそこにある。足の先が奇妙に丸く反って、さげた頭を前足でかかえこむ動物のようだ。うしろ足は形容しがたくよじられて上を向き、全身平たく鉄串に刺しつらぬかれて、すっかり平面模様と化している。古いロンバルディア装飾に現われる、歪んだ犬のような細い足の動物、ねじれて、奇妙に内に曲がって、頭とお尻がくっついてしまった動物のことが鮮烈に思いだされた。ケルトの彩飾画《イルミネイション》にも、このようにねじれ内曲した生き物がいた。

老人は火を調整しながら小旗のように平面山羊を振りまわし、暖炉の壁の片側に棒の先を突きさした。自分は炉床の端、暖炉の反対側の薄暗いところにしゃがんで、長い鉄串のむこう端を持っている。子山羊はこうしてミニ衝立のように火の前にひろげられる。これで、自由にくるくる山羊をまわすことができる。

だが、暖炉の石壁につくった穴がうまくいかない。何度も棒の先がすべって、子山羊が火の上に落ちてしまう。一人でぶつぶつ呟きながら、何度も試みる。しまいには山羊の旗をかかげると、暗い片隅から大きな石を数個取ってきた。これを巧みに配置して、上に鉄串の先をのせる。そして自分のほうは、暖炉の反対側、陰になった炉床の端に離れてすわって、黒い奇妙な魅入られた目で、顔をぴくりとも動かさずに炎と子山羊を凝視しながら、串の取っ手の端を握りしめている。

子山羊は夕食用かと聞いてみた。そうだと言う。おいしくなりますね！　そうだねと言う。すべり落ちた肉についた灰を悔しそうに見る。灰を絶対につけないことは自分の名誉に関わるのだ。みんな、肉はこうして料理するの？　ああそうだよ。子山羊をこんなふうに鉄串につけるのはむずかしくない？　簡単じゃあないよと彼は言って、大きな肉塊を穴のあくほど見つめ、前足の一本に触れてから、きちんと固定してないなと呟いた。とても静かにぼそぼそと話すのでわかりづらい。それも横を向いて、けっしてまっすぐ話しかけてこない。だが、物腰はやさしくてやわらかい。呟くように話す無口で繊細な男だ。どこから来たのか、どこへ行くのか、と僕らに聞く。つねに、静かに呟くように話す。国籍はどこか、フランス人か？　そしてまた、戦争があったよ、でも、終わったと思う、と言う。戦争があった、オーストリア人がまたイタリアに入ろうとしたからね。でもフランスとイギリスがイタリアを助けにきた。サルデーニャの男もたくさん戦争に行った。でも全部終わってるといい、俺は終わってると思うよ。ソルゴノの若者も死んだよ。終わってるといい、終わったと思う。

そして、蠟燭に手をのばすと子山羊を凝視する。生まれついての肉焼き名人であることは一目瞭然だ。蠟燭をかざして、あたかも吉凶を占うかのように、じゅうじゅう音をたてる肉の側面を長いこと見つめている。そして串を火にかける。太古の時の神が、自分の夕餉をつくっているようだ。僕は蠟燭を手に持ってすわっていた。

声を聞きつけて若い女が現われた。頭をショールでくるんで、その端を顔の前にひいて

口元をおおっている。だから二つの目と鼻しか見えない。きっと虫歯だわ、と女王蜂《クイーン・ビー》。だが、女は笑って、ちがうと言う。じつはこれがサルデーニャでの、男女を問わないかぶりもののかぶり方なのだ。バーヌース（アラブのフード付きマント）のかぶり方にすこし似ている。ようは口と顎とを分厚くおおって、額と耳も同様にして、目と鼻だけ外に出すということらしい。これでマラリヤが防げるとここでは言われ、男たちもおなじように頭をショールでつつみこむ。頭をあたたかく保って、暗闇のなかに隠れていたいんじゃないか——僕はそう感じた。つつまれて安心するのだろう。

　女は普段着の衣裳を着ている。ふっくらした焦茶のスカート、ゆったりした白の胴着に、小さなベストのような、コルセットのようなものをつけている。小さなベストといっても彼女のは形のおもしろいベルトほどのもので、そこから直立した長い葉を思わせる堅く美しい切っ先が、乳房の下にとどいている。きれいだが——すっかり汚れている。かわいい女だが、態度が生意気で、感じがいいとは言いかねる。濡れナプキンをいじくり、僕らにいろいろと質問して、出しぬけに老人に話しかける。彼はほとんど答えない——すると女はまた行ってしまった。女たちは自意識が強く、気取ってにやにやと笑う。そして元気。

　彼女が行ってから、老人に娘さんですかと聞いてみた。ぼそっと、ひどくそっけなく「ちがうよ」と言う。あいつは数マイルむこうの村の女だよ。俺は宿の者じゃない。自分は郵便屋だと言ったように聞こえた。だが聞きちがえたのかもしれない。

ともかく無口な男らしく、宿やその管理者についても話したがらない。何か妙なことがあるようだ。どこに行くのかとまた聞く。いまじゃバスは二本あると教えてくれる。新しいほうは山を越えてヌーオロへ行くんだ。アッバサンタよりもヌーオロへ行ったほうがずっといいよ。ヌーオロに対して、この辺の村人が首都のような気持ちをいだいているのがはっきりとわかる。

火と肉とがあまり近くないので、子山羊の進み具合はとてもゆっくりしている。焼き手はときおり赤く熱した木の根の洞窟をととのえる。そして木の根を投げ足す。非常に熱い。長い串をまわす。僕はまだ蠟燭を持っている。

ほかの連中がぶらぶらと入ってきて、僕らを見る。背後の闇のなかをうろついているので、ここからははっきりとわからない。地下牢のような部屋の暗がりをぶらついて、こっちを観察している。一人、太りに太った制服姿の若い兵士が前に来た。ベンチをすこしあけてやる——しかし彼は手を出してどうぞお気遣いなくと身ぶりで伝えた。そしてまた消えた。

肉を立てかけて、ちょっとのあいだ老人もいなくなった。細い蠟燭が明滅する。暖炉の炎の勢いが弱まり、赤くなった。新たに細く短い串を持って、焼き手再登場。串には生の豚の巨大な脂身が刺さっている。それを赤い火のなかに突っこんだ。じゅうっと音をたてて煙をあげ、脂を吐いた。何をしてるんだろう。こいつに火をつけようと思ってね、と教えてくれた。火がつかない。炉床を掻いて焚きつけに使った小枝をさがす。その小枝の切れ端を脂身に刺して、丁子《ちょうじ》を刺したオレンジのようにしてから、もう一度火のなかに入れた。今度はやっとついた。松明が燃えあがる。めらめら燃える脂身が細い雨と化して落ちてゆく。これでよし。黄色い炎をあげる脂の松明をこんがり焼けてきた山羊の上にかざし、肉が水平になるようにまわす。炎の滴がまんべんなく行きわたると、山羊の肉塊がきつね色に輝きわたった。それをまた火にかける。仄青く燃えつづける縮んでゆく脂身を、上方にずっとかざしつづける。

途中、一人の男が、大声で「こんばんは」と言いながら入ってきた。こんばんは、とこちらも返す。するとあきらかに、聞きなれない声に気づいたのだろう。こちらに近づいてきて身をかがめ、僕の帽子のつばの下、つづいて女王蜂《クィーン・ビー》の帽子のつばの下をのぞきこむ——僕らも皆とおなじくまだ帽子をかぶっていたし、オーバーを着ていた。男は急に立ちあがって、指で自分の帽子に触れて、「これは失礼《スクージ》」と言う。「いいえ《ニエンテ》」のべつまくなしに発せられるこの言葉を僕も言う。彼はしゃがんでいる焼き手に二言三言話しかけるが、やはりほとんど応答はない。オリスターノからバスが着いたが客はほとんどいない。

この男が威勢のいい新風をもちこんだのが、老人にはおもしろくない。ともかく低いべンチに席をあけてやると、男は腰を下ろした。いちばん端に眼を下ろしたので、光のなかに入った。男ざかりのたくましいやつ。焦げ茶のベルベットに身をつつみ、金色のちょび髭をはやして、青い目をきらきら輝かせて、酔っているように見える。ここいらの商人か豪農かと見当をつけてみた。なれなれしく大声で質問をいくつかすると、また出ていった。そして鉄の小串、細棒を片手に、子山羊の肉塊二つとソーセージひと握りをもう一方の手に持って現われると、串に二つの肉塊を刺した。だが老人は、いつ終わるとも知れない平面子山羊を、もう炎も消えて赤くなった火の前にかざしつづけている。脂の松明は燃えつきた。火のなかに燃えさしの木を押しこむ。火が一瞬おどりあがる。そしてまた、赤色に、強烈な赤色に変わる。僕らの子山羊は、火の前で黒い大きな手のように見える。

「ほらほら」とこの新参者——さすらいの行商人《ジローヴァゴ》とよぼう——が言う。「できたぞ。子山羊はできた、できた」

肉炙る翁はゆっくりと首をふるが答えない。永遠の時の神のように炉床の端にすわりこみ、顔を炎に赤く染めて、黒い目はまだ火の夢を見るようだ。聖なる肉塊にまだ無我夢中。「おいおいおい。ほかの人にも火を使わせろよ」そう言ってジローヴァゴは、不器用に刺した鉄串の肉塊を本家子山羊肉の下に突っこみ、火に近づけようとする。老人は例の静かなくぐもり声で、自分の番がくるまで待つように命じる。ジローヴァゴはそれでも強引に明るく割りこんで、お上御公認の肉はできましたぜ、といらついた声で言う。

「ええ、たしかに焼けてますよ」と僕も言う。もう八時十五分前なのだ。

肉炙る老司祭はぶつぶつ呟きながら、ポケットからナイフを取りだした。ゆっくりゆっくり、刃を肉塊の奥ふかく自然に入っていくところまで押してゆく。なかの感触をさぐっているらしい。まだだ、と言う。首をふり、棒の端を持って、永遠の時の神のように、そこを動かない。

ジローヴァゴ君は「こんちくしょう」と言ってはみたものの、自分の肉を焼くことができない。燃えさしの木の近くに自分の串を突っこもうとしたが、途中で肉が灰のなかに落ちてしまった。姿の見えない背後の見物人が大きな笑い声をあげた。それでも彼は肉を掻きだして手でぬぐうと、「問題なしの異常なしだ」とのたまった。

こちらを向いて、お決まりのどこからどこへを聞いてくる。答えると、君、ドイツ人じゃないの、と言う。いやイギリス人です。何か探りだそうとするかのように、くりかえし、眼光するどく僕を見る。どこに住んでるの。シチリアだよ、と僕。すると核心にせまるご質問、なぜサルデーニャに来たの、ときた。遊びです、観光ですよと答える。

「なるほど、ペル・ディヴェルティメントね！」なかば思いをめぐらすようにその言葉を反復する。僕の言うことなど、はなから信じてない。

奥の連中は皆はっきりと見えないが、さまざまな男たちが部屋に入ってきていた。ジローヴァゴが彼らに話しかけ、ジョークを飛ばす。おぼろな姿の男たちが意地悪そうに笑う。

山羊肉は焼けたとようやく老人が決定を下した。肉を火から取りあげて蠟燭を近づけ、炎から来たふしぎな手紙を読むように、すみずみまで細かく点検する。なるほど驚くべき出来ばえ、すばらしい匂いだ。きつね色にカリッと焼けて、熱く、香ばしく、一点の焦げもない。八時になった。

「焼けた！　焼けた！　そいつを担いで、そら、行った行った！」ジローヴァゴが手で老人を押す。旗のように子山羊肉を持って、やっと退席を承知した。

「ほんとにおいしそうだわ」と女王蜂《クィーン・ビー》がさけぶ。「お腹ペコペコよ」

「アハハ！　うまい肉を見ると腹へりますよね、シニョーラ。さあ、俺の番だぞ。おい、ジーノ」ジローヴァゴが腕を振りまわす。すると、黒い口髭をたくわえた不潔な美男子がやけにおずおずと前に出てきた。くすんだ灰色の兵隊服を着た、たくましい大柄の美男子は、黒い瞳で、地中海の羊なみにおどおどしている。「ほら、おめえ、これ持て」ジローヴァゴがそう言って、長い串を彼の手に押しつけた。「おめえの仕事だぞ、夕飯の準備はな、おめえが女房だ。俺は手元にソーセージをおいて、こいつを料理しよう」

「女房」とよばれた美男子は、老人とおなじ炉床の端にすわって、浅黒い手でおそるおそる残った燃えさしを小山にする。もう炎も衰えて、火はくだり坂だ。黒眉のこの男、肉を調理できるようにと火をおこして、赤い小山の上に串をいいかげんに差しかざした。肉塊が落ちる。男たちが笑う。さきほどジローヴァゴが言ったとおりに、黒眉も「異常なしだ」と言う。そしてまた串に刺して、火のほうに突きだした。そうしながらも、黒い睫毛の下から上目づかいにジローヴァゴと僕らをじっと見ている。

ジローヴァゴはしゃべりつづける。手にいっぱいのソーセージを持って、僕のほうを向く。

「これ、うまいよ」と彼。

「ああ、ほんとに。いいサルシッチャだね」と僕。

「子山羊食べるのか？　宿で食べるのか？」と彼が聞く。そうだと答えた。

「やめな。ここにいて俺と食べろよ。俺と食べろよ。ソーセージはうまいし、子山羊はもう焼ける。暖炉の火はあったかいぜ」

僕は笑った。言いたいことがはっきりとわからなかったのだ。ぜったい酒が入っている。

「シニョーラ」と、女王蜂《クイーン・ビー》のほうを向いて言う。女王蜂《クイーン・ビー》はジローヴァゴが好きじゃない。図々しいからだ。できるかぎり聞こえないふりをする。「シニョーラ、俺の言ってることわかるかい？」

「わかるわよ」

「シニョーラ。俺はご婦人方に、もの売ってるんだ。ご婦人にものを売ってんだ」

「何、売ってるの？」虚を衝かれた彼女が聞く。

「聖人」と彼。

「聖人！」ますます驚いて女王蜂《クィーン・ビー》がさけぶ。

「そうよ、聖人さまよ」ジローヴァゴがすわった目で厳粛にのたまう。

混乱した女王蜂《クィーン・ビー》が背後の一団のほうを向くと、太った兵士が前に出た。彼は憲兵長だ。

「それから、櫛、石鹼、小鏡もな」とあざける調子で説明した。

「聖人さまよ！」と、ジローヴァゴがいま一度くりかえす。「それから、子供たち《ラガッツィーニ》もだ。俺の行くいたるところにちび助がいて、バッボ！　バッボ！　パパ！　パパ！　とさけびながら駆けよってくるんだよ。俺の行くところ、かならず子供あり、さ。それで、この俺がそのバッボだ」

彼の言葉はすべて、姿の見えぬ背後の集団から、一種無言の嘲笑によって迎えられた。蠟燭の火が小さくなって、暖炉の火も消えかかっている。黒眉の男が火をおこそうとするが、うまくいかない。女王蜂《クィーン・ビー》は食事を待ちくたびれてしまった。かんかんになって立ちあがり、ころげながら暗い廊下に出る。「まだ食べられないの？」とわめいた。

「まあシニョーラ、がまんがまん！　この家は時間がかかるんだから」と背後の男が言う。

黒眉がジローヴァゴを見あげて、

「ソーセージ、手に持って焼くのかい？」

と言った。

彼もまた、目立とう、ふざけようとするのだが、だれからも相手にされないといった夕イプの男である。ジローヴァゴが方言でまくしたてる。僕らをだしにして、僕らがこの宿にいることをからかう。よく意味がわからない。

「シニョーラ！」とジローヴァゴが言う。「サルデーニャの言葉はわかるのか？」

「イタリア語はわかるわ。サルデーニャのはすこし」鼻息もかなり荒く、女王蜂《クィーン・ビー》が答える。「それに、あんたがわたしたちのこと笑ってるってこと、からかってるってこと、わかるわよ」

　男は愉快そうに、うれしそうに、笑い声をあげた。

「シニョーラ、俺たちには、あんたにゃ一言だってわからないような言葉があるんだ。俺とやつ以外は、ここのだれにもわかりゃしねえ」そう言って、陰気な黒眉男を指す。「皆に通訳が必要だ。一人残らずな」

　だが、彼は「つうやく《インテールプレテ》」と言わず、「つうやーく《イントレプレーテ》」と最後から二番目にアクセントをつけるので、まるで、「坊さーん《プレーテ》」か何かのように聞こえる。

「え、なんだって？」と僕。

　男が酒の勢いで熱心にくりかえしたおかげで、その意味するところがわかった。

「それ、方言なの？　どこの方言？」

「俺のはサッサリだ」と彼が言う。「故郷《くに》はサッサリだからな。俺が方言を話しても、いくばくかはやつらにわかる。だが、もう一つの言葉を話すときには、通訳《つうやーく》がいるだろうよ」

「どんな言葉？」

　ジローヴァゴはこちらに身を寄せて笑いながら、

「買い物中の女たちにこっちの言うことを知られたくないときつかう言葉だよ」

「ああ、なんだ」と僕が言う。「それならイギリスにもある。泥棒ラテン《ラティーノ・ディ・フルビ》とよばれている」

　とつぜん、背後の男たちが笑った。生意気なジローヴァゴがジョークを返されたのに快哉をさけんだのである。ジローヴァゴはじろりと見下すように僕を見る。だが、僕の笑いに悪意のないことを見てとると、こっちに身を傾けて、こっそりと、

「じゃ、あんたの仕事は？　どんな仕事だよ、あんたのは？」

「ええ？　なんだって？」わけがわからず、声をあげた。

「ケ・ジェーネレ・ディ・アッファーリ？　どんなたちの仕事かっての？」

「どんな……アッファーリって？」まだ質問の意味がのみこめずにそう言った。

「売ってるのはなんだってのよ？」とずばり、邪険に——「品物はなんだよ」

「何も売ってないよ」笑ってそう答えた。僕たちをにせの旅医者か行商人とでも思っているのか。

「布地とか……そんなものかよ」うまく秘密をたぐりだそうというのか、ずるそうに鎌をかけてくる。

「いやぜんぜん。まったく何も。農民の民族衣裳を見にサルデーニャに来たんですよ」これで納得するかなと思ったのだ。

「ほほう、民族衣裳をね！」あきらかにこちらを腹に一物ある男と見ている。そして身体の向きを変えて、まだ残り火に肉を突きたてて炉床にしゃがみこんでいる黒眉男と言葉の掛けあいをはじめた。部屋はほとんど真っ暗である。黒眉はジローヴァゴに気の利いた言葉を返そうとする。だがジローヴァゴこそ支配者の器だ！　だいぶ度を越していて、女王《クイーン》・蜂《ビー》には厚かましすぎるが、僕はけっこう気に入っている。相棒は消極的な美形の阿呆という例のタイプである。

「あいつ！」いきなりこっちを向いたジローヴァゴが、相棒を指さして言う。「あいつは俺の女房だ」

「あなたの女房！」と僕。

「ああ。俺の女房だ。いつも一緒だからな」

さっと背後が静まりかえった。それでも相棒はかすかな笑みを浮かべて、黒い睫毛ごしに上目づかいに見あげると、

「だまれよ。だまらないと、今晩ブチュッと接吻《バーチョ》しちゃうぞ」

と言う。

一瞬、死の沈黙がおりた。ジローヴァゴが言いつぐ。

「明日はトナーラで、聖アントニウスのフェスタだ。明日、俺らはトナーラへ行く。お前さん、どこに行くんだ?」

「アッバサンタへ」と僕。

「ああ、アッバサンタか! トナーラへ来いよ。トナーラじゃ商売繁盛だ——民族衣裳もある。トナーラへ来いよ。明日、やつと俺とトナーラへ行って、いっしょに儲けよう」

笑うだけで答えなかった。

「来いよ」とジローヴァゴが言う。「トナーラは気にいるぜ! ああ、トナーラはいいとこだ。宿があって、飯はうまいし、寝心地はいい。こう言うのも、あんたにゃ十フランくらい、はした金だからだ。な、そうだろ? 十フランなんか、はした金だ。そう、それならトナーラへ来いよ。え? どうだい?」

首をふって、笑って、だが答えなかった。本当は、彼と相棒とトナーラへ行って商売繁盛といきたいものだった。どんな商売かわかっていさえすれば。

「二階で寝るのかい?」と彼が言う。

うなずく。

「これが俺のベッドよ」壁に立てかけてあった手製のござを一枚運んできてそう言う。僕はぜんぜん本気にしなかった。

「そういうの、ソルゴノでつくってるの?」

「ああ、ソルゴノでさ――これがベッド、な！　こっちの端をすこし――こんなふうに丸める！　と、ここが枕」

ジローヴァゴが頰を横にする。

「まさか」と僕。

彼がこちらに来て、またとなりにすわった。僕の注意が散った。夕食を待つ女王蜂《クイーン・ビー》は頭から湯気を立てている。とうに八時半をまわっているだろう。あの完璧な焼き具合の子山羊肉は、もう冷めて台なしだ。暖炉の火も蠟燭の火も小さくなった。新しい蠟燭を取りにいったやつがいるが、暖炉の火をまたおこす手立てがないのは火を見るよりあきらかだ。相棒氏は炉床にしゃがんだまま、美形の顔ににぶい赤色の火を浴びて、子山羊を焼こうと辛抱づよく燃えさしの木に串を突きさしている。カーキ服につつんだ四肢は強くたくましいけれども、串を持つ手はやさしくこまやかな真の地中海人の褐色の手だ。大人で、攻撃的な元気いっぱいのジローヴァゴは金髪で丸顔――北方人により近い。うしろに男が四、五人いたが、僕に見分けがついたのはたぶん憲兵長の恰幅のいい兵士ぐらい。


僕の癇癪がやっとおさまったかと思うと、女王蜂《クイーン・ビー》の怒りがどんどん沸点に近づいていった。だがその瞬間、ショールを巻いたさっきの女が現われ、「できました！」と告げた。

「できたぞ！　できたぞ！」と皆が言う。

「ごゆっくりね」そう言いながら女王蜂《クィーン・ビー》は火の前の低いベンチから眺ねあがった。「どこで食べるの？　ほかに部屋があるの？」

「べつの部屋ですよ、シニョーラ」と憲兵が言う。

そこでわれわれ一行は、ジローヴァゴと相棒、そして二人のラバ追い男をあとに残して、火に暖められた地下牢を出ていった。あとに残されたジローヴァゴの苛立ちが、僕にはわかった。ここでは、彼の個性がぬきんでて強く、彼の頭がいちばん鋭い。それだから、ずっと晩のあいだ注目を集めてきたいまとなって背景に退くというのが耐えがたい。僕にとっても、今夜の彼はけっこう気のあう男だった。しかしいかんせん、運命はお上品な人生と無頼漢の人生をわける不可解な壁と化して、僕らを引きさいてしまう。僕と彼とのあいだには、僕の行く道と彼の行く道とのあいだには、深淵が横たわっている。ジローヴァゴとは気があうが、どうしょうもない溝がある。ジローヴァゴにはちょっとチンピラっぽいところがあって、それを自分でも知っている。だからいつも酔っぱらっている。そう、僕がいちばん好きなのは一匹狼だ——羊どもよりはいい。せめて心中、雑種犬のひがみを感じることがなければいいのにと思う。おそらく、無頼漢はかならず雑種の駄犬になる。飼いならすことのできない一匹狼はつねに、みずから選ぶようにして、アウトサイダーに、ただの無頼漢になってしまう。悲しいことだ。

考えてもしかたないとわかっていても、僕はジローヴァゴとの別れがしのびなかったのである。彼の行く道は僕の行く道ではない。それでも別れは本当に辛かった。

食堂に来ると、白い長卓にスープ皿が伏せてあった。アセチレンの炎に照らされて、墓のように寒い。三人の男が同行する。憲兵氏と、ウールの裏がついた厚手の軍用短コートを着た黒いちょび髭の浅黒い小男と、紺のとても洒落たオーバーを着た目のまわりが疲れた碧眼の青年。ショールの娘御がキャベツ、カリフラワー入りの定番ミネストローネの鉢を持って入ってきた。自分たちでそれをよそう。太っちょの憲兵がいつもの質問で話の口火を切った――明日、どこへ行かれますか？

バスについて聞いた。すると信頼できそうな疲れ目の青年が、バスの運転手は自分だと言う。今日、本線のオリスターノから来たのだそうだ。約四十マイルの距離がある。翌朝、山を越えてヌーオロまで、ほぼおなじ距離を走る。黒いちょび髭に大きなギリシャ目の若者は彼の相方の車掌である。このオリスターノからヌーオロへといたる九十マイルを越える道のりが彼らの運行ルートである。それを毎日くる日もくる日も走る。神経が疲れたふうなのもむべなるかなだ。だが彼にはあの威厳、つまり機械を操る男の悲しげな生真面目さと矜持とがそなわっている。当代唯一の神のごとき人びと――それは鉄のレバーを引く機械のなかの神々である。

子山羊を焼いていた老人の言葉を彼らもくりかえす。アッバサンタよりもヌーオロに行ったほうがずっといいよ、と。そうか、じゃあヌーオロだ、朝の九時半に出発しよう。


運転手とその相棒は、一日おきにこの蛮地リズヴェッリオ荘で夜を過ごす。さっき見た清潔できちんとした部屋はきっと彼らのものだろう。「食事はいつもこんなに遅いの？万事にわたって、いつも今日みたいにひどい？」と聞いてみる。「いつものことだよ、これよりひどいってことはなくてもね」とユーモラスにたいしたことでもなさそうに皮肉った。リズヴェッリオじゃ、すわって、待って、氷のかたまりと化して、それで人生が終わってしまう。あそこの連中みたいに、強い酒飲んでりゃそれでいいっていうのなら、べつの話だけどね。運転手が、小さく、さっと、頭を「地下牢」のほうにふった。

「あそこの人はどんな人なの？」

「しゃべりまくっていたのはメルカンテ、メルカンテ・ジローヴァゴ——さすらいの行商人——だよ」聖人や子供を売りあるくさすらいの行商人、わがジローヴァゴ君のこと。「もう一人は彼の相棒で荷物運搬の手伝いだ。二人いっしょに旅をしているのさ」そうか、わがジローヴァゴはここら一帯の有名人なのか。「彼らはどこに寝るの？」「あの火の消えかかっていた部屋だよ」

「やつら、ござをひろげて、足を暖炉に向けて寝るんだ。それで三ペンスか、せいぜい四ペンスくらい払う。自分で食事をつくる許可も得ている。リズヴェッリオは暖炉と屋根とござ以外はなんの世話もしない——あ、それにもちろん酒と。なに、ジローヴァゴのような連中に同情はいらないよ。やつらにしてみりゃなんの不足もない。ほしいものはなんでもある。なんでもね。それにお金もがっぽり。やつらは酒が楽しみで生きているんだ。それさえあれば、ふんだんに酒がもらえれば、あとは何もいらない。ここにはそれがあるんだ。なに、寒くはないさ。夜のうちに部屋が冷えたらだって？　身体に掛けるものがないって？　ヘッ！　そしたら朝まで待つのさ。待って、明るくなったらすぐに、きついやつを大きなコップでぐいっとやるのさ。飲むのが彼らの火、暖炉、家庭だ。彼らには、きつい酒があたたかい家庭なんだ」

　スタンツァにいたほかの男たちを語るときの、食堂の三人の寛容だが根深い軽蔑の感情には驚かされた。運転手は親のかたきのようにアルコールをはげしく蔑んでいる。その憎しみははっきりとわかる。僕らも皆、やたらにつめたい黒ずんだワインをボトルで頼み、それを飲んだ。だが、本当の酔っぱらいに対する三人の青年の反感は、深く、はげしく、イタリアよりももっと北方のある種燃えたつような道徳的嫌悪が感じられる。唇をゆがませてジローヴァゴへの強い嫌悪を表わす。彼の厚かましさ、図々しさ、強引さを批難する。

　この宿のことかい。ああ、たしかにひどいよ。前の所有者のときはけっこうよかったんだ。だがいまじゃ——そう言って肩をすくめる。汚れ胸の男とショールの女はオーナーじゃないんだ。やとわれ亭主さ——とここであざけるように唇をゆがませる。オーナーは村の若い男だ。一、二週間前のこと、クリスマスごろだったか、ちょうどこのテーブルのまわりに部屋いっぱいの男がすわって飲めや歌えや騒いでいた。するとそこに、べろんべろんになったオーナーが入ってきたんだ。小さな瓶を頭のまわりで振りまわして、「出てけ！　出てけ！　皆、出てけ！　一人残らず出てけ！」とわめきちらした。「おれがここの所有者だ。自分ちから客を出したいときはそうするぜ。どいつもこいつも言うことを聞くんだ。聞かないやつはこの瓶であたまぁ叩きわってやる。出てけ、出てけっていうんだよ。一人残らず、出ていけ！」そして皆、出ていった。「しかしな」と運転手が言う。「おれはやつに言ってやった。泊まりの金を払ったときはベッドの上で寝させてもらうよって。お前だろうがだれだろうが、追いだせやしないよって。するとやつもへなへなっとなった」

——

話が終わると、皆すこしばかりだまりこんだ。まだ先があるらしいのだが、話してくれない。とくに憲兵氏がだまってしまった。憲兵氏はとても気持ちのいい男だが、肥えていて勇猛果敢とは言いかねる。

うーん、でもね、と造作小さく色浅黒いギリシャ顔の車掌が言う。彼らに怒っちゃだめですよ。たしかに宿はひどい。ひどいけれども、かわいそうって思ってやらなくちゃ。だって彼らは知らないだけだもの。かわいそうに、「無知《イグノランティ》」なんだ！　なんで怒るの？　ほかの二人も同意しうなずいて、イグノランティとくりかえす。やつらはイグノランティだ。そうだよ。なんで怒るの？

こういう点に現代イタリアの精神が現われる。「無知の輩」と際限なくあわれんでやる。たるんでいるだけじゃないか。あわれんでやれば、無知の輩はますます無知になって、リズヴェッリオは日一日と惨状を深める。だれかが汚れ胸の亭主の耳元に酒瓶をビュンとふるい、おかみ気取りのつんとした小娘の頭からショールを引ったくって尻尾を巻いて逃げるくらいに一喝してやれば、すこしはサービスするようになって、彼らもささやかな自尊心を取りもどすかもしれない。けれども、これじゃあだめだ。かわいそうにイグノランティ、あわれんでやろうよ、と言ってる間に、やつらは害虫のように命あるものを引きずり倒し、食いつくす。あわれめ、だと！　やつらに、そして数かぎりないやつらの同類たちに必要なのは、同情じゃない。突き棒なのだ。

ショールの女が子山羊肉料理をもって現われた。もちろん、いちばんいいところは「無知の輩《イグノランティ》」が自分のために取っておいてある。出てきたのは冷めたローストキッドが五切れ、一人一切れという勘定である。僕の分は大きな櫛みたいなリブ肉で、薄い肉の水かき付き。三十グラムくらいか？　一部始終眺めていて、出てきたのはこれだけ！　それに、あくの

強いボイルドカリフラワーがひと皿ついた。まずいパンといっしょにただただ空腹ゆえに食べた。胆汁のようなオレンジがつづく。端的に言って、今日び、「食事」は不可能となった。いい宿でもひどい宿でも、栄養のない貧弱な飯を出されて、栄養失調がつづいてゆく。

ただ一人、真摯な心をもつバスの運転手が、サルデーニャ人について話しつづける。ああ、サルデーニャ人よ！　望みはない。なぜかって——ストライキのやり方を知らないからさ。彼らもまた、「無知《イグノランティ》」なんだ。でも、この無知のほうがもっと困るよ。やつら、とにかくストライキが何か知らないんだよ。ひと仕事十フランと言ってごらん——とイグレージアス地方の坑夫に話がおよんだ——否、否、否、とやつらは拒否するのさ、十二フランほしいと言うだろう。けれども、あくる日彼らのところに行って、その半分の仕事で四フランと言ってみな、オーケー、オーケー、そう言って条件を呑むのさ。これが現状だ。何も知らない——何も知らないサルデーニャ人。ストのやり方など皆目わからない。彼は、痛烈に辛辣に、すっかり熱くなった。三人の若者たちの口調は、世界中の現代青年に共通する懐疑的アイロニーのそれである。だがストライキと社会主義に対しては、彼ら——少なくとも運転手——はささやかな思い入れがある。もっとも、あわれな思い入れである。最後に残った、しかたなしの思い入れだ。

農地について語りあった。戦争でサルデーニャの牛は事実上根こそぎにされた。そう彼らは言う。そしていまでは農地が見捨てられ、畑は休耕地に逆もどりしつつある。なぜか？　そのわけは、と運転手が言う。地主が資本を投下しようとしないからさ。やつらは資本を凍結する。すると土地は死んでしまうんだ。畑をみんな休耕地にしてすこしばかりの牛を育てるほうが、高い賃金を払って、穀物を育てて、わずかな収益を得るよりも安上がりだと気づいたんだな。

そう、そのとおりだよ、それに、と憲兵が話に加わってきた。百姓らは土地をたがやしたがらない。土地を憎んでいるんだ。土地から逃げるためにゃなんだってやるんだ。決まった賃金と短い労働時間が得られれば、あとはどうでもいい。だから、何百人という単位で百姓が土方となってフランスへ流れこむ。大挙してローマへ押しよせて、労働局を取りかこむ。政府がでっちあげた土方仕事を一日五フランというひどい日給でやろうとする。鉄道の転轍手が最低でも一日十八フランもらってるのに……なんでも、なんでもいいのさ、土地をたがやす以外なら。そう、それで、政府のやってることといったら、と運転手が返す。失業者に仕事をつくるために、ローマ平原全域で道路をばらばらに壊して、また直させるんだ。それなのに、道路や橋が絶対的に不足するこのサルデーニャで、彼らが何か対策を立てているかね？　否！

だが、まあしかたないな。会話では、目の下に黒い隈をつくった運転手が知的役割を担っている。憲兵氏は頼りない。何にでも興味を示すがどちらにもころびそうだ。そして背の低いギリシャ風車掌はただただ無関心。

おくれて旅行者が一人入ってきた。テーブルの端に腰を下ろす。ショールの女がスープと骨と皮ばかりの子山羊をちょっぴり持ってくる。男はこれをじっと見て鼻で笑うと、自分の袋からローストポークの巨塊を、パン、黒オリーヴとともに取りだして、立派な食事をとりはじめた。

僕たちが煙草を持ってないというので、運転手とその相棒が執拗にすすめてくる。われらが愛するマケドニア煙草、こいつは「スクィジティッシミ」、本当の、本当の絶品だよ、あまりのうまさに外人は皆、ほしがるんだ、と運転手が言う。たしか、いまではドイツにも輸出されているはずだ。なかにちゃんと葉っぱが入っているときはとてもうまい。だがたいていは、空洞の紙筒にすぎない。鼻先でパッと燃えてそれでおしまいの代物だ。

うまい酒を一杯いこうと話がまとまった。連中お気に入りの酒を選ぶ。あの白いやつだろう。小柄な黒目車掌が取りにいった。待つことしばし、やっと来た。で、お味はというと、砂糖を入れた石油にアニスの実をひと振りしたような、ひどい味。今日び、イタリアのリキュールの大部分は甘くて惨憺たる味だ。

もう寝ようか。ようやく席を立った。朝にまた、皆、顔を合わせるだろう。この部屋は死ぬほど寒い。外は霜がおりている。部屋を出て、かのスタンツァをちらりとのぞいた。ほとんど真っ暗ななかに男が一人、床に大の字になっていた。わずかな燃えのこりがまだ赤い。ほかのやつらはきっとバーにいるのだろう。

ああ、汚れきった最低の部屋だ。気持ちの悪い枕に触れないようにと、女王蜂《クイーン・ビー》は、白く大きく清潔なネッカチーフを結わえて頭をくるんだ。冷えた堅い薄っぺらなベッドに冷えた堅い薄っぺらな毛布が二枚。それでも、疲れきっていたので、うとうとと夢路に入る……だがそのとき、階下で高音の異様な歌がはじまった。ぞっとするような声。怒りもだえる犬を思わせるギャアッギャアッギャアッというくりかえしがつづく。気味の悪い、背筋も凍るようなこの歌は、まず一人が歌いはじめると、それをもう一人が受け、それから複数の声がからみあってつづいてゆく。そのうえ、外の廊下からはどしんどしんと歩く重い足音が聞こえて目が覚めてしまう。廊下は太鼓のように下がうつろで、よく反響する。戸外では、悲惨な飼育場で、雄鶏がときをつくっていた。夜通しずっと、霜のおりた真っ暗闇のなかで、悪魔の鳥が悪魔の嘆き歌を泣きさけんでいた。

だが、ともかくも朝になった。壊れた洗面器でそろりそろりと体の一部を洗って、タオ

ルのつもりで椅子に掛けてある綿モスリンのヴェールでその部分を拭く。女王蜂《クィーン・ビー》は乾布で拭くにとどめた。そして、昨夜のミルクに期待して、二人で階段をおりてゆく。

人っ子ひとり見えない、寒い、霜のきびしい、澄みきった朝。バーにはだれもいない。暗いトンネルのような通路をつまずきながら行く。スタンツァはいまだかつて足を踏みいれた者がいないかのようだ。とても暗く、壁にはござが立てかけられていて、燃えつきた細長い薪がひと握り残る暖炉は灰の色。まさに地下牢だ。食堂にはきのうとおなじ長卓と永劫不変のテーブルクロス――そして、昨夜わきにのけたそのおなじ場所に、ナプキンが濡れたまま置いてある。またバーにもどった。

するとと今度は、男が一人、酒を飲んでいて、汚れ胸が給仕をしている。今日は帽子をかぶっていない。おお、これはすごい、やつには額がぜんぜんない。黒い平らな直毛が、スロープを描いて眉毛に達していて、額がまったくない。

コーヒーある?

いいや、コーヒーはない。

なぜ?

砂糖が手に入らねえんだ。

ほほう! 酒を飲んでいる農夫が笑う。砂糖でコーヒーをつくるってのかい!

ここじゃ、と僕も言う。無からつくるのさ……ミルクはある?

いいや。

ぜんぜんない？

ああ。

なぜなんだ？

だれも持ってこねえ。

うそだ、うそだ、買おうと思えばあるんだよ、と農夫が口をはさむ。だけどこいつら、あんたに酒を飲ませたいんだ。

酒を飲んでいる自分の姿がまぶたの裏に浮かんだ。とつぜん、きのうの怒りがまた爆発した。まさしく息がつまった。ワインじみをつけた、ずんぐりとして脂ぎったこの不快な黒い若者の何かが、僕には堪えがたい。

「どうしてだよ！」

イタリア風雄弁に切りかえて口火を切る。

「それじゃなぜ、きみは宿をやってるんだ？　なぜ、きみはリストランテという言葉をあんなに大きく書くんだ？　人に出すものは何もないくせに。出す気もないんだろ。なぜ、恥かしげもなく旅行者を泊めるんだ？　これが宿ってのはどういうことだよ？　ええっ、おい、どういうことだ？　そら、言ってみろよ、どういうことかって。リストランテ・リズヴェッツリオとそれは大きく書いてありますね、どういう意味だよっ？」

これだけぜんぶ、ひと息で言いきると、憤怒にむせんだ。シャツ野郎はだまりこむ。農夫が笑っている。僕は勘定を言いつけた。二十五フラン余り。おつりは最後の一銭まで取った。「チップはぜんぜん置かないの？」と女王蜂《クィーン・ビー》が聞く。

「チップだって！」あきれてものも言えない。

胸を張って階段を上り、魔法瓶につめる紅茶を沸かす。そして、ナップザックを肩にリズヴェッリオを出る。

日曜の朝。凍てついた村の通りはがらんとしている。バスが止まっている空き地まで二人でおりてゆく。さすが、これを「広場《ピアッツァ》」とよぶ厚かましさはないだろう。

「これ、ヌーオロ行きのバスかい？」と群れていたはなたれ小僧どもに聞く。するとこいつらまで悪態をつきはじめたが、突如激したこちらの気勢にすぐさま鎮まった。一人が「はい」と答えると、皆、後じさりしていった。ナップザックとキチニーノを一等席におろす。一等は前にある。そのほうがよく観察できるだろう。それから横道を探しに行かなければ。昨夕、羊の群の向こうの充分遠くに一つ見つけておいた。

あたりには、男たちがポケットに手を入れて立っている。民族衣裳の男たち。あの白黒衣裳も何人かいる。皆ストッキング帽をかぶっている。皆夜会服そっくりのベストを着ていて、白いシャツの胸がたっぷりと見える。そんなやわらかな白シャツの前面に食べ物をふんだんにこぼした姿をご想像願いたい。わがリズヴェッリオのご亭主ができあがる。だが、ここにたむろする不動の白胸の男たちは雪のように清潔だ。日曜の朝だもの。こごえる大気にパイプをくゆらせて、すこし近よりがたい。

バスは九時半出発だ。鐘楼の鐘が九時を告げた。少女が二、三人、紫まじりの茶の一張羅姿で道を下ってゆく。坂を上ると、凜として澄みきった冷気につつまれた。例の小道がある。

刺すように寒い朝、ふたたび見下ろす光景のなんという美しさ！　村全体が青みがかった影のなかにしずみ、白いオークのまばらに生えた丘々もまだ青い影のなかにある。だが、かなたでは、つめたく輝く太陽が宝石のような魔法のきらめきを、野生林のまばらにひろがる内陸のうるわしい丘々に放っている。四囲あまねく、真にはつらつとした夢のような美しさだ。そして、この住民ども。

村へもどって小さな店を見つけて、ビスケットと煙草を買った。そして、われらが友、バスの乗組員を見つける。今朝の彼らはシャイだ。こっちの準備ができしだい出発しますと言うので、いざさらばソルゴノ、と心はずませ乗りこんだ。

一つだけ弁護しておこう。きっと正直な土地柄なのだろう。皆、心配もせずに、自分の袋をそこいらに置きっ放しにしていた。

上へ上へと道を上ってゆく。だが、また止まった。なんと、リズヴェッリオである。小柄な車掌が駅へ向かう小道をおりていった。運転手も外へ出て、仲間と一杯軽くやる。貧寒とした宿の入り口あたりはかなりの人ごみだ。けっこうな大人数が、うしろの二等席に乗りこんできた。

ただただひたすら待つ。すると、豊かな白黒衣裳の老農夫が老人特有の素朴な笑みを浮かべて、うれしそうに乗りこんできた。あとからスーツケースを持った血色のいい青年が乗ってくる。

「さあ！」と青年が言う。「もう車んなかだぞ」

するると老人は素朴な笑みをなおも浮かべて、ぽかんとふしぎそうにあたりを見まわした。

「ここならだいじょうぶだ、な？」青年町民君がえらそうにくりかえす。

だが、感情の高ぶった老人は答えない。あちらこちらを見まわす。とつぜん小さな包みを持ってきたことを思いだして、ぎょっとしてさがしはじめた。紅顔の青年が包みを床から取って、老人に手わたす。ああだいじょうぶだ。

小柄な車掌が、裏にウールのついた粋な軍人用短コートをまとい、手に郵便袋を持ってきびきびと大股で小道を下ってきた。運転手も僕の前の運転席に乗りこむ。首にマフラーを巻いて、耳まで帽子を下ろしている。クラクションをプーッと鳴らすと、老農夫は身を乗りだして、興味津々、目を凝らす。

がたんと揺れるといきなり山を登りはじめた。

「ありゃー、どうしたんだ？」

度肝を抜かれた老農夫が言う。

「出発するところだよ」

紅顔の青年が説明する。

「出発！　もう出発したんじゃねえのか？」

ほがらかに紅顔君が笑った。

「ちがうよ。乗ってからずーっと走ってると思ってたの？」

「ああ、そうさ」と素朴に老人が言う。「ドアが閉まってから、ずっとな」

同意の笑いをもとめて青年が僕らを見る。


――――

6　ヌーオロへ

イタリアの車はすばらしい。急坂、大カーヴをやすやすとこなして、じつに自然に走ってゆく。このバスは乗り心地もよい。

この国の道路にはいつも感心させられる。険阻きわまりない一帯もひるむことなく、道はふしぎに楽々とのびてゆく。イギリスにこんな道があれば、まず間違いなく――少なくとも山岳地帯では――二重三重に「危険」のレッテルを張られて、登攀不能の坂として国じゅうに知れわたる。だがここでは当たり前のことなのだ。上って、下って、顔色ひとつ変えずにぐるっと曲がる。つくったときもちっとも無理していないみたいだ。あまりにも何気なくいいので、それがどんなにすばらしいことか人はほとんど気づかない。もちろんいままでは、表面が耐えがたくひどいこともままあるけれども。その大半は、十年放置すれば使い物にならなくなるだろう。張りだした岩をくり抜いて、丘の斜面をえぐってつくった道だからだ。だがイタリア人が、お国にあまたある辺境のことごとくに太い道を通したということは賛嘆に値する。僕はそう思う。そして、いまではその道路に、バスの完璧な交通網が張りめぐらされている。峨々としてからみあう断崖の地を、道路が何本も縫うように走りぬけている。大きな道とひんぱんな行き来に対する熱い欲望。この点では、いまでもイタリア人は真にローマ的本能をそなえている。道路はつくられて間もないのだから。

鉄道もまた、岩山を貫いて何マイルも何マイルも行って、だれもなんとも思わない。レッジョまでのカラーブリア州沿岸の鉄道にしても、これがイギリスならば、死力を尽くし、といった仕儀になるだろう。だがここでは当たり前のことだ。また同様に、イタリア人の運転ぶりには、大きなバスであれ、自動車であれ、いつもほとほと感心してしまう。まったく力みがなく、ドライバーは車の一部のようである。北で経験するあのひどく不快な束縛感がない。車はみずから考え、よく動く、すべすべの生き物みたいだ。

農民は皆、大きな公道を強く求めている。どんどん土地がひらけてゆくことを欲している。古きイタリアの孤絶を忌みきらうふうである。すぐに外へ出られるようになりたい、早く、早く、外へ——だれもがそう思っている。大きな道から二マイル離れていれば、山頂の鷹の巣のような村でさえ、なんとかその道を引っぱってきたいものよ、と焦れに焦れる。鉄道につながるバスの便が毎日ほしいものよ、と焦れに焦れる。この山奥に、悠々自適の心はない。いつもいつも熱に浮かされたような落ちつかない苛立ちがある。

しかし大部分の鉄道線路はひどくいたんできている。道路も悲惨な状態だ。何も手は打たれていないようだ。いったい、このすばらしい機械時代はそんなに短命に終わるものだろうか？　すばらしい交通網、ひらかれた田舎の奇跡はすぐに崩れさって、辺境の地はまた交通不能の地へもどってしまうのか？　さあ、だれにわかるものか！　僕はむしろ、そうなればよいと思っている。

僕らのバスは、氷のかたまりのような影を通って、またすこしばかりの日なたを通って、全速力でくねくねと山を登っていった。轍には薄く張った氷がきらめいて、草上には灰色の霜が厚くおりている。氷霜にぐったりした野生の草木、原始の自然むきだしの草木に、なぜかしら無性に惹きつけられる。野生のままの急斜面にみだれ髪のような叢林。イチゴの類がすこし残っている。霜に萎えた長い草の茎。暗い谷がまた切りたつように落ちこんでいくけれども、みだれ髪の叢林は途切れない。青い影の、黄褐色のからみあう、こごえてしんとした冬の光景を、自分がどんなに愛していたかが思いだされた。オークの若木はまだ茶色の葉をつけている。葉の残ったオークには、薄い氷霜の刃をのせた姿が、まず間違いなくいちばん似合う。

本当のイタリアがいかに老いているか、人間に支配され、干からびてしまったか、わかってきた。イギリスのほうが、田舎ははるかに荒々しくて野蛮でものさびしい。イタリアでは、人が太古の昔から、開拓できそうもない山腹をひらいて、段々畑に変えてきた。石を切りだし、まばらな林間で羊を育て、枝を切り炭を焼いてきた。さいはての地においてさえ、人はなかば文化を有している。そしてこれこそが、辺境、たとえばアブルッツィ州のような僻地の、おおいなる魅力である。暮らしぶりはじつに原始的、まったく異教的、それは奇妙な、さほど蛮人と変わらない邪宗徒どもだ。だがそれでも「人間」の暮らしになっている。さいはての僻地でさえ、なかばは人の手が入っていて、征服されている。人間の意識がしみわたっている。イタリアではどこにいようが、現代なり、中世の影響なり、あるいは古代地中海世界の遠い神秘の神々なりを、意識させられる。どこであれ、土地にはその精神を司る守護神がいる。人は土地に住んで、そこでおのれの意識を生みだしてきた。それからなんらかの手立てを用いてその土地に意識を与え、表現を与えた。そうやって文字どおりこれを片づけてしまう。その「表現」とはプロセルピナかもしれない、パン神かもしれない。エトルリア人やシチリア人の「ヴェールをかぶった異神」でさえありうる。いずれにせよ、一つの表現であることに変わりはない。土地は徹底的に人間のものとなって、僕たちの細胞意識にはこの人間化の成果が刻まれている。だから僕たちがイタリアに行ってイタリアのなかに入りこむのは、昔へ昔へと、いにしえの時間の道をさかのぼる魅惑にみちた自己発見の行為に似ている。すると聞いたこともない魔法の琴線が心内に目覚めて、何百年もの完全な忘却ののち、ふたたび震えはじめるのだ。

そして――そして――最後に不毛感がくる。すべてがすでに掘りおこされていて、すべてが既知である感じ。知っている《コニュ》、知っている《コニュ》！　そんな感じだ。

日曜の朝、もつれあうサルデーニャの野生林に氷霜を見て、僕の魂がふたたびときめいた。ここではすべてが既知じゃない。すべてが尽くされてはいない。人生はうしろ向きに再発見する旅だけではない。それもある。強烈にそうである。イタリアは僕に、自分のなかにある、自分でもわからないとてもたくさんの何かを取りもどしてくれた。じつに多くの失われたものを、見つけてくれた。オシリスが返されたようだった。だが今朝のバスで僕は気づいた。おのれの全体性獲得に不可欠のうしろ向きの偉大な再発見の旅以外にも、前へ進むことができるのだと。喜びの死んでいない、未知の、未開の地があるのだと。もっともそれは、まず偉大な過去によって自己を完成したその後の話だけれども。

さて、旅をすれば、ものを食べる。僕らもすぐにビスケットを頬張りはじめた。だぶだぶの白ズボンと黒い胸当ての老農夫も、古いストッキング帽の下の老いた顔をふしぎそうにほころばせて、七、八マイル先のトナーラに行くだけなのに、包みのなかからゆで卵を出すと自分で殻をむきはじめた。たまたまそうなったからと、殻といっしょに白身のいちばん大きいところもむきとって、平気で捨ててしまう。ヌーオロ町民たる紅顔青年君が老人に言う。「ほらほら、もったいないよ」――「ヘッ！」老人はぞんざいに手をふって、

意に介せずといった素振り。生まれてはじめて車の旅をするというこのときに、捨てた白身の嵩《かさ》なんぞかまっていられますかい。

自分はソルゴノにある仕事があって、しじゅう行ったり来たりするとヌーオロ町民君が教えてくれた。老人は彼の手伝いをしている。トナーラから何らかを運ぶ仕事、だったか。感じのいい、輝く目の青年だ。八時間のバスの旅などなんとも思っていない。

このあたりの山にはまだ猟獣がいます、と言う。おおぜいで狩りをする野猪、そしてたくさんの野うさぎ。夜、自動車のはげしい光に魅せられた野うさぎが耳を寝かせて前へ前へ駆けてゆく姿にはふしぎな美しさがあります。ヘッドライトに照らされながら、車の前をずっと、狂ったようにずんずん先へ飛んでゆきます。ある丘にくると、さらに速度を上げて、闇のなかへ消えてしまいます。

バスは峡谷を下ってゆく。ほかの道とぶつかって、休憩所を通ると、また上る。険しい坂を、上へ、上へ、トナーラへ、きのう日の光を浴びていためざす村へと上ってゆく。村の裏側から近づいていった。急に曲がって日なたに出ると、道は二つの谷のあいだのひらけた稜線へと大きなカーヴを描いている。前方に、白と緋色のきらめきが見えた。ゆっくりと動いている。遠く離れた緋色の女たちの行進。背の高い像がゆっくりと遠ざかってゆく。深くくぼんだ谷間を下に見て、日の照った平坦な山の背を進んでゆく。緋と白と黒に

輝く女たちの密な行列が、遠く山上の村の灰黄色の建物の下をゆっくりと過ぎて、古教会の孤影めざして、山のせまい鞍部をずっと、日の光の橋をわたるようにして歩いていった。

これで見おさめか？　バスは向きを変えて平坦になった道を突っぱしり、それからまたハンドルを切った。すると、むこうのすこし低いところを、おなじ行進がこちらにやってきた。バスは徐々に速度を落として止まった。僕らは外に這いおりた。見あげると、なめらかな岩とすこしばかりの平らな草叢のあいだに、老いた美しい教会があり、こまかく鐘をふるわせていた。目前に聳えるのは古い石造りの壊れかけた家。道は、南斜面の険しい頂きに折りかさなった二つの村とおぼしき場所から、やさしくくねってここまで上がってくる。南の谷間ははるか下に、機関車の吐く一片の白煙が見える。

行進が、聖歌をゆっくりと歌いながら、やや遠い草のあいだの白くしなった道をゆるゆると上ってきた。昼前の静かなひととき。皆、山の背に立って、下界を見おろす。右下方には静まりかえった峡谷。短いふしぎな跳ねるような単旋律の男たちの歌声。女たちの素早く軽い衣ずれの声が、それに応《いら》う。そしてまた男の声！　白はほとんどが男で、女は少ない。法衣の司祭が、お付きの少年を従えて詠唱団を率いている。そのすぐあとに、背の高い日に焼けた無帽の男たちの小群がつづいている。全員が金色のコール天ズボンをはいた山あいの農夫たちは、人間とおなじくらいに大きいパドヴァの聖アントニウスの座像の下で頭を垂れている。うしろには民族衣裳の男がおおぜいつづく。白い亜麻のズボンを黒ゲートルに入れずに自由にひろがらせて、足首の辺まで垂らし、黒いキルトスカートのひだべりの下が真っ白に光っている。黒フライズの胴着の前を夜会服みたいに大きく開けて、皆、ストッキング帽をさまざまにのせている。男たちが低くくぐもった声で、メロディアスに聖歌を歌う。するとつづいて、女たちの衣ずれの声がいっせいに響く。行進は詠唱に合わせてゆるゆるとあてもなく前へ進んでいった。

男たちのうしろがすこしあいて見える。あとからは女たちの光かがやく「楔《くさび》」が来る。縦横二列計四人で踵を接するほどにかたまって、皆、目も綾な美しい衣裳をまとって、順番がくると適当に声をあげている。前を行くのはかわいい女の子たち。縦横二列で、背の高い白黒農民衣裳の男たちのうしろを、間髪入れずについてゆく。朱と白と緑色の伝統衣裳につつまれた、すました子供たち――すそ近くに緑の帯が入った、爪先までの長い緋色のスカートをはいて、真緑にほかの色を混ぜた縁取りの白いエプロンをつけた小さな子供たち。たっぷりふくらんだ白いシャツに、紫の縁取りのついた前がひらいた緋色の小ボレロをまとって、かわいい顎を黒頭巾につつんでやっと唇を外に出している。黒にかこまれた顔。輝かしい、すこし堅そうな衣裳に黒頭巾をかぶって、非の打ちどころなくとりすました夢のような乙女たち！　ベラスケスの王女みたいにしゃちほこばって！　年長の娘たちがつづいて、そのあとに大人の女がつく。密な行進だ。すそに緑の帯がついた長い朱色のスカートは、やわらかく揺れて光のなかをおどる充溢した色彩のかたまりだ。ほかの色の混ざった鮮烈な緑の太縞の白エプロンが淡くきらめくようだ。豊かな胸の白いシャツは、金細工の大きな球の飾りボタンで、首のところをとめてある。ボタンは一対になってつながっている。紫まじりの緑にふちどられた緋色のボレロからは、白い袖が大きくふくらんで出ている。黒布にすっかりつつみこんだいくつもの顔が近づいてきた。口々に応えの歌を歌いつつも、目という目が、僕らを見つめる。行進の列はやわらかに揺れる色彩のかたまりと化して、このようにやってくる。ケシの緋色のなめらかな布が一つに融けてゆらゆらと揺れる。エメラルドグリーンの太縞細縞が、赤とまぶしい白の上で燃えるようだ。見ひらかれた黒い瞳が、黒頭巾の下からじっとこちらを見る。唇を歌のかたちに機械的に動かしながら、好奇心に燃えた目で、僕らを見つめかえす。バスが道の内側に止まっているので、行進の列は大きな谷を見おろす稜線の側をなんとかしてまわりこまなければならなくなった。

司祭がじっと見る。灰色の大きなバスのうしろ端を通る際、気味のわるい聖アントニウスにすこし皺が寄った。洗いざらしてやわらかくなった金の古コール天ズボンをはいた農民たちは、像の重みに汗をにじませながらも、唇を動かして歌いつづける。手を背中に組んで歩きながら再度振りかえって僕らを見る男たちの、白いズボンがひらひらと揺れる。黒いキルトスカートのフリルのうしろに組んだ、大きなこわばった手！　女たちも緑の縞や緋の色を揺らしながら、ゆっくり足をひきずるように通りすぎる。皆、歌いながら、もっと僕らを見ようと身体をよじる。行進はしだいにバスを過ぎて、空を背景とした一塊のカーヴと化し、古い教会のほうへゆるゆると上ってゆく。うしろから見る強烈なゼラニウムの緋色。藤紫と緑のふちがついた、くっきりした形のケシの赤のボレロ。そのていねいにつくられたふしぎな背中のカット。シャツの白がへそのあたりにちらりと見える。豊かな袖は大波のようにふくらみ、垂らした黒い頭巾の先が尖っている。プリーツスカートがゆるやかに揺れると、緑の太縞がその動きにアクセントをつける。これこそ、厚く豊かなエメラルドの帯のめざすところであろう。つややかな朱色の夢のような水平の動きに、前うしろ前うしろとさらに勢いをつけて、それによって、あの不動の豊饒神デーメテールの光彩を美しい動きに加える。ゼラニウムの赤、孔雀石の緑、絢爛たる色の饗宴。

衣裳はすべてまったくおなじというわけではない。緑が多かったり少なかったりする。もっと暗い赤の袖なしボレロ、すその見事な太縞がない質の劣るエプロン。三十年ほどたったであろうあきらかな年代物もあるが、保存がよくてしみ一つない祝祭日の一張羅だ。純粋な朱色よりも暗い、赤に近いものもわずかながらあった。このさまざまな色調の変化が、ゆっくりと過ぎる女性集団の美しさをますます際立たせていた。

行進の列はすぐ上の頂きにある灰色のさびしい小教会に入っていった。すると、バスは音もなく発進して、下の休憩地点へと走ってゆく。一方、僕たちは、岩の小道をもどって

教会のほうへよじ登っていった。側面の扉まで来ると、教会が人でいっぱいなのがわかる。あいた側面の戸口に立つと、裸の舗石にひざまずく小さな女の子たちが目線の位置に見える。そのうしろには、女たち全員がかたまって、エプロンの上にひざまずき、ぞんざいに手を合わせている。教会は日の当たるむこう端の西の大扉までぎっしり詰まっている。暗い白塗りの殺風景な教会のなかで、鮮烈な赤に黒頭巾姿の拝跪する女性集団が花壇の花のようにひしめきあう。黒いかぶり物をしたゼラニウムの花園のようだ。全員が裸のかたい舗石の上にひざまずいていた。

ゼラニウム娘の前がすこしあいている。その前方には、金のやわらかなコール天ズボンをはいた黒髪無帽の男たちが、うやうやしく居心地悪そうにひざまずいている。さらにむこうに、多くが顎鬚をたくわえた白髪まじりの百姓たちの黒い奇妙な胸当てと豊かな白袖が見える。彼らのすぐ前に、衆目にさらされた白い法衣姿の司祭が立っていて、いきなり話をはじめるところだった。祭壇の横に鎮座まします大きくえらそうな姿は、男児をかいなに抱いた黒ガウンのにやけ野郎、当世風パドヴァのアントニウスなり。男の聖母みたいだ。

司祭が話す。

「さて皆さん。ありがたき聖アントニウスさまは、皆さんがどうすればクリスチャンになれるのか教えてくださいました。皆さんがトルコ人じゃない、というだけでは充分ではありません。おれはトルコ人じゃないからクリスチャンだ。そう考える人もいます。たしかに皆さんは、一人としてトルコ人ではない。しかし、そのうえでさらに、どうしたら立派なクリスチャンになれるかを学ばなければならないのです。そしてその方法を、ありがたき聖アントニウスさまから学ぶことができるのです。聖アントニウスさまは、云々……」

トルコ人とキリスト教徒の対照は、イスラムが多大の影響を残したここ地中海では依然説得力がつよい。だが、クリスティアーニ、クリスティアーニと、妙に坊主くさく意気ごまれると、神経にさわる。説教の声が不毛に響く。女たちは皆、手をおざなりに合わせて、扉の僕と女王蜂《クィーン・ビー》とをじっと見つめている。

「来いよ！」と僕。「さあ行こう。やつらにそっと聞かせてやろう」

ひざまずいた群衆でいっぱいの教会をあとにして、坂を下り、あばら家をすぎて、バスに向かう。バスは平坦な見張り台のような場所、谷を見下ろしながらひっそりとたたずむ、地ならしされた岩棚にとまっている。木がすこしある。火縄銃をもった兵士らが見張りについていてもおかしくはない。筋金入りの邪宗徒が何人か来れば、この鬱々たるキリスト教へのよい刺激となろう。僕は歓迎する。

だが本当に美しい場所だ。ふつう生命の高さは海面にあると考えられる。だが、ここサルデーニャのまっただなかでは、生命の高さは金色に照らされた高地ほどに高く、海面ははるかに遠い下方の幽明境にすぎない。生命の高さは大空高く山あいに、日の恵みをうけた岩々のあいだにある。

立って下を見おろす。はるか下方、きのう通ってきた林の谷に汽車の煙が見える。鷲の舞いおりるここの広場には一軒の古い平屋がある。そこに住みたいと思った。本当の村は――イヤリングの留め具と飾りみたいに二つの村があるのだが――前方さらにむこうの、長い長い林の急斜面の頂き近くに、座をしめている。この斜面はずっとつづいていって、影になったはるか下の谷間まで走りおりている。

そういえばきのう、あの老農夫は小馬に荷を背負わせて、色あざやかな二人の娘とここを登ってきたのだ。

前に見える真珠のような山腹の村々のどこかに、僕の好きなジローヴァゴとその「奥方」がいるはずだ。彼らの露店が見えないものか。ああ、いっしょに一杯やりたい、と思った。「なんて美しい行進でしょう!」女王蜂《クイーン・ビー》が運転手に言う。「ああ、そうそう、サルデーニャでいちばんきれいな衣裳の一つだよ。トナーラの衣裳はね」思いにふける調子で運転手が答える。

バスは、老農夫を残して、また出発。来た道をもどってゆく。女が一人、鹿毛の小馬を連れて、教会を過ぎる。栗色のスカートを扇のように揺らしながら大股で闊歩して、端綱をぐいぐい引っぱってゆく。ゼラニウムレッドの衣裳は日曜だけのもので、ふだんはこの栗色か暗褐色か茶茜色らしい。

するすると、いともたやすく山を下りて、バスが谷間へ入った。荒れたせまい谷。褐色の足をもつコルクの木などがある。むこう側で白黒の百姓が一人、山腹の小さな段々畑で働いている。遠目にはカササギそっくりの小さな孤影。ここの人たちは独りでいることが、そう、孤独が好きだ。荒れ地にぽつんとただ一人、そういう人影を、じつによく見かける。これはシチリアやイタリア本土とはちがう。かの地では、人はただただ独りでいられない。二人、三人と群れをなさねば気がすまないのである。

しかし日曜の午前中ということもあって、働く人はめったに見かけない。道々、さまざまな歩行者とすれちがった。黒羊皮の男たち、軍服のお古を着た少年たち。とぼとぼと歩いて、村から村へ、荒ぶる谷をわたってゆく。休日の朝の自由が大気にひろがって、イギリスの田舎を歩きまわっている感じがする。あの老農夫だけが一人で働いている。山羊飼いが毛の長い白山羊を見張っている。

美しい山羊だ。とても素早い。その白い影が道のむこうに飛んでいって、山を駆けおりた。あれあれ、山羊が一頭、オークの木のど真ん中に、枝の上に乗っかっている。特大サイズのこの白い樹生物は、空中高く、幸せそうにえさを食んでいた。そして、ひどく長いうしろ足で立ちあがると、細い前足を遠くにのばして、さらに前方上の枝にかけた。山羊たちはひどく沈着冷静で、同時にひどく自意識が強い。妙に気になるのか、立ちどまって平らな耳のついたその顔を人に向けたりする。しかし、こちらが山羊を見返して一言話しかけたりすると、まずまちがいなく、やつらは腰を下ろして、わざと小便をする。これがメス山羊のお行儀の悪いお返し。

どの村でも、着くとかならず止まっておりる。小柄な車掌が郵便局へと消えて郵便袋を取ってくる。袋はたいていぐんにゃりしていて、なかの手紙は三通くらいである。まわりに人が群がってくる。ぼろぼろの衣裳が多い。貧しそうで、惹かれるものがなく、すこし質が悪そうにも見える。すみやかに世界と繋がろうとするイタリア的本能はやはり健全なものだな、とそんな気もした。時のはじめより文化の中心から遠くへだたってきたこれら孤立した村の住民の顔には、下賤と言いたくなるような表情が浮かんでいる。バスが偉大な革新であることを忘れてはならない。運転開始からまだたったの五週間だけれども、さて、いったい何カ月つづくのだろう。

採算がとれないのはわかりきっている。僕らの一等切符は、たしか一人二十七フランくらいだったと思う。二等はそのおよそ四分の三。客のほとんどいない箇所もある。長い長い走行距離に、きわめて稀薄な人口密度。だから、だれもがしゃにむに故郷の村を出たがっている現在の狂躁を考えあわせても、このバスの一日の平均収入が二、三百フランを大きく越えることはあるまい。これでは、二人分の給料、高騰するガソリン代、償却費などで、とても利益は出ない。

運転手に聞いてみた。給料の額は聞かなかったので話してくれなかったけれども、宿泊地の自分と相棒の食費、宿代は会社もちだという。「今日は日曜だからいつもより少ないんだ」と言う――ちょっと信じがたい。「一度、トナーラからヌーオロまでずっと、客五十人を運んだことがあるよ」たった一度！　彼の抗弁は徒労に終わる。「えーと、そうだな。バスは郵便も運ぶし、年間何万リラも政府の補助があるんだよ」かなりの額だ。そうすると例によって損をしているのは政府のほうらしい。そして、何千とはいわないまでも、何百ものこうしたバスが、イタリア本土やシチリアの辺境を走っている。サルデーニャには交通網が張りめぐらされている。じつに立派なものである。いらいらと落ちつけない住民には必需の道具といえるかもしれない。彼らはただただじっとしていられず、「アウトヴィーエ」とよばれるバスにでも乗ってぐるぐるとまわされれば、いくぶん胸のつかえも下りるのだ。

この「アウトヴィーエ」は民間の経営で、政府は補助金を出すだけである。

バスは午前中ずっと、疾駆しつづけた――ようやく、むこうの山頂高くに大きな石づくりの村が見えてくる。夢のように光る町。遠くから見る頂きの小都市とはそういうものだ。

僕は幼いころ見たエルサレムのヴィジョンをいつも思いだす。空高く、きらきらと輝くような、鋭い立方体の家の町。

いきいきとして誇らかな高みの村と谷間の村のあいだに大きな相違があるのはおもしろい。世界の冠たる村々は、トナーラのように雰囲気がぱっと輝いている。下のほうで影につつまれて横たわる村々は、ソルゴノやバスが止まったほかの場所のように薄暗くむさくるしい感じがあって、住民も鼻につく。このように決めつけるのは間違っているかもしれない。けれども僕はそう感じた。

旅程の最高点に達した。目にとまる道行く人びとは羊皮の上着を着ている。顔をショールでつつんで歩く者さえいる。振りむくと谷の裂け目からジェンナルジェントゥの雪がまた見えた。広い山の肩に掛けた白銀のマント。サルデーニャのへそ。バスが高地の谷間のせせらぎの横にするすると止まった。フォンニからの道が合流するその場所には自転車を押す若者が待っていた。フォンニには行ってみたい。サルデーニャでいちばん高いといわれる村、フォンニ。

前方の広い頂きにはガヴォーイの塔が聳えている。ここが中間点の停留所で、バスは「待ちあわせ《コインチデンツァ》」をする。客は一時間ほど腰を落ちつけて飯を食う。つづら折りの道をずんずん上ると、しばらくして村に入った。女たちが見物に戸口へ現われる。暗い茜色の衣裳

を着ている。男たちはパイプをくゆらせながら、急ぎ足で停車場にやってくる。

もう一台のバスと小さな人だかりが見えると、バスはようやく停車した。つかれた。腹がへった。宿屋の戸口が目の前にある。さっそくなかへ入った。と、瞬時のうちに——ああ、なんというちがいだろう！　清潔な小さいカウンターで男たちが楽しそうに飲んでいる。わきの扉をぬけると談話室がある。すばらしい部屋！　とても幅の広い、白い、ちりひとつない暖炉。暖炉の上部がゆるやかに美しい曲線を描いている。薪架《まきうま》にはきれいに割った細長い薪が水平に置かれて、炎をあげている。きれいな澄んだ輝く炎。その前には、とても低い変わった小椅子があって、腰を下ろせるようになっている。このおかしな低い小椅子はこの辺に特有のものらしい。

部屋の床にはみがきぬかれた暗色の丸石が敷かれている。壁には光りかがやく銅の平鍋がかかっていて、白塗りの壁を背景にまばゆくきらめいている。通りに面した水平の長窓の下には、小さな炭火用受け口がついた石の板がある。長くなだらかな暖炉のアーチ形曲線。窓の上の曲線はさらに長く、おなじように美しいなだらかさがある。白天井もたおやかなアーチ形。銅のきらめき、黒薔薇色の小石の床のひろがり、豊かな空間。ちろちろと燃えながら澄んだ微光をはなつ数本の薪。じつに美しい。腰を下ろして、暖をとった。まるまると太った女主人と感じのよい娘は、二人して茶茜色の服にたっぷりした白シャツ姿で歓待してくれる。いろんな扉から人がぶらぶら出入りしている。建物はまったく無計画に建てられていて、部屋が、そこここにたまたまある。雌犬が奥の暗闇からやってきて、火を見て立ちどまると、顔に雌犬的おめでたい笑みを浮かべて、僕を見上げた。

だが、僕らは腹がへって死にそうである。食べる物はある？　だいたいできてる？　チンギアーレがあります。はい、ほとんどできています、と感じのいいかたい頬の娘が告げる。チンギアーレとは猪のこと。くんくんと空気を嗅いでみた。娘は、皿やナプキンを手に、休みなくのっしのっしと行ったり来たりしている。だが要領が悪い。待ちに待って、やっと料理が出された。屋内の暗い場所を通りぬけて——おそらく、成りゆきで周囲に部屋をつくった際に内側に残った、せまい窓のない空間——そこから、大きいがらんとした仄暗い小石敷きの部屋へと入っていく。白いテーブルにスープ皿が伏せられている。死ぬほど寒い。窓は北向きで、山の冬景色、畑、石垣、岩々が見わたせる。ああ、氷のような淀んだ空気。

だが、けっこう賑やかな顔ぶれだった。べつのバスの運転手と彼の相棒、そのバスに乗った娘連れのひげ親父、僕と女王蜂《クィーン・ビー》、紅顔のヌーオロ町民、そして僕らのバスの運転手。小柄な黒目車掌は来なかった。あとでわかったのだが、会社もちの食費にふくまれていないここの食事代を払うゆとりがなかったのである。

ヌーオロ町民君は、目の下に隈をつくった僕らの運転手と相談して、娘にいわしの缶詰を持ってこさせた。べつのバスの車掌が大型ポケットナイフを使って、テーブルの上で缶詰をあける。この車掌、せっかちで無頓着な変なやつで、僕は大好きだ。だが、ジャックナイフでいわし缶を切ってゆくその手つきには肝を冷やした。ともあれ食べ物がある、酒がある。

それから大鉢に入った「ブロード」——肉汁スープ——が来た。たぎるほどに熱くて、じつにこってりしている。単純で濃厚な野菜もない煮出し汁。だが、なんというおいしさ、なんと精のつくこと、なんたる量だろう！　僕らはそれを飲みほして、冷えたおいしいパンを食べた。

いよいよ猪がきた。悲しいかな、鉢にはずいぶん肌理の荒い煮込んだ黒っぽい肉塊があるだけだった。水気がすっかり抜けて脂身もない。教えてもらっていなければ、なんの肉かわからずおおいにとまどっただろう。猪がこれほど粗雑に料理されるとは、残念なことだ。それでも汁気の抜けた熱い肉塊をパンといっしょに食べると、満足した。まあ腹はふくれた。薬味代わりに、かなり苦い緑のオリーヴが鉢に出された。

ヌーオロ町民が巨大なワインの瓶を取りだす。フィニッシモ——極上だよ——と言って、各人にひと瓶ずつ割りあてられた卓上の黒っぽいワインをこれ以上飲ませない。僕らはグラスを干して、もっと赤くて軽い上品なソルゴノワインをついでもらった。とてもおいしかった。

べつのバスの車掌も、宿の食事を食べない。見事な自家製パンの巨大な一切れと、最低半頭分はあるローストラムと、大きな紙に包んだオリーヴを取りだした。ラム肉をまわすからぜひ食べてくれと言う。一人ひとりに大仰な身振りでナイフとフォークを振りまわしては、みんな、ひと塊りは取れよ、と言う。そこで、皆一人ずつ順番に、このおそろしく上質のコールドローストラムとオリーヴを取った。本人も食べはじめる。彼の分もまだいっぱい残っている。

　彼らの並はずれた気前よさ、内面からくる育ちのよさ。これはただごとではない。なるほど車掌はナイフとフォークを振りまわして、だれかがすこししかラム肉を取らないと、しかめっ面をして見せる。もっと取れと言うのだ。だが、礼節の本質において、皆、非の打ちどころがない。じつに男らしく、すこしも飾り気がない。女王蜂《クイーン・ビー》に対してもまったくおなじ。こまやかな男らしい素朴さで彼女に接する。ただただ頭が下がるばかりだ。「育ちのよい」人たちにあってまことに耐えがたい、あの唾棄すべき慇懃な素振りを、すこしも見せない。取りいろうとしたり、おべんちゃら男の虫酸の走る賛辞をつらねたりもしない。無口で、親切で、生命の自然な流れを感じとって、もったいぶったところがぜんぜんない。僕は連中が最高に好きだった。見栄を張ったり、強く印象づけようと思うことなく、何も言わずに、女にやさしく飾り気なくできる男たち。彼らはいまでも男だ。卑屈にもならず、おごることもない。見栄を張らない。ああ、見栄を張ろうとしない人びとといっしょにいるのは、なんとありがたく、ほっとすることだろう。僕と女王蜂《クイーン・ビー》は、二人きりでいるかのように、静かに自然にテーブルにすわって、なるがままに話したり、話を聞いたりする。話したくないときは、彼らもこちらを気にとめない。これこそ立派なマナーと僕は言いたい。中流の見栄っぱりたちは連中を田舎臭いと思うだろう。だが、僕にはいままで会ったうちでほとんど唯一の、真に育ちのよい人びとと感じられた。彼らはいかなる点においても見栄を張らず、素朴ささえ誇示しない。はじまりも終わりも、人は独り、自分の足で立っているということを、魂は元来孤独なものだということを、あらゆる属性は無だということを、彼らは知っている。そして、このふしぎな究極の知が、彼らに素朴さを失わせない。

コーヒーを飲みおわって外へ出る途中、暖炉わきの小椅子にすわっている僕らのバスの車掌を見かけた。ちょっとなさけない顔をしていたので、ちょっと気をきかせてコーヒーをおごってやると、元気を出した。だが、あとでいろいろ思いめぐらすまでその理由がわからなかった。みんなと食卓を囲みたかったのに、おそらく彼の給料ではそれもかなわなかったのである。僕の勘定は夫婦二人で約十五フラン。

バスにもどるとけっこう混んでいる。ヌーオロの衣裳を着た若い百姓女が向かいにすわった。僕の横では、べっちんの茶のスーツの黒髭中年男が彼女を睨みつけている。あきら

かにご亭主である。嫉妬深くて口うるさいタイプのいけ好かないやつだ。それなりに美しい女のほうも、まずは一筋縄では行かないだろう。村の女が二人、町風のドレスに身をつつんで、頭には絹のスカーフとめかしこんでお高くとまっている。と、人がはげしく揉みあった。村の小娘が三人、興奮に笑いさんざめきながら押しこまれてきた。にぎやかに別れが交わされた。そしてバスはガヴォーイの村を出て、高原のような一帯を、岩々と山あいの荒れ野にはさまれていった。一マイルほど走ると止まる。はしゃぐ小娘どもがおりた。日曜のご褒美にすこしだけ乗せてもらったのだろう。とてもうれしそうだった。娘らは、頭にかぶり物のないほかの民族衣裳の女たちといっしょに、地面に平たい頭をのぞかせる岩々と寒々しい野のあいだを行く殺風景な道を歩きだした。

向かいの若い女は見ものである。二十歳を出てはいないと思うが、さてどんなものだろう？　目尻の微妙な細かく入りくんだ皺は、三十五歳の証明だろうか？　とにかくべっちんの男の細君である。男はがっしりとした体格で、かたい黒髭に白髪がまじっている。不機嫌な眉の下に不機嫌な小さい茶色の目。ずっと女を見ている。やはり幼い新妻だろうか。女は、見つめられながらそれに気づくふうもない人が見せる、あの無表情な顔をして腰掛けている。エンジンを背にしてすわっている。

黒いかぶり物をかぶって、髪をきつくうしろにやり、形の整ったかなり広くきびしい額がよく見える。黒い眉が、大きな澄んだ濃灰色の目の上にとてもきれいな線を描いているが、妙に強情に苛立たしく上がってもいる。鼻筋はとおっているが鼻は小さくて、口をキッとむすんでいる。敵意もちらつく大きな眼《まなこ》には、きかん気の強い、抑えた光が見える。それでもおそらく男に目覚めたばかりの新婚のこの女は、僕が亭主としてどんなものか興味津々で、ときおり挑発的な視線をこちらに投げて、知ったばかりの秘密を武器に大胆に挑んでくる。男の権威を頑としてはねつけながら、こちらが男であること自体に惹かれるのだ。べっちん亭主は——そのべっちんズボンもやわらかくくたびれて金色に褪せているが、なぜかこの男がはくと下品で醜い——その不機嫌な黄土色の目で女を見つめながら、かたい顎鬚のなかから憤怒の湯気を出すようだ。

女は民族衣裳を着ている。たっぷりギャザーをとったシャツを首のところで二つの金細工の飾り玉で留め、組みひものついたかたいボレロは腰でむすんだだけなので、白い胸の可憐な模様が見える。濃い栗色のスカートをはいている。バスがどんどん飛ばしてゆくと、彼女の顔には、亭主に歯向かう女の強情な苦悶の表情が浮かび、血の気がいくぶん失せた。そして、僕には聞きとれなかったが、とうとう男に対して、二言三言、言葉を投げた。鋭く頑固で油断のならないその大きな目の上にときおり睫毛を伏せると、彼女の額はさらにきびしさをますようだ。扱いにくい女だろう。女は僕と膝と膝をくっつけながらすわっている。バスが揺れると膝が揺れて僕の膝にぶつかる。

道ぞいの村に着いた。いまではあたりの地形もひらけて、はるかにひろびろとしてきた。宿の玄関にバスが止まり、べっちん亭主と女がおりた。寒い。だが、すぐに僕もおりた。車掌がこちらに来て、女王蜂《クィーン・ビー》は気分が悪いのかと心配そうに聞く。いいえ、でもどうして？　と、女王蜂《クィーン・ビー》。バスの揺れで気分を悪くした奥様《シニョーラ》がいるのです、と言う。あの女のことだ。

宿ではおおぜいが集まって大騒ぎである。家具のないとなりの暗い部屋の片隅で、男がすわってアコーディオンを弾いている。ぴっちりしたズボンの男たちがいっしょに踊っている。はげしいレスリングがはじまった。喚声と絶叫のなか、レスラーたちがほかの連中のあいだをころげまわる。幅広の白ズボンを黒ゲートルの上にだらしなくぶらぶらさせた白黒衣裳の男たちが、ここかしこと波のように動く。皆、酒が入って荒れている。ここもまたずいぶんきたない宿だけれども、粗野ではげしい男の生気にどよめいている。

ここにはとてもいいワインがありますよ、ぜひお試しあれ、とヌーオロ町民君。ほしくはなかったが、執拗にすすめられて小さなグラスで赤ワインを飲んだ。たいしたことはない。空は凝りかたまった午後の雲におおわれて一面の灰色。とても寒くて底冷えがする。この気候でつめたく生気のないワインを楽しめというのは無理なお話だ。

どうしても払わせてよ、とヌーオロ町民君が言いはる。俺がイギリスに行ったらおごってもらうからさ。彼にしてもほかのバス仲間にしても、名に聞こえたサルデーニャ人の温かさと気前よさはまだ死んでいない。

バスが走りだすと女王蜂《クイーン・ビー》は、ふたたび苦悶の表情を浮かべる百姓女に、僕と席を交換してエンジンに向かいあってすわるよう言いつけた。女はこのタイプ共通の無愛想でえらそうな態度で、その言葉にしたがう。だがつぎの停留所で車室を出ると、僕らのところには車掌を寄こし、自分は運転手とヌーオロ町民にはさまれて前にすわりこんだ。そうしたいとずっと思っていたのだ。すっかり具合よくなってしまい、べっちん亭主には背を向けて、同情の言葉をかけてくれる二人の見知らぬ若者のあいだに身を寄せてすわっている。「べっちん」が女を見返す。小さい目がますます小さく針の点になって、鼻が苛立ちでそっくり返ったように見えた。

衣裳がまた変わった。緋色はここでも見られるが、緑は消えた。緑は藤色と薔薇色に席をゆずった。石だらけの寒々と雑然と朽ちた村の女たちは、きらきら輝いて鮮烈をきわめた。ゼラニウム色のスカートをはいている。袖なしのボレロは腰のところから奇妙にそっくり返るようになっていて、ひだのついたローズピンクの太い縁取りがあり、縁取りには藤色とラベンダーの線が入っている。のっぺりした寒空の下を、黒ずんだ恐ろしげな家並

のあいだを歩いてゆくその姿のすばらしさ！　緋とローズピンクの女たちは一つに融けて奇跡的な色の爆発となるようだ。なんと危険な色彩の割合！　だが、それが最高に照りはえる。燦然と輝いて闊歩する女たちの、危険なきびしい自信。こんな女と渡りあおうとは僕は思わない。

景色がひろびろと、寒々としてきた。村はずれの低い山の頂きに達すると荷車の長い列が見えた。それぞれに一対の雄牛をつけ、大きな袋を積んで、つめたく青ざめた日曜の午後、曲線を描いて上がってくる。こちらを見て、道がカーヴするところに止まった。淡い色の牛、低い荷車、はちきれそうな袋、すべてが白く褪せた光の下で、背の高いシャツ姿の男に一台ずつ率いられて、山腹を静かにとぼとぼ進んでいった。夢のような、ドレの描いた絵のような姿。バスが、荷車の棒をにぎった男の横をすべり抜ける。岩のように突ったった牛、角を揺する牛。女王蜂《クイーン・ビー》がべっちん男に何を運んでいるのかたずねた。長いこと質問を無視したあとで、べっちんは嚙みつくように、政府配給のパン用の穀物を自治体にくばっているところさ、日曜の午後もな、と言いすてた。

ははあ、これが政府配給小麦か！　あの袋がそんな重大問題の象徴だったとは！

下におりてゆくと、景色は一段とひらけた。だが、またもや殺伐として木もなくなった。

広いくぼんだ谷間には石が頭をのぞかせている。小馬に乗った男たちが遠くをさびしくわたってゆく。包みをもった男たちがバスに乗ろうと十字路で待っていた。バスはヌーオロに近づいてゆく。午後の三時すぎ、白く色あせた光の下は寒い。石だらけの何もないだだっ広いところ。いままでのどの景色ともちがう。

支線がヌーオロへとのびる谷に来た。すぐさま、谷底ぞいにさびしく点在する小さなピンクの鉄道信号所が目に留まった。右に急旋回して、僕らは静かにヒースの荒れ野のような斜面を走ってゆく。するとむこうに町が見えた。かなたやや下方、長い下り斜面の終わるところに、忽然と聳える山に囲まれて、町がかたまっている。黒く聳える山々を背後に控えさせて、町はそこに、世界の果てであるかのように横たわっている。

ダッツィオ――町の税関小屋――に止まった。べっちんが肉、チーズの持ちこみ税を払わされる。そのあと僕たちは、ヌーオロの冷えびえとした大通りにすべりこんでいった。ここが小説家グラツィア・デレッダの故郷か、そう考えていたら、床屋が見えた。デレッダという。ああうれしい、今日の旅は終わりだ。時計は四時をまわっている。

バスは宿の入り口あたりに止まった。「イタリアの星」という名前だったか。開いている戸口からなかへ入った。だれもいない。例によって、どこにでも、あらゆるところへ入ってゆける。これもまたサルデーニャ人の正直さの証しである。玄関から左をのぞきこんでみる。おや、象牙色の長い顔の白髪の老婆が、そまつな小部屋のむこうの暗い大きめの部屋にいる。大きなテーブルで、立ってアイロンをかけている。テーブルの大きな白さ、そして奥の薄暗がりからいぶかるように顔をあげた背の高い老婆の青白い馬面、気難しそうな仄青い目、見えるのはそれだけだ。

「すみません、部屋ありますか?」

老婆はつめたい水色の瞳で僕を見つめると、暗闇に向かって大声で人をよんだ。そして廊下に進みでてくると、上へ下へと僕ら二人を眺めまわす。

「お前さん方、夫婦かい?」

詰めよってきた。問いただしてきた。

「ええ、いけませんか?」

老婆のさけび声に答えて、年のほどは十三くらいの、おちびちゃんながらも頑丈できびきびしたふうの女中が現われた。

「七号室へ案内をおし」そう言って持ち場の薄暗がりにもどった老婆が、こわい顔で平たいアイロンをぐいとにぎった。

僕らはあとについてつめたい石の階段を二つばかり上った。冷えた鉄の手すりのついた気の滅入るせまい階段からは、暗い廊下がかなり無秩序にのびている。この手の家は内部がしっかり仕上げられていないような感じがある。昔々、住人が家らしき形ができるのを待たずに、豚小屋に入るように押しいってしまって、すさみ混乱したその状態のまま打ちすてられたみたいである。

小さな女中トゥンベリーナが七号室の戸を勢いよく開けはなった。歓声が僕ら二人から上がった。「これはいい！」御殿のようだ。厚い上等の白いベッドが二つにテーブルが一脚、箪笥、タイル張りの床にマットが二枚、そして壁には豪華な油絵風石版画、そのうえ立派な洗面器が二つ並んでいる——何もかもすみずみまできれいで気持ちがいい。ああ、望外の喜び！　感涙にむせぶべき状況ではないか。

格子窓になった戸を手前にあけて通りを見おろした。ただ一つの通り。そこが騒々しく活気あふれる川となって流れている。楽隊が、ずいぶんひどい音ながら、そこの角を曲がったところで演奏している。行ったり来たり、カーニヴァルの衣裳をつけた無数の仮面がはねまわっている。若い女も加わって、腕を組みながらぶらついている。ああ、だれもかもがそれは元気に飛びまわっている。自意識なんかふっとばして、泡のように陽気な連中だ。

仮面姿のほとんどが女だ、通りは女でいっぱいだ——最初はそう思った。だが、もっとよく見ると、その大部分が着飾った若い男だとわかってきた。仮面姿はみんな青年たちで、いい、もちろんその大半が女装である。彼らはたいがい、お面をかぶらずに、黒か緑か白の布がついた口元までの小さなドミノ仮面をつけている。そのほうがずっといい。昔のヴェネチアマスクのような、レースのフリルがついた、恐ろしげな大鼻が死体にたかる鳥の嘴のように白くおぞましく前に突きでた古い型の半仮面——そういったものは、僕の考えでは、ただただぞっとするだけだ。もっと現代的な「顔」も、たいていは嫌悪感しかかきたてない。それにくらべると、シンプルで小さな、黒や緑や白の布を端につけたピンク色の半仮面は、ただの人間の仮装にすぎない。

本物の女とにせ物の女を見分けるのはけっこう大変でおもしろい。簡単な場合もある。そういう連中は胸やお尻に詰め物をして、帽子をかぶり、じつにさまざまな長いドレスを着て、ゴムひもからつりさげた小さな人形みたいに細かく飛びはねながら気取って歩いてゆく。一方に頭をかしげて、手をだらんと垂らし、踊りながら近づいていって、本物の若いご婦人方をびっくりさせる。ときおり頭にきつい一発を見舞われることもあるけれども、そのときは、はげしく暴れる素振りをみせる。すると本物の若いご婦人もはげしくやりかえす。

じつに元気でじつに稚拙な変装ぶり。だが、見分けるのがもっとむずかしい連中もいる。肩幅がひろく、ずいぶん大きい足をした、ありとあらゆる種類の「女」がここにはいる。いちばんよくあるのは、はちきれそうな胸に特大のスカートをはいたとてもぶっきらぼうな物腰の百姓風女である。たくましい娘の腕にしなだれかかった喪服姿の未亡人もいる。かぎ針編みのベッドカバーをまとう神さびた婆さんがいる。古びたスカート、ブラウス、エプロン姿のほうきを持った「女」が、通りをすみからすみまで猛然と掃いている。元気いっぱいのいたずら者だ。しゃなりしゃなりとそれはお高くねり歩く毛皮コートの町娘二人の前を、あざけるように、せっせせっせとほうきで掃いてゆく。娘らが鼻をつんと反らせて歩を進めると、彼女らと向かいあったまま後じさりながら、へりくだりへりくだり通り道を掃いてゆく。お辞儀をしてはまたほうきを動かして……深く頭を下げた。と、娘たちが——サメ《ペッシェカーネ》（戦争成金）の娘だ、まちがいなく——すまして通りすぎた。すると今度は背後で好き放題にじゃれまわる疾風のようなスキップをはじめ、狂気にとらわれたみたいにがむしゃらに、その足跡を掃き消そうというのか、娘たちのうしろを掃きだした。すっかり狂乱の態。ただただ何も見ずに竹ぼうきで掃いていって、女の踵や足首のところまで掃いてしまう。娘たちが悲鳴をあげる。うしろを睨みつけるが、盲目の掃き手には何も見えない。掃いて、掃いて、細い足首をちくりと刺す。憤然、逆上、顔を紅に染めた女たちは、熱いレンガの上の猫のようにピョンピョン飛びはねて、ほうほうの態で前方に逃げていった。いま一度女の背中に向かってお辞儀をすると、男は何事もなかったように静かに通りを掃きはじめる。五十年前のアベックが来た。半分張りの入ったフープスカートに、庇の突きでたボンネットとヴェール姿の、男の腕に身をもたせた女が、大仰に恥じらって、ああ、作り笑いまでして通りすぎる。この「娘」が男だと自信をもって言えるまで、しばらくかかった。長いナイトガウン姿の老婆が、蠟燭をもった手を前にのばして、強盗を探しだそうとでもいうのか、通りをじっと観察しながらうろつきまわっている。本物の若い女に近づいては、蠟燭を顔に突きつけて、疑いをかけるかのようにきびしく凝視する。すると、女たちは赤くなって顔をそむけ、しどろもどろに抗議する。この老婆が緋色とピンクの衣裳を着た大柄な娘の顔をさぐるように見つめたときのこと、白みがかった赤と薔薇色のゼラニウムの花束にそっくりなこの本物の百姓娘は、あまりの恐ろしさにすっかり頭に血がのぼってしまい、げんこでがむしゃらに彼を叩きはじめた。白く長いナイトガウン姿の男はおどけた恰好で走って逃げた。

　古い豪華な錦織りのじつに美しいドレスもあれば、かすかに光る古ショールもある。銀色と薄紫の光が、あるいはへりに白銀と淡い金の太縞のある暗く豊かな玉虫色の光が、ちらちらと揺れてとてもすばらしい。そのうち二人は本物の女だと思うが、女王蜂《クイーン・ビー》はちがうと言う。厚い緑のシルクのヴィクトリア朝ガウンをまとって、しみのついたクリーム色のショールを胸の前で交差させた女がいる。僕ら二人とも、彼女はよくわからない。全身白ずくめの、悲しげに頭をたれる百合娘が二人いて、足が大きい。黒サテンのすそをすぼめた細長いスカートに、飾り羽根を刺したつばなし帽をかぶった背の高いお嬢さんは、大変見事な変装ぶりである。お尻をふりふりしゃなりしゃなりと歩くさま、つま先立って肩ごしにじっと見つめたり、ひじをわきにつけるさまは、すばらしいカリカチュアだ。とくに現代女性の大きな特徴である、スカートの尻の「腰当て《バッスル》」の部分が奇妙に沈んだり持ちあがったりする動きは、男の誇張をわずかにまじえて的確に模倣されていて、僕を狂喜させた。はじめはこっちもだまされたくらいである。

窓の外に出て、小さなバルコニーの手すりにもたれ、この活気あふれる流れを見下ろす。真正面は薬屋の家で、僕らの窓に向かいあって薬屋最高の寝室が見える。白の特大ダブルベッドがあり、モスリンのカーテンが掛かっている。バルコニーにすわっているのは大変エレガントな薬屋の娘たちで、ハイヒールをはき、黒い髪をふわふわっとふくらませて、大きく横に流している。ああ、じつにエレガントだ！　娘たちがこちらをちょっと睨む。僕らもむこうを見る。だが、たがいに興味はない。生命の川は下方にある。

とても寒くなった。日が沈みはじめた。僕らも冷えたので、通りに出てカフェをさがすことにする。すぐ外に出ると、壁の近くをできるだけ目立たないように歩いた。もちろん歩道なんかない。だが仮面たちはとてもやさしく気まぐれで、乱暴なところはひとかけらもない。おなじ高さに立って見ると……なんと変てこでおかしいんだろう。白の薄いブラウスを着て、足首の近くに刺繍のフリルがついたお姉さんのゆるいキャラコズロースに、白ストッキングといういでたちの若者がいる。おぼこ風の歩きぶり、ほとんどかわいいとさえ言いたくなる。だが女王蜂《クィーン・ビー》はびくりとして、後じさった。ズロースのせいじゃないわ、膝のずっと下までとどくあのとんでもない長さにがまんできないのよ。シーツを身体

に巻きつけたやつがいる——いったい出られるんだろうか。からみあいもつれあった白いかぎ針編みの椅子カバーのなかにからめ取られた若者もいる。見つめていたら、目がくらんできた。網のなかの魚みたい。僕の趣味にはまったく合わないけれども、たくましくねり歩いている。

通りの端まで行くと、そこは広くさびれた空き地のようになっていた。小楽隊がガチャガチャと楽器を鳴らしている。おおぜいの人だかりだ。すぐ真上の傾斜地に小さな円ができていて、若者、男、仮面姿に、娘も一人二人まじって踊っている。極小の輪のなかで押しあいへしあい危うげにぶつかりあって、ぶるぶる震える直立円筒もどきのかたまりと化している。踊るはジグに似たはげしいワルツ。なぜこんなにはげしく見えるのだろう。ぎっしり全員ひと塊りだからか。たがいに身体と身体のあいだをすり抜けてゆく、丸い金魚鉢いっぱいの魚みたいだ。

こんな広場に、いや広場にはほど遠い形の崩れたこの空き地に、一軒のカフェがあった。だが若い連中がちびちびやっていて、僕らには用のない冷えた飲み物かエスプレッソ以外は何を頼んでも無駄だろうと察しをつけた。さらに前進する。坂道を上がっていった。この手の町はすぐに終わってしまう。うろうろ行くともう景色がひらけてきた。上方の岩棚で百姓一家が巨大な焚き火をたいている。立ちのぼる橙色のゆらめく炎。ちびの腕白坊主がくずを投げ足している。ほかの皆は町なかにいるのに、どうしてこの町はずれの一家は自分たちだけで火をたいているのだろう。

家がつきた。道の塀ごしに、深くくぼんだ心惹かれる谷間を見おろした。そのむこう側には、斜面は急だがずんぐりと見える円錐形の青山が聳えている。四囲を黄昏の群青色の山並みに囲まれ、どこか遠くで、紅をわずかに見せて、陽が沈んでゆく。荒々しい異形の地形、異形の風景。山々は、触れられたことのない藍色の処女のように、未征服のままだ。ずっと下に見えるくぼんだ谷間の揺り籠は、つづれ織りのようにたがやされ――だが、町の外に出るとほとんど人間の痕跡がない。城さえない。イタリア、シチリアではいたるところ頂きに城があるものだが、それがサルデーニャにはない。遠く未踏の黒い山影が、文明のかなたに聳える。


町にもどると闇がおりてきた。小楽隊の騒々しい金管合奏も終わりに近づいた。だがそれでも人ごみは波のように押しよせて、疲れしらずの仮面たちはぴょんぴょんはしゃぎまわっている。ああ、人がまだ自意識を知らなかった過ぎにし昔の古きよき活力よ。ここではそれがいまなお跳ねまわっている。

適当なカフェは見つからなかった。宿に帰って火のある部屋はあるかと聞く。ないと言う。階上の自室にもどった。向かいの薬屋の娘はもう部屋の明かりをつけていて、その寝室がまるで自分たちの部屋のように見える。たそがれた通りにはまだ仮面がおどり跳ねている。若者らはみな愉快な女装姿のままだけれども、前よりすこし粗っぽくなった。屋根の上かなたには、消えゆく日没の赤紫色がひろがる。ひどく寒い。

ただただベッドに寝るより策はない。女王蜂《クイーン・ビー》がアルコールランプですこし紅茶を沸かして、二人でベッドにすわってそれをすすった。それからシーツを身体にかけて、じっとおとなしくして身体が温まるのを待つ。往来の騒ぎはおさまる気配もなく聞こえてくる。すっかり暗くなった。反射した明かりが部屋に入ってくる。路上のあまたの人声、雑踏のざわめきを突きぬけてアコーディオンの音がする。そして、軍歌をうたう男たちの力みなぎる強い声。

「俺たち家に帰ったときは《クアンド・トルニアーモ・イン・カーサ・ノストラ》……」

立ちあがってのぞいてみた。小さく並んだ電灯の下、せまい丸石舗装の通りにはまだ川のように人が流れている。だが仮面は減った。仮面が二人、重く閉ざされた戸をどんどん叩いている。どんどんどんどん叩く。やっとわずかに戸があいた。勢いよくなかへ入ろうとするけれども——だめだ。仮面を目にした瞬間、戸は閉じられた。彼らの負けである。二人の仮面は通りをさらに下ってゆく。町は男たちでごったがえしている。農夫がおおぜい町の外から来ている。白黒衣裳が通りに姿を見せはじめた。

冷気を逃れて、またベッドに退却する。ノックの音がして、闇のなかにトゥンベリーナが飛びこんできた。

「ここにいるわよ《シアモ・クワ》！」と女王蜂《クイーン・ビー》。

トゥンベリーナは出入口兼用の大窓めがけて飛んでゆき、それを閉めると、なかの開き窓も閉めた。それからこっちの枕元に飛んできて明かりをつけると、牧場のうさぎを見るように僕を見おろした。洗面器に容器の水を――つめたい、ああ氷みたいな水を――ザアッとあける。それが終わるとまた豆鉄砲のように部屋からはじけ出ていって、耿々とした光の下に僕らを置きざりにした。

「ただいま六時過ぎです。夕食は七時半です」という答えが部屋に残った。

ベッドのなかで、ぬくぬくと、おとなしく、腹をすかせながら七時半を待った。

もうがまんできないわ――鐘楼の鐘が七時を打ったのはたった数分前というのに、女王《クイーン・》蜂《ビー》がむっくと起きあがった。様子をさぐりに階下にすっとんでいった彼女はもどってくると、みんな細長い食堂で猛然と食べているわよと報告する。瞬時のうちに僕らも下にいった。

食堂は明るく照らされていた。たくさんの白いテーブルには、男ばかりがすわっていた。けっこう都会風である。皆、楽しそうに食事をともにしている。女王蜂《クイーン・ビー》は向かいの男たちが鶏肉とサラダを食べているのを盗み見て、希望をいだいた。だが、それははかなく終わった。スープを持ってきた娘が「ビステッカ」しかありませんと告げる。「ビステッカ」というとたいてい炒めた牛肉がちょっぴり出てくるのだ。はたしてそうだった。ごくごく小さな牛肉の切れはしに、ポテトが二、三個と、わずかばかりのカリフラワーがついている。正直言って、十二の子供にも足りない量だ。これでおしまい。デザートにみかん《マンダリーニ》が数個、皿にのってくる。以上が「憂食」の全容である。チーズはあるの？　いいえありません。ただただパンを嚙みしめた。

白黒衣裳の農夫が三人入ってきて、真ん中のテーブルに腰を下ろした。ストッキング帽をかぶったままだ。一歩一歩ゆっくりと、慎重な初老の男の足取りで歩いてきて、すこし離れたところにすわる。するとまわりに孤独の空間ができる。ふしぎな連中だ。サルデーニャの山独特の神さびたさびしさが、かたくじっと動かない創世以前の何かが、彼らにつきまとって離れない。

部屋のこちら端の男たちは全員町の住人で、何らかの勤労者、皆知りあいである。立派な鼻面の、大きな、じつに大きな犬が、テーブルからテーブルへとゆっくり静かに歩きまわって、トパーズ色の大きな目で僕らを見つめる。食事もあらかた終わったころに僕らのバスの運転手と車掌がやってきた。寒い、疲れた、腹がへったと、いまにも倒れそうな顔つきだ。この宿に泊まっているのか。彼らもガヴォーイでの猪汁のあとは何も食べていない。

二人はあっという間に自分の分をたいらげた。何かほかにないの？　ありませんー　でも、まだ腹ぺこだ。そこで卵焼きを注文する。僕はコーヒーを頼んで、いっしょにどうだい、と誘ってみた。それからブランデーも。二人は卵を片づけてからこっちに来た。

部屋の反対側でおもしろそうなことがはじまった。サルデーニャの赤ワインが大量に胃のなかに消えたそのあげくに……。真正面にかなりでっぷりした男がすわっている。感じのいい碧眼、形の整った頭、そしていかにも日曜日の町の人らしい身なりのこの男のほうに、くだんの犬がよたよた近づいていって、その前に彫像みたいにすわりこんだ。すると一杯きこしめしたこの太り肉《じし》の男、おとなしいまだら模様の大きな犬をからかいはじめた。パンを一切れ取って、犬の鼻先に差しだす。犬はそれを取ろうとする。だが、ワインに酔って少年の心にもどった男は、指を出してこのマスチフ犬を制止した――おあずけ。そして犬と簡単な会話をはじめた。犬は再度、軽く嚙みつくけれども、男も素早くかわしてパンを与えない。犬はびっくりしてしまった。うしろに下がって、なぜ意地悪するのと問いたげに、鋭く悲しく一声鳴いた。

「さあ」と男が言う。「おあずけだぞ。こっちに来い。こっちに来い――ヴィエーニ・クワ！」パン切れを高く差しだす。犬が近づいてくる。「さあ、このパンをお前の鼻にのっけるぞ、動くなよ、ほら！」

ぱくっと嚙みついた。男、さけび声を上げて、さっとパンをかくす。犬は後じさって、ワンと一声、再度、抗議の声を上げた。

このやりとりがつづいた。部屋じゅうがにやにやしながら見ている。さっぱり理解できない犬が途方にくれながら、また前に進みでる。男は、その鼻先にパンを近づけて、警告のつもりで指を立てる。悲しげに頭を垂れて、上目づかいにパンを見ながら、犬の心は千々に乱れる。

「さあ！」と男が言う。「みっつ数えるまでおあずけだぞ――いち《ウーノ》、にぃ《ドゥーエ》」犬はもうがまんできなくなった。男はさっとかわそうとしたはずみにパンを落としてしまい、それから声のかぎりに「さーん《エ・トゥレ》」とさけんだ。犬はめでたさも中くらいながらパン切れにかぶりつく。「さーん」と同時に事はすべてしかるべく執りおこなわれたのだと、男はそういうことにした。

そしてまたはじめる。「ヴィエーニ・クワ！　ヴィエーニ・クワ！」パンをくわえて引っこんでいた犬が、おそるおそる、ためらいがちに前に出てきた。疑わしそうに、いかにも犬らしく尻と尻尾をだらんと垂らして、新しいパン塊のほうへ進みでる。男は短い説教をたれる。

「お前はそこでおすわりしてこのパンを見とれ。な、俺はここにすわって、お前をじっと見ながらパンを持っているから。な、みっつ数える間じっとしとれよ。俺も動かないから。さあ、いくぞ――いーち《ウーノ》」だが犬には、おそろしくゆっくり数えられるこの数が聞きとれない。やぶれかぶれで飛びついてゆく。男がさけんだ。パンを取られた。あわてて飲みこみながら、犬は背を向けてこそこそと逃げていった。

それからまた、はじまった。

「こっちへ来い！　こっちへ来いよ！　な、みっつ数えるって言っただろう？　そうだ《ジァ》よ。みっつ数えるって言ったんだ。ひとつじゃなくてみっつ。みっつ数えるにゃなあ、みっつの数がいるんだ。な、ほら！　落ちついて！　みっつの数だぞ。ウーノ、ドゥーエ、エ・トゥレ！」おしまいは大音声と化して、また部屋じゅうが鳴りひびいた。犬は興奮して悲しそうにウォンと吠え、パンを見失ってあちこちをさがすと、飛んで逃げた。

男も興奮に顔を真っ赤にして、目をぎらつかせている。部屋全体に向かって話しはじめた。「俺、犬を飼ってたんだよ」と言う。「ああ、犬を一匹な！　それでその鼻面にパン切れを置いたまま、詩を朗読したりもしたんだよ。すると、やつぁ、こんなふうに俺を見たもんだ！」男が顔を横にかしげた。「こーんなふうに見たもんだ！」上目づかいに見あげた。「そして、こーんなふうに話しかけてくる。ゼウ！　ゼウ！　ってな。それでもぜったいに動かないんだ。ああ、ぴくりともしなかった。パンを鼻にのせて半時間すわりつづけて、涙が顔をつたい落ちようとも、ぜったいに動かなかった。おれが「さん！」と言わないうちはね！　それから――ああ！」顔をぐいと持ちあげて、口でぱくっと空気に噛みついて、幻のパン皮を呑みこむ。「あーあ、あの犬はしつけができていたなあ……」四十男が、そう言って首をふる。

「ヴィエーニ・クワ！　こっちへ来い！　ちっ、ちっ！　こっちへ来いよ！」

太った膝をぽんと叩く。そろりそろりと犬がやってくる。男は新しいパン切れを手にもって、犬に向かって言う。

「さあ、よく聞けよ！　いいか。ちょっと聞いとれよ。


イル・ソルダート・ヴァ・アッラ・グェッラ……

だめ、だめ、まだだめ。「さん」と言ったら！

イル・ソルダート・ヴァ・アッラ・グェッラ
マンジア・マーレ！　ドルメ・イン・テッラ……

いいか。じっとしてろよ。静かに、さあ。ウノ《いち》、ドゥエ《にい》、エ・トゥレ《さん》！」

声を張りあげて、一瞬のうちに吐きだすと、犬はすっかりとまどってしまって口をあけた。パンが喉をとおって入ってゆく。動揺してなさけなさそうに尾っぽをふる。

男が言う。

「ああ、わかってきたな。おいで！　ここに来い！　来いよ！　さあ行くぞ！　もうわかったな。そう！　そう！　そういうふうに俺を見ろよ！」

恰幅のよい顔立ちの整った四十男が腰をかがめて身を乗りだす。紅潮した顔。首の静脈も浮きでて見える。犬に話しかけては、犬のまねをする。大きくおとなしく悲しげな犬の忍従が、たしかにかなりの部分、とてもよく伝わってきた。犬は彼のトーテムなのだ。愛情豊かで、自分に自信のない、心あたたかいこの猟犬が。

そしてまた、ながながと詩を吟じはじめた。訳してみようか。

「さあ、静かに聞いとれよ！　話してやるから。


へいたいさんは戦争にいったよ！

しょくじはひどいぞ！　ねどこは地べただ……

こら！　こら！　おい、うるさいぞ。こら！　こら！
イル・ソルダート・ヴァ・アッラ・グエッラ
マンジア・マーレ！　ドルメ・イン・テッラ……」

イタリア人ならだれもが知っているこの詩は、歌うように朗誦される。みんなの心にその調べが響いて、聴衆は一個の大人、いや一個の子供と化して、じっと耳を傾けた。そして胸を高鳴らせて「いちにぃさん」を待ちうける。最後の「さん」はかならず鼓膜がやぶれるような大音声で飛びだしてくるのだ。僕も「エ・トゥレ《さーん》」の語気のすごさはぜったいに忘れないだろう。だが、犬はうまくできない——ただただパンをごくりとのんで、おどおどしていた。

たっぷり一時間は楽しませてもらった。文字どおりたっぷり一時間のあいだ、部屋じゅうの男が腰を下ろし、固唾をのんで、犬と男を見つめていた。

運転手と車掌は、男がバスの視察官で彼らの監督だと教えてくれた。でも僕らは好きだよ、と言う。「立派な人だ《ウン・ブラーヴ・ウオーモ》！　立派な人だ《ウン・ブラーヴ・ウオーモ》！　本当に《エー・シー》！」一杯機嫌ですっかり無邪気に「さーん」とさけぶ男を見て、すこし落ちつかないのかもしれない。

彼らとの会話はけっこう物悲しかった。今日び、青年は、とくに運転手のような好青年は、あまりにも暗くて生真面目すぎる。小柄な車掌も僕らに茶色の大きな目をしばたたかせながら、別れをしんみり惜しんでくれた。

朝になれば彼らは来た道をまたソルゴノへもどるし、僕らはテッラノーヴァの港へ進む。夏になって暖かくなったらもどってくると約束した。そしたらまた、みんなで会おうよ。

「まだおなじルートを走ってるかもね。さあどうなるか！」運転手が悲しそうな顔でそう言った。

7 テッラノーヴァへ、そして汽船

澄みきった青い朝。僕らは早く起きた。今朝は宿の老婆もとても愛想がよい。もうお発ちかい！　来たばかりだってのにねえ。ヌーオロはおもしろくなかったかね？

いや、気に入りました。夏にもっと暖かくなったら、また来ます。

ああ、そうなさいよ、夏には芸術家の人たちが来るよ。そして——そう、そう、ヌーオロはいいところだよ、快適《シンパーティコ》、とても快適《モルト・シンパーティコ》なところだよ、と相槌を打つ。ほんとにそのとおり。彼女も本当は、いたって親切で手際のよい、情味ある老婦人だった。だが、アイロンをかけている姿を見たときは鬼婆かと思った。

おいしいカプチーノとパンを出してくれた。食べて町へ出る。いつもと変わらない古い田舎町のまぎれもない月曜の朝の雰囲気がそこにある。日曜が終わり、なかばいやいや仕事を再開するときの虚脱感。だれも何も買わず、何かに身を打ちこむ者は一人としていない。昔ながらの店、開いたままの戸。ヌーオロでは窓に商品を陳列することもまだめずらしい。だから品物を見るには暗い洞穴に入って行かなければならない。服地屋の戸口近くに、女性の民族衣裳に使うあの美しい緋色の布地が巻いて立てかけてある。大きな仕立屋の窓には女が四人すわって、縫ったり、仕立てたり、日曜日の解放感をとどめたちゃめっ気のある目で外を見たりしている。通りの角々には男たちが、労働の潮をかたくなに敬遠するかのように、離れて立っている。白黒衣裳もいる。休みが終わって昏にはいまなお自由の甘露の名残り――だれがやすやすとまたくびきに繋がれるものか。そう考えて、なんとしてももう一日遊び暮らそうとするこのすこし無愛想でさびしげな男たちに、僕はいつも共感をおぼえる。それはくびきだらけのこの世界で、いまなお抵抗をつづける生命の火花のしるしだ。昔だったら家来になったり騎兵になったりした男たちだろう。自由な命の武人魂が甦《よみがえ》るかも知れない。

ヌーオロには何も見るものはない。じつをいうと、いつものことながらほっとした。名所見物は腹の立つほど退屈である。だが、ありがたいことに僕の知るかぎり、ここにはペルジーノ（イタリア・ルネッサンス期ウンブリア派の画家）のひとかけらもないし、ピサ様式の何ものもない。幸いなるかな、見所の何もない町よ。なんと多くの衒い、気取りが省かれることか！　そうなれば、生は生の本分にもどって、博物館に物を集めることではなくなる。そうすれば、すこしけだるい月曜の朝にせまい道をぶらついて、ちょっと噂話を楽しんでいる女たちを眺めて、パン籠を頭にのせた老婆を眺めて、仕事をいやがる怠け心を起こした連中、勤労全体の潮がうまく流れない様子を眺めたりできる。生は生、物は物。「物」を憧れ求めつづけるのは、たとえペルジーノの作品でさえいやになった。かつてはカルパッチョやボッティチェッリに身を震わせたこともある。だが、もうたくさんだ。土くさい白ズボンをはいて腰に黒いひだ飾りをつけた灰色髭の老農夫が、上着も外套もはおらずに、腰を曲げて牛のひく小さな荷車の横を歩いてゆく。ただそれだけの姿、それならいつ見ても飽きることはない。「物」にはうんざりだ、たとえペルジーノでさえ。今アッティラ王がやって来てヨーロッパの芸術を破壊したって僕はちっとも構わない。もううんざりだ。野蛮さの怖さは伝統文化に窒息死する怖さほどではないと心から思う。僕たちの知る美は重荷すぎる。僕はほとんど息ができない。

僕はこれから罰を受けるのだろう。

パン籠の女を見ていたら、食料のいることを思いだした。パンをさがしにゆく。ところがこれがない！　食いつくされた月曜の朝。かまど――フォルノ――にはあるだろう。かまどはどこだ。通りを上って、小道を下る。匂ってくるだろうと思ったが、こない。ぶらぶらともどる。連中から、バスが混むかもしれないから切符を早めに買うよう言われていたので、きのうのペストリーと小さなケーキ、それに地元産ソーセージを数切れ買った。

だが依然パンはない。宿の老おかみに頼んだ。

「できたてのパンはないんだよ。まだ来てないんでねえ」と言う。

「べつに古いのでかまいませんから」

奥に行って引き出しをかきまわす。

「あれあれあれ、女たちがみんな食べちゃったね！　でもあそこにあるかも——」と言って、通りの下方を指さした。「あそこでもらえるよ」

なかった。

勘定——二十八フランぐらいだったと思う——をすませて、外へ出てバスをさがす。あそこだ。暗い小さな穴ぐらで、テッラノーヴァまでの細長い一等切符をもらう。二人でおよそ七十フランである。女王蜂《クィーン・ビー》はまだ、あてもないのにパンをさがして道を見まわしている。無駄なのに。

「あんたらが乗れば出発だよ」と今日の運転手が吐きすてるように言った。怒ったような青白い顔つきの若者で、茶色の目、薄い赤毛。乗りこんで、きのうの運転手と車掌に手をふって別れを告げる。二人のバスも反対方向に走りさるところだった。「広場」をごとごと通りすぎる際に、べっちん男を見かけた。いまだおさまらない苛立ちに眉をひそめているご様子。

やつはぜったい金持ちだ。でなけりゃ、きのう一等に乗った理由がつかめない。そして、あの女は男が財産持ちの町暮らしというので結婚した。これもぜったい、間違いなし。

町を出る。サルデーニャ最後のバス旅。鈴の音のように美しい朝、青く晴れたすばらしい朝。右下方には谷間がひろがって、畑のつづれ織りが見わたせる。朝の光のなかに聳える無人の山々。その斜面は木も生えない未踏の荒れ地だ。

だが、客室の左の窓にガラスがない。うなりながら入ってくる風は充分につめたい。僕は前の座席に手足をのばし、女王蜂《クイーン・ビー》はすみっこに身体をねじこんだ。そんな姿勢で景色がうしろに飛びさってゆくのをじっと眺めていた。今日の運転手は、舌を巻くほど運転がうまい！　鼻が高くてそばかすのある、焦げ茶の目をしたこの男のギアチェンジの巧みなこと！　バスは、生き物が遊んでいるように、楽しく心地よげに喉を鳴らして進んでゆく。

この男、他事は一切無視してバスを操る若きハムレットさながら、むっつりとふさぎこんでいる。車掌への返事は単音節か――あるいはまったく答えないか。奈落のへりを走っているような顔をして黙々と完璧に仕事をこなす、有能で頼りがいのある、例の無愛想なタイプである。ひとこと言ってみろ、奈落の底へまっさかさまだぞ。と、そんな感じだ。もちろん芯はやさしい。昔はこういう連中が小説によく出てきた。すなわち、ジェーン・エアに対する思いこみさえ失った若い赤毛の運転手ロチェスター氏なり。

うしろからこんなにじろじろ見るのは悪いかな。

車掌のほうはすこし不良っぽくて、やわらかな天辺が横にうしろにかしいだハイカラな軍隊帽をかぶっている。イタリア軍のカーキ服、乗馬ズボン、巻きゲートルといったいでたちだ。煙草を不良っぽくふかしながらも同時にふしぎなやさしさを見せて、そのうちの一本を赤毛のハムレットにわたす。ハムレットがそれを取ると、揺れる車内で火をつけてやる。夫婦のようだ。車掌は機転のきく大きな目のジェーン・エアか。この赤毛のロチェスター氏、けっしてジェーンを甘やかすことはないだろう。

景色がきのうとちがう。ヌーオロからのうねうねとゆるやかな坂道を下りてゆくと、意外にはやく両側に、高い木のない藪と岩の荒れ野がひろがった。夏はさぞ暑かろう！　グラツィア・デレッダの本からそのことがわかる。

背の低い軽馬車をひく小馬が、道路わきを浮かない顔で跳ねすすんでゆく。バスは速度を落として、そっとかたわらを滑りぬけた。そしてまた、とぐろを巻いた蛇のようなつづら折りを風を切って下ってゆく。ハムレットはカーヴに向かってバスをぶっとばし、それから天使のように、そっとゆっくりハンドルを切る。そしてまた、つぎの放物線目がけて飛んでゆく。

広い谷間の寥々たる荒れ地に出た。左手むこうには低い岩々、右手には岩と藪の急斜面。ときおり白黒衣裳の男たちの集団が、さみしいかなたで働いている。茜色の衣裳の女が荷籠をつけたロバをひいて、荒れ野をわたってゆく。このあたりの斜面は東と南が海の方角。日にすさび、海にすさぶ一帯である。

最初に止まったのは、道ならぬ荒れた小道が山を下ってバス道路と合流するところだ。角にさみしく一軒、家が建っていて、道端にはこれまで見たこともないようなおんぼろの疲れきった古馬車がある。粋な車掌が郵便を選りわける。茶色のがたがた馬車と茶の小馬を率いる少年が帳面に署名する。僕たちは皆、車道に立っていた。もう一個小包を持ってくる男がいるというのですこし待った。ぼろ馬車からの郵便袋と小包は受けとられ、しまわれ、署名された。僕らは暖を取ろうと日なたを歩きまわった。周囲の景色はひろびろとして荒々しい。

プーッ！　とロチェスター氏、有無をいわさずクラクションを鳴らす。すると乗客がじつに素直にあたふたとバスに乗りこんだのには驚嘆した。出発、海をめざして全速前進。すでに中空にはあの独特のぎらつきが、日に照らされた海の起こすはげしい光が感じられる。

だいぶ前を茶色の衣裳の娘が三人、荷籠を持って白い幹線の道ぞいに歩いている。ゆるやかな上り道を村のほうへ行く途中だ。バスの音を耳にしてくるりと振りかえったかと思うと、またたく間に、路上のひよこそっくりに度を失った。こちら目がけてすっ飛んでくると、道をわたって、脱兎よりもまだ速くあわてふためいて深い脇道へつぎからつぎへと飛びこんでいった。直角にまじわる深い溝のような道。バスが通ると皆そこにしゃがみこんで、巣穴からこわごわとのぞく生き物のように、じっとこちらを見ている。車掌が大声で娘たちに声をかけた。バスは低い山頂の村をめざし走りつづける。

そこは鶏が走りまわる石だらけのせまい土地で、住民も貧しい。老人が一人、ちょうど道の脇から這いのぼってくるところで、白パンツを引き上げ、ボタンをはめようとしている。その民族衣裳をまたきちんとはくのは厄介そうに見える。ちょっと走って止まった。貧しそうな人たちが集まっている。女たちは焦げ茶の衣裳を着ているが、またもやボレロの型が変わった。かなり奇抜な短いコルセット状でふしぎな形をしている。もともとは手のこんだ見事な錦織りだったのだろう。だがいまとなっては……。

はげしい口論がもちあがった。男が二匹の小さな黒豚を、一匹ずつ小さな袋に入れてバスに持ちこもうとしたのである。豚はきれいにつつんだ花束のように、顔と耳とをのぞかせている。男は人間さま同様豚一匹につき一人分の運賃を払うように言われていきりたった。「てやんでえ！《クリスト・デル・モンド》　豚だよ豚、小豚だよ、人間さまとおなじだけ払えだなんて」両手に一つずつ持った豚ブーケがぶらぶら揺れている。自分の巻きおこした騒動に気づいて動揺した小豚が、黒い口をあけてキイキイさけんだ。「くそったれめ！《ディーオ・ベネデット》」合唱となった。だが車掌はとりつくしまもない。たとえネズミであれ動物はすべて、人間とおなじに運賃を払って切符を買っていただきます。豚親父は怒気に目もうつろになって、豚ブーケを両脇にかかえて後じさる。「ノミを飼ってたらいくらなんだい?」と若者が茶々をいれる。

女が、兵士のコートを腕白坊主の小さな上着に直そうとすわりこんで針を動かしていた。こうして「剣を鋤に打ちなおさん」とするこの女、われ関せずと日なたで縫いものをつづけている。まるい頬の、かなりだらしない身なりの娘らがくすくすと笑う。豚親父は憤怒に言葉を失って、二つの豚ブーケを瓶か何かのようにロバの鞍の両脇に吊りさげた。くすくす笑いながらも豚運賃のことで怒りをふくんだ娘が、ロバの端綱を持っている。豚どもは新しい場所から外を眺めて、人類ハ耐エガタイヨ、トンデモナイと、あいも変わらずキイキイさけんでいた。

「出発! 出発!」静かな、だが断固とした口調で赤毛のロチェスター氏が言う。車掌も乗りこんで、ふたたび海へ、強い光のなかへ、突きすすんでいった。

オロゼーイの町に入る。陽光にたたかれ神に見捨てられたせまい荒れはてた町だ。海も遠くない。下ってゆくと広場に出た。揺らぐ巨大な階段のかたまりを上ると教会があって、壮大なバロック様式のにせ正面がついている。横を見ると、丸み丸み丸みのすばらしい混沌に瓦の円屋根群の混沌が加わって、中央がとがっている。きっとある種の修道院だったのだろう。いわゆる「画家におあつらえむき」という点で際立っている。ゆるやかな傾斜

の上に淡い色の大きなバロック風の顔。横にまわるとてもふしぎな暗色になって、黒瓦の丸いとんがり帽のような屋根がいくつか、さまざまな高さに聳えている。全体に奇妙なスペイン風のおもむきがあり、なおざりにされ干からびた感じを受けるけれどもそれと同時に、大きさと荒廃した威厳と石の存在感をそなえていて、人生が暴力に満ちていた中世に人を連れもどしてくれる。そのころのオロゼーイは重要な港町だったにちがいない。おそらく司教もいたのだろう。

大きな広場に日が熱くさしこんでいた。一方には白っぽく重々しい正面が石段の上に聳え、もう一方にはアーチとねずみ色の中庭、そしてそのむこう側によくわからない建物の外階段がある。内陸から下ってきた道はさらに下方の海へとおりてゆく。かつては一つの権力が単独でこの土地を手中におさめ、いまは失われ忘れさられた統一と輝きとを町の中心に与えていた――そんな感じがする。魅惑に満ちた町オロゼーイよ。

だが、住民の態度はひどい。粗末きわまるコーヒースタンドのようなところに行ってパンを頼んだ。無礼者いわく、

「パンだけだって？」

「もしよろしければ」

「ねえよ」とのお答え。

「えっ？　それじゃどこで買えますか？」

「むりだよ」

「ええっ！」

そして実際買えなかった。住民はむすっとあたりにたむろしていて、親切じゃない。もう一台、トルトリへ向けて出発準備をすませたバスが見える。トルトリは東海岸をずっと南に下った場所だ。マンダスはこのトルトリとソルゴノ双方への連絡駅である。二台のバスは身を寄せあって親交を深めている。ぐったりとほとんど死に絶えたこの町、いや村をうろついていると、ロチェスター氏がクラクションをプーッと鳴らす。あたふたとバスに乗りこんだ。

郵便物がしまわれた。黒ラシャ服の土地の男が赤茶のスーツケースを持って、汗をかきかき走ってきた。そして、どうかちょっと待ってくれ、義兄《にい》さんが十メートルほどむこうにいるから、と言う。玉座にましますロチェスター氏が、義兄さんが来るという方角をギロッと睨んだ。眉間に苛立ちの皺が寄る。その高くとがった鼻を見ると、あまり忍耐はのぞめない。セイウチのようにクラクションをとどろかせた。だが義兄は現われない。

「もう待たないよ」

「ええっ、ちょっと、ちょっと！　べつに迷惑するわけでもなし」車掌がさとすが、長い顔、高い鼻の赤毛のハムレット氏はだまったまま。彫像のようにすわりこんで、だが黒い目で射抜くように無人のままの道を睨みつけている。

「えい、もういいわ《エー・ヴァ・ベーネ》」閉じた唇のあいだからぼそりとそう呟いたかと思うと、身体を前に倒して始動ハンドルをつかもうとした。

「待てよ、待てよ、ちょっとちょっと待てよ、え、なんでまた」車掌がさけぶ。

「後生ですから！　ああ」とさけんで黒ラシャ男、路上の土ぼこりをかぶったスーツケースのまわりを、文字どおり頭から湯気をたてて苦悶のダンスを踊る。「行くなよお！　後生だから出ないでくれよお。船に乗らなきゃならないんだよお。あすローマに着かなきゃならないんだ。すぐに来るって。あ、あ、きたきたきたきたきた！」

　これには、鉄の意志をもつとがり鼻の運転手も肝をつぶした。始動ハンドルを放して、暗い目で睨むようにうしろを振りかえった。だがだれもいない。あたりには土地の連中が数人、ふてくされてじっと動かず立っているだけ。ロチェスターの暗澹とした目に危険な光がよぎった。だれも、まったく、見えない。かちり――その顔つきが天使のようなやすらかな表情に変化した。始動ハンドルをひいてブレーキをはずしたのである。坂の上の大きなバスは、こっそりと、ああ、それはひそやかにひそやかに、身を前に倒しはじめて、静かに動きはじめた。

「ありゃあ、なんてことを！　頑固野郎め！」車掌がさけんで、いまでは天使のような顔をしたロチェスターのそばに乗りこんだ。

「かみさまあ、おねがいい！」バスがバターのように溶けだして勢いをつけてゆくのを目にした黒ラシャ氏がさけぶ。動くバスを止めようというのか、手を上にあげて絶叫した。

「おおお、ベッピン！　ベッピーン！　おおお！」

だが、それも空しい。すでに見物人の小さな集団をあとにのこして、バスは広場の外へと下りはじめた。広場の外へ出た。黒ラシャ氏はかばんをつかむと、もだえながらもバスのそばを走ってくる。ロチェスターはまだエンジンをかけていないので、僕らはただただ神の命ずるままにゆるい傾斜をころがりおりる。町の外へ通じる暗い通りへ、いまだ見えざる海をめざして、バスは消えてゆく。

とつぜん、さけび声——「おお、あぁぁ!!」

「エクワ《きた》！　エクワ《きた》！　エクワ《きた》！　エクワ《きた》！」黒ラシャ氏、あえぎながらも四回言った。

「きたぞお！」そして、「おーいベッピン——いっちまうぞお、いっちまうぞお！」

ベッピン氏登場。おなじく黒ラシャ服の、たわしのような顎鬚を生やした中年男が、包みをかかえ太った足を動かして、バスめがけて走ってくる。汗をしたたらせて、表情の失せた邪心のなさそうな顔つきをして。ロチェスター氏は、なかば悪意、なかばは安堵からか、一瞬にやりとつめたく笑い、またブレーキをかけた。バスが止まる。女が一人、胸を押さえ息せき切ってよろよろとやってきた。さあ、別れの挨拶だ。

ロチェスターは肩ごしに振りかえって、美しい鼻を意地悪くゆがめながら、「出発《アンディアーモ》！」とそっけなく言う。そしてまた、すぐにブレーキをはずす。太った女はベッピン氏を押しこんで、あえぎあえぎ別れを告げる。義弟がうしろからよたよたやってきて、赤茶のスーツケースを手渡した。バスは荒浪のようにオロゼーイを出ていった。

あっという間に斜面の町オロゼーイをあとにした。すると眼下に湿地帯をうねうね流れて海へ達する川が見えた。四半マイル先にぽつんと離れた、白いさざ波が寄せてはくだける平たい浜辺に流れこんでいる。川は川原のあいだを、それから人の背ほどの干からびた高い葦の帯のあいだを流れる。のっぽの葦がゆったりとした平らな海の間近までひろがって、海からは白くまばゆい光が立ちのぼっている。圧倒するような光が眼下の地中海をおおっている。

すぐに川の高さまでおりて橋をわたった。バスの前方、海とのあいだに、また丘がある。平らな天辺の塀を想起させなくもないこの丘は、海岸と並行して、水平にのびている。細長い真っ平らな台地のような丘だ。バスが一瞬、川原わきの窪地に入る。後方断崖の上にはオロゼーイの町が見える。

右手むこうで、干からびた葦の密生するのっぺりとした川辺の湿地がのっぺり輝く海と合流して、川の水と海の水とが混ざりあっている。波はさざ波となり、小さく、そっと、川の流れに流れこんでいる。左手の風景にはつよく心惹かれた。川原が内陸のほうに上がり気味にカーヴしていて、畑があるのだけれども、ひときわ目立つのは、気高く美しい花をいまを盛りと咲かせるアーモンドの木である。なんという美しさだろう。純粋な銀桃色の花が神の変容さながらにそれはそれは気高く光って、背の高い木々は海と並行に走るこのふしぎな揺り籠のような川原に、一点の疵もなく立っている。アーモンドの木よ。灰色のオロゼーイの足下に花ひらくアーモンドの木は、道路わきまで迫ってきていて、個々の花の熱い瞳が見える。アーモンドの木よ、目の前の上り斜面のアーモンドの木よ。まことに気高い美しさを花ひらかせた木。日の光が赫々と降りそそぎ、海のぎらつきが神の降臨のように大気全体を白く染めるこの窪地で、アーモンドの花が夕空の薔薇色に光る。その鉄の幹はこの奇妙な谷間ではほとんど目にとまらない。

だがバスはすでにわたりおえて、海丘のわき腹を斜めに走る太い直線道を駆けあがってゆく。家の側面につけた階段のような坂道だ。僕らはぐるりと南を向いて、この階段坂を走ってあがり、海辺の長い台地のてっぺんをめざす。上に出た。すると右下方、さほど遠からぬところに、黒い岩々にさざ波の打ちよせる地中海が見える。細長い台地の上にたどりつくとすぐ、道が真北に折れているのだ。白い長いまっすぐにのびた道が、灌木の生えた細長い荒れ地のあいだを走ってゆく。海は遠景の手前にあって、青く、ただただ青く、光に脈打つ。水というより光のようだ。左手には広い谷間の窪み。アーモンドの木が、風に吹かれる雲のように夕空の薔薇色に光り、白く陽光にかすんだ大地に浮かびあがって見える。そのむこうの断崖にはオロゼーイの失われた灰色の家々のかたまりが見える。ああ、アーモンドの花が咲き、葦の川が流れ、光と海の近さにはげしく脈打つ夢のようなオローゼーイよ。いにしえの世のすっかり失われた町、伝説が生きのびるように生きながらえる町よ。実在の町とは信じがたいオロゼーイ。はるか昔に生命が去って、記憶が町を純粋な魅惑に変貌させたのだろうか。サルデーニャの遠い東の岸の、失われた真珠のような町。それでもたしかに実在する。わずかながら住民もいて、むすっとしてパンの耳さえくれない。おそらくマラリヤもある。九分九厘そうだろう。一カ月もそこで暮らせば地獄となろう。だがそれでも、この一月の朝にふと思う――ああ、時を超えた中世の魅惑よ、お前はなんとすばらしいのだろう。往時、男は気高く、凶暴で、死の影の下にあったのだ。

死の恐れが私の心を騒がす《ティモール・モルテイス・コントゥルバト・メー》（中世の英詩人ウィリアム・ダンバーの『詩人追悼』より）

道は、海にそって、海を下に見て、ゆるやかに上下に揺れながら走り、遠く丘の岬が海に侵蝕するところまでつづいてゆく。山は見えない。谷間をあとにすると、四囲を荒れ野に囲まれた。住む人もなく、住むことも能わぬ、荒れるにまかせた寥々たる土地が、左手はゆるやかに上り加減にひろがり、右手は崖状に海に落ちこむところで終わっている。いまでは生命あって動くものは何も見えない。水色の海には船さえない。天空にはしみ一つなく、青い、真っ青に高鳴る光は何にもまして気高い。荒れ野の上を大鷹が舞う。頭をのぞかせる岩々。黒い灌木。大空に晒された野蛮な土地。見捨てられて日と海とに弄ばれる土地。

客室には僕ら二人きりだ。車掌が一、二回話しかけてきたが、かえって面食らった。若い、二十二、三の男。しゃれた軍帽をかぶり、たくましい身体を軍服につつんで、なかなか恰好がいい。だがその黒い瞳には押しつけがましい感じがあり、近づきかたも唐突かつ執拗である。人をまごつかせる。すでに、どこへ行くのか、住まいはどこか、どこから来たか、お国はどこ、あなた画家ですか、などなどの問いは終わっている。もう十二分に知っているはず。これ以上は敬遠したくもなる。で、ヌーオロで買った白っぽいペストリーを食べた。薄くはがれる皮だけのペストリー。うまい、だがなかには空気がひと吹き、それ以外は何も入っていない。それから、じつに味の濃いヌーオロソーセージの薄切れにかじりつく。そして紅茶を飲む。ひどく腹がへっている。十二時も過ぎたというのに、これじゃ何も食べないのとおなじである。日は絢爛と空に燃え、バスはうなりを上げて海の真上の荒れ野の道を猛然と突きすすんでゆく。

すると車掌が客室に入りこんできた。黒くしつこい懇願する目でこちらを見ながら、僕らの前にどっかりと膝を四角張らせてすわりこむと、ふしぎな力強い声で答えにくい質問をわめきはじめる。いうまでもなく疾走する大きなバスのなかは騒音がひどくてとても聞えにくい。僕らもイタリア語でさけばなければならない――彼もこちらとおなじくらい困っている。

さてこの男、「禁煙」とあるにもかかわらず、僕ら二人に煙草を差しだして、いっしょにどうぞと強くすすめてきた。断るのも面倒だからとこれを拝受。すると僕らに見所を指ししめそうとしはじめた。だが、指さすものなど何もない。ただ、荒れ野のむこうの、海をめざして丘がのび、岬の形をなすあたりに、沿岸警備隊員の住む崖下の家があると言う。それでおしまい。

それでもまた話しだす。僕がイギリス人か、女王蜂《クイーン・ビー》はドイツ人か、とまた聞いてくる。そうだよと言うと、お決まりの話がはじまる。「パンチとジュディ」の人形みたいに、各国が飛びあがったり落っこちたりの例の話である。イタリアはラ・ジェルマーニア《リターリア》に不満があったわけじゃないんです、いままでそんなことは、そう、そう、二つの国は仲よしなんです。けれども戦争がはじまれば、すぐにイタリアは参戦しなきゃならなかった。ドイツはフランスをたたいてその領土を占領して、それからイタリアに攻めこむ腹でしたからね。それなら敵が他国の領土を侵略しているうちに参戦するのが一番でしょう。

この問題について、イタリア人はまったく単純に考えている。僕の好きな点だ。男は話しつづける。僕は兵隊です、八年間イタリア騎兵隊に仕えていました。ええ、騎兵なんです、戦争のときは最初から最後までずっと従軍していました。でも、だからといって、ドイツに恨みはないよ。そう、戦争は戦争だし、もう終わったのだから。もう水に流そうじゃないですか。

けれどもフランス！　フランスときたら《マ・ラ・フランチャ》！　と、ここで、彼は身体を前にかがめて顔をこちらの顔に近づける。とつぜん、彼の卑屈な犬の目が、盲目的に燃えあがる憤怒の眼差しに変わった。フランス！　フランスの野郎！　フランスののど笛に食らいつきたくてうずうずしない男はイタリアには一人としていないよ。フランスの野郎！　ああ戦ってやろうじゃないか、そうなりゃイタリア人は鉄砲に飛びつくさ、年寄りだって。年寄りだってさ《アンケ・イ・ヴエッキ》！　ああ、フランスと戦争してやる。そのうち、ぜったいに起こるさ。イタリア人はみんな待ってるんだ。フランスののど元に飛びつくときを待っている。なぜかって？　なぜかって？　おれはフランスの前線で二年間戦ったんだ、それぐらいわかってるよ。ああ、フランスめ！　いばりくさってお高くとまって……くそったれめ《ディーオ》！　鼻持ちならないやつらだ。やつらフランスは自分が世界の王様《シニョーリ・デル・モンド》だと思ってやがる！　世界の王様、世界の支配者。ああそうとも、本当に自分がそれくらいえらいと思っているんだ——それでいったいやつらはなんだ？　猿じゃないか！　猿、猿！　猿がいいとこよ。ちくしょう戦争してやろうじゃないか、目に物見せてやろうじゃねえか！　世界の王様《シニョーリ・デル・モンド》が何様だか、このイタリア様が思いしらせてくれるわ！　戦いたくてうずうずしているんだ——みんな、みんな、うずうずしているんだ。ほかの国とじゃないよ、ほかの国とじゃあ、フランスとだよ。ああ、ほかの国とは――イタリアはほかの国はみんな好きさ――だけどフランスだけは！　フランスだけは！

僕らは彼に思う存分わめかせて、話が終わるのを待っていた。その熱さ、エネルギーには驚くほかない。憑かれたようにしゃべる。ただただ驚くばかり。すがりつくような目をした憂わしげな男が、侮辱されたと感じると恐ろしいほど激昂する。いや、じつにおもしろい。侮辱されたと感じて思わず逆上したにちがいない。だが、兄《あん》ちゃんよ、そんなに大声で全イタリアを代弁しないほうがいい。年寄りだって、だなんて。イタリア人の大半は銃剣をシガレットホルダーにたたき変えて、「久遠の平和」煙草をふかすことにえらく熱心で、君と意見を一にすることはまったくありえない。ともかく彼はこんな具合に、沿岸を驀進するバスの車中で僕に吠えまくった。

だが一瞬の沈黙ののち、彼はまた、悲しい、物思いにふける顔になった。オネガイオネガイと何を乞うているのか自分でもわからない例のすがるような茶色の目で、じっとこちらを見る。僕にもぜんぜんわからない。彼の真の望みとは、たとえ戦場であれ、騎兵連隊にもどることかもしれない。

ところがこれがちがった。彼の望みのなんたるかがわかってきた。

「いつロンドンへお帰りですか？　イギリスにはたくさん自動車がありますか？　たくさん、たくさん？　アメリカも？　アメリカじゃ人手をほしがってるかなあ？」いいや、と僕が答える。むこうじゃ失業者が出てるよ、四月には移民をストップする予定ですよ。少なくとも減らすとは思う。「なぜ?」と鋭く問いつめてくる。アメリカにはアメリカの失業問題があるからだよ。女王蜂《クイーン・ビー》もアメリカへの移住を希望するヨーロッパ人が何百万何千万といることを説明する。男の目に翳がさした。「ヨーロッパの国ぜんぶが禁止ですか?」ああ、すでにイタリア政府は移民にはアメリカ行きパスポートを発行していないよ。「パスポートを? じゃあ行けないの?」ああ、行けないよ、と僕。

ここまで話が進むあいだに、彼の熱いひたむきさと熱くすがるような眼差しが女王蜂《クイーン・ビー》の心をつかんでいた。あなた何がしたいの? と彼に聞く。するとその暗い顔から言葉がはじけた。「アンダーレ・フオーリ・デリターリア」——イタリアから出たい。イタリアを出て、遠くへ、遠くへ、遠くへ行きたいんです。それがいまでは彼らの切なる憧れ、神経衰弱の元。

あなた故郷はどこなの? 数マイル先のこの沿岸の村に家があります。じきに通りますよ。そこが家なんです。そしてその村から数マイル内陸に入ったところにも土地があります。畑があります。でも畑仕事はいやだ、土地なんかいらない、関わりたくない。畑は大嫌いだ、葡萄の世話なんか真っ平だよ。もうこれ以上がんばる気もないよ。

じゃあ、何をしたいの?

イタリアを離れて外国に行って、おかかえ運転手になりたいんです。また、悩める動物が訴えかけるようなじっとすがりつく目つきになった。ジェントルマンのおかかえ運転手がいちばんだけれども、バスを運転してもかまいません。イギリスでならなんでもします。

これが狙いだったのか。「そうだね、でもイギリスだって働き口より人間のほうが多いんだよ」と僕。それでも取りすがるような目で、それも切々と必死にこちらを見つめつづける。本当に若い――力に満ちあふれ、身を粉にして尽くしたいというはげしい思いがつたわってきた。そうでもしなければ、フランス人に対するいわれなき憤怒に爆発してしまう。なんと、僕の親切心を信じこんでいる節がある。乗物といっても、僕にはブーツを一足持つくらいが関の山――「おかかえ運転」をやとうなんて夢のまた夢なのに。

また、みんな黙りこんだ。彼もようやく客室から出ていって、運転手の横の席にもどる。道は海ぞいの長い荒れ野を上下しながら、まっすぐに走っている。車掌は寡黙な緊張質のロチェスター氏のほうに身体を傾けて、しきりにまた頼みこんでいる。根負けしたロチェスター氏がすこしずつ横にうつって、相棒にハンドルをにぎらせた。さあ、客は全員、車掌君の手中となった。運転は上手――とはいいかねる。あきらかに見習い中の身である。バスは裸の荒れ道の轍をすんなりとは走らない。丘をすべりおりるときは一心不乱の面持ちで、上り坂のギアチェンジは大混乱の態である。だがロチェスター氏はすみに小さくすわったまま黙って見守っている。手をのばしてレバーを動かす。彼がいればだいじょうぶ

だ。この男にならば、奈落の底に駆けおりて、また反対側を上る運転も任せられる。だが、運転席にはオネガイオネガイの車掌がいる。いまではずいぶん頼りなげにためらいがちに疾駆する。こうして丘のふもとまで来た。急カーヴがある。ああ、心臓が数センチ飛びあがった。彼にはぜったいむりだ。ああ、だめだ、神よ――そのとき、そばかすロチェスターの静かな手がハンドルを取り、バスはぐいっとまわって切りぬけた。車掌君はここで断念した。もの言わぬ神経質なドライバー氏が、また運転席へ。

車掌君、われわれに慣れたようである。客室にまた入りこんできて、騒音がひどくて話ができないときも、じっとすわって訴えかけるように茶色の目で見つめてくる。何マイルも何マイルも海ぞいの道を走るが、一つとして村はない。一、二回、さびしい監視所のような建物を過ぎる。兵士が道路わきでぶらぶらしている。だが止まることはない。見わたすかぎり人の住まない不毛の荒れ野がひろがっている。

疲れと空腹と、このきびしいバスの旅でふらふらだ。いったいいつになったら昼飯をとるはずのシニスコーラに着くんだい？　ああ、そうそう、シニスコーラには好きなものが食べられる宿屋がありますよ、と車掌が言う。シニスコーラ、シニスコーラ！　ぜったいバスをおりて飯を食べよう。一時をまわった。ぎらつく光と疾駆するさびしさとがつきまとって離れない。

シニスコーラは前に見えるあの丘のうしろですよ。丘が見える。ふむ。あのうしろがシニスコーラか。そしてその下のビーチがシニスコーラ海水浴場《バーニ・ディ・シニスコーラ》です。夏には外国人《フォレスティエーリ》がたくさん来ますよ。そう言うのでシニスコーラに大きな望みをかけた。町から海までの二マイルを、海水浴客はロバに乗って行くんです。いいところですよ。近づいてきた――本当に近づいた。畑には石垣がある――広い荒れ野さえ囲ってある。石垣で囲った小さな畑には野菜が植わっている。荒れ野を通って人気のない海岸へのびる白い奇妙な小道がある。さあ近づいた。

低い丘の瘤を越えると――むこうに見える。二つの塔をもつ灰色にかたまった村。さあ着いたぞ。丸石の上をガタガタと進むと、通りのかたわらに止まった。シニスコーラだ。ここで食事だ。

疲れるバスからころがりおりる。車掌が一人の男に、われわれを宿屋まで案内するよう頼んでくれた。男はぼそっと、いやだよ、と言う。そこで代理に少年が指名された。うん、いいよ。これが村の歓待ぶりであった。

シニスコーラには実際あまりいい印象がない。せまい粗末な石だらけの場所で、日なたは暑く、日陰は寒かった。一、二分で宿に着く。ちょうど、太った若者が茶の小馬からおりて、戸の横の輪に馬をつないでいた。

映えない感じの宿だった。お決まりの寒々しい部屋が暗い通りに小暗く面して、これもお決まりの長卓に今度はひどいしみのついたテーブルクロスがかぶさっている。仕切っているのは若い百姓の「奥方」二人、茶色のかなりよごれた服を着て、頭に白い布を巻いている。若いほうが給仕をしている。この豊かな胸をもつ小娘は、すっかり女王きどりの生意気面で、鼻をつんと反らせて注文なんかさせせら笑ってやると手ぐすね引いて待っているようだ。この姫君たちのこましゃくれた押しの強いふるまいに慣れるのはちょいと時間がかかる。だが、あたしのスカートのすそを踏めるものなら踏んでみな、といった小娘たちの態度は、じつは一種幼稚な人見知り、防御反応とも言える。無知ゆえの疑り深さ《メフィアンス》でもある。人に屈せずまず先制攻撃を、というサルデーニャ女の伝統の存在もあきらかに見てとれる。この「ぬかるみの女王」は全身これ攻撃で、お尻をぐいぐい振ってテーブルをまわり、パンのかたまりをきたないクロスの上にどさりどさりと置いてゆく。給仕してやってるんだ、ありがたく思え、と言わんばかりの態度である。にやにや笑いを抑えて顔のどこかに隠している。相手を怒らせるつもりはないのだろうが、それが頭にくる。じつは世慣れていないだけなのに。だが、こちらが疲れて腹がすいていると……。

　食事をしているのは僕らだけではない。小馬をおりたさっきの男がいる。彼といっしょに、労働者かポーターか税関吏らしき男がいる。そして小粋な青年がいる。あとからわれらが運転手、ハムレットが来た。若い女は、パン、皿、スプーン、コップ、黒葡萄酒の瓶を、どさりどさりとすこしずつ置いてゆく。その間、僕たちは窮屈に身を縮ませてきたない食卓について、現国王陛下のひどい肖像を眺めていた。いつものスープがやっと来た。すぐにずるずるコーラスがはじまった。マンダスの小豚君《マイアリーノ》もすぐれた歌い手であったが、ご当地の小粋な青年君はさらにその上をゆく。スープはつまった樋《とい》を流れる水のように、ずるずると長くすすりあげる騒音の川と化して口内へ上っていった。キャベツの切れ端などが入り口を通ると、音が「クレッシェンド」した。

しゃべるのは皆、彼ら若い連中である。ぬかるみの女王に向かって、「いったいこのあま、何様と思ってやがる」といった態度で、ぞんざいに、見くだすように話しかける。女の鼻は見事にへし折られた。だが、それでも気取りつづける。ほかに食べるものはあるの？　スープのだしに使った肉があるわよ。それがどういうことかわかっている。古い毛糸の長靴下の先をしゃぶっているほうがまだましだ。それだけかい、ぬかるみの女王よ？　ええ、そうよ、でもどうして、ほかのものがほしいの？　え、ビフテキ？　月曜日にビフテキだの何テキだのほしがったって無駄な話だわ。肉屋に行って、自分の目で見てきてごらんなさい。

ハムレットと「小馬乗り」とポーターは、煮込み肉の色あせたぼろぼろのかたまりをもらう。小粋な青年は卵焼きを、少量のバターで炒めた二つ目玉を注文する。僕らもおなじものを頼んだ。彼のが最初に来た。もちろん温かくてまだぐじゅぐじゅのやつだ。青年君はフォークを手にこれに襲いかかった。卵のはじをつかまえたかと思うとあっという間にすすりあげた。長くはげしくずるずる音を立てながら、卵は細長いロープ状のドリンクと化して、小さな平鍋からすすりあげられた。立派な芸である。それが終わるとパンにかぶりついて、大きな音を立ててくちゃくちゃと噛みはじめた。

そのほかには？　小さくてまずい悲惨なオレンジがきた。これで昼食《ディナー》は全部。チーズはあるの？　いいえ。だがぬかるみの女王は――芯はなかなか親切な連中だ――青年らと方言で話を交わす。聞こうという気もなかったけれど、憂い顔の運転手が通訳してくれた。チーズはあるよ、でも、あまりよくないんで出したくないと言っている。すると小馬乗りもなかに入って、最高のもの以外は出したくないのさ、と言う。こんな食事のあとだというのに、大真面目な顔でそう言う。かえって好奇心が動いた。とにかくチーズをくれと頼んでみる。食べてみる。そんなにまずくもなかった。

昼食代、二人でしめて十五フランなり。


あたりにたむろする荒くれ男のあいだを抜けてバスにもどった。実際のところ、今日びよそ者は歓迎されない。どこでもそうだ。だれもがはじめて会う相手には敵意をいだく。つきあうにつれ、この敵意が消えてゆくかいかないかは、時と場合による。

暑い午後となった。イギリスの六月のように暑い。ほかにもさまざまな乗客がいる。一人、話すときに歯をみせる黒目鼻高の司祭がいる。クーぺとよばれる客室はもうあまりゆとりもないので、荷物が小さな棚の上にしまわれた。

陽射しが熱く、部屋には六、七人詰めこまれて、息苦しくなった。女王蜂《クイーン・ビー》がわきの窓を開ける。だが、声の大きいうるさ型の司祭が、すきま風は身体に悪い、とっても悪いと言って、また閉めてしまった。群れるのが大好きな、じつは肝っ玉が小さいのだけれど声は大きいといった男で、乗客皆となれなれしい口をきく。そして、何から何まで身体に悪い、ファ・マーレ、ファ・マーレと言う。すきま風、身体に悪い《ファ・マーレ》、とっても悪い《ファ・モルト・マーレ》、そうだ《ノネ・ヴ》よねえ《エーロ》、とシニスコーラからの客全員に向かって話しかける。「ええ、ええ」と皆が相槌をうつ。

車掌が客室に入りこんできて、小さな窓口から「ロトンド」にいる二等客の検札をはじめた。張りあげる声、釣り銭の勘定、押すな押すなの大さわぎだ。停留所に止まる。車掌が郵便を持って一目散におりていく。司祭ものどをうるおしにほかの男たちとおりる。運転手のハムレット氏は身を堅くして自席にすわったままだ。彼はクラクションを鳴らす。もう一度、断固たる調子で鳴らす。乗りこんでくる男たち。だが虫の好かない司祭をおいてきぼりにしてやれというのか、バスは邪険に出発する。司祭がガウンをはためかせ口をぬぐいながら走ってきた。

長い歯を見せてかっかっかっと笑いながら、どしんと腰を下ろす。そして、胃を守るために一杯やるのもいいんだと言う。胃の具合が悪いまま乗物に乗るのは身体によくないよ――ファ・マーレ、ファ・マーレ、そうだよねえ《ノネ・ヴェーロ》？　すると、客がいっせいに「ええ」。

車掌は僕らのあいだに尻を突きだして、小さな窓口ごしの検札を再開した。そんなふうに立っている彼の羊皮の裏のついた軍人外套が、女王蜂《クイーン・ビー》の頭にかぶさった。深刻にすまながる車掌。外套をたたむと、じつにていねいに女王蜂《クイーン・ビー》の座席の上に敷いてクッションにどうぞ、と言う。御主人様と奥様にわが身を捧げたくてたまらないのである。

車掌は僕の横に、女王蜂《クイーン・ビー》と向かいあって腰を下ろすと、酸っぱいアメを差しだしてきた。アメをもらう。すると燃えあがるあこがれの眼差しで女王蜂《クイーン・ビー》に微笑みを投げかけ、また話しはじめた。それから煙草を差しだす――どうぞどうぞとしつこくすすめる。

歯の長い司祭は煙草を吸っている女王蜂《クイーン・ビー》を横目で見ると、自分も長い葉巻を取りだして端を噛み、つばを吐いた。彼も煙草を差しだされたが――いやいや煙草は害がある《ファンノ・マーレ》。紙が健康に悪い、ああ、とても悪い、パイプか葉巻だよ。そう言って、長い葉巻に火をつけて、ひっきりなしに大量のつばを床に吐く。

僕の横に、けっこう美形の大柄のばか野郎が目を輝かせてすわっている。僕が女王蜂《クイーン・ビー》に話しかけるのを聞いて、そっと司祭にささやく。「ドイツ人のカップルだろ？　見てごらんよ。女が煙草をふかしてる。ここに強制収容された連中のうちの二人だよ。もう、サ

ルデーニャはやつらに用はないさ」

イタリアのドイツ人は戦争勃発と同時にサルデーニャに強制収容された。そして、話によると、とても自由で楽しく、待遇も大変よかったそうだ。すべての誇り高き民族とおなじく、サルデーニャ人が度量の大きい民族だったからだ。それがいまでは、この輝く目のばか野郎が、僕らが理解しているとはまったく気づかずに、バスじゅうに聞こえるような声でくっくっと笑いをもらす。侮辱的なことを言われたわけではないが、こちらの首根っこをつかまえたと思いこんでいる下品な連中に、こうして得意然と笑われるのは愉快なことではない。何を話すか聞いてやろうとじっとしていた。だが、たわいもない話、ドイツ人はいまではほとんどいなくなったとか、もう自由に移動できるのだとか、ドイツよりこのほうが気に入っているものだからサルデーニャにもどってきているとかいった瑣末な話にすぎない。「ああ、そうさ、みんな帰りたがってるのさ、みんなサルデーニャに帰りたがっている。そう、いい暮らしができるのはどこか知っているのさ。自分たちの得になることは知っている。サルデーニャにはお得なことがいろいろある。それにサルデーニャ人はきちんとしているし——まあたまには自分を褒《バッ》め《サ》させてよ。それでラ・ジェルマーニアの話だけれども、あそこはひどい、ひどいよ。ドイツじゃパンにいくら払うと思う？一キロ五フランだぜ、いやはやまったく」

——

またバスが止まった。乗客は暑い日なたへぞろぞろと出ていく。司祭は今度もあたふたと角のむこうに消えた。角のむこうに消えないと、ぜったい「身体にわるい」のだろう。僕らは残って待つ。バスのハムレットの眉間に皺が寄った。神経がすりへってぐったりした様子。三時ごろだ。村から郵便を持ってくる男を待たなければならない。だが、男は現われない。「俺行くぜ！　待つのはいやだからな」と運転手。

「待ってよ——ちょっと待ってよ」と、車掌がなだめにかかる。角のむこうまで様子を見にいった。だが、とつぜん、バスははげしくかしいだかと思うと走りだす。車掌が飛んでもどってステップにしがみつく。本当に取りのこされるところだった。運転手はつめたくちらっと振りむいて、乗ったかどうか確かめる。前へ前へと飛んでゆくバス。非難がましく首をふる車掌。

「運転手さん、ちょっと苛々してるわね」と女王蜂《クィーン・ビー》が言う。「ちょっとご機嫌ななめ！」

「ああかわいそうに！」若い美貌の車掌は、身を乗りだしてきて熱い寛恕の眼差しですがるように見つめた。「『かわいそう』と思ってやらなくちゃ。ああいう男は自分で自分をそれはそれはひどく苦しめているんだよ。だから怒っちゃいけない！　ポヴェリーノよ。同情してやらなくちゃ」

イタリア語ほど同情的な言葉はほかにない。かわいそう《ポヴェリーノ》！　かわいそう《ポヴェリーノ》！　彼らはだれかを憐み同情するまではけっして満足しない。なんだか僕も、かわいそうな苛々男《ポヴェリーニ・ネルヴォージ》と一緒くたにされたような気がする。だからといってこちらの機嫌がなおるわけでもないが。

とつぜん車掌が、向かいの席の司祭と女王蜂《クイーン・ビー》のあいだにすわった。業務用ノートをひっくり返して、裏表紙に、とてもていねいに、華麗なイタリア風書体で何か書きはじめた。書いたものを破りとると、瞳を熱くきらきら輝かせながら僕に紙を手渡して言う。

「夏に行くときに、イギリスで職を見つけてくださいますね？　ロンドンのおかかえ運転手の口を見つけてくださいね！」

「できたらね、でも簡単じゃないよ」

もうこれで用件を完璧に片づけたと思いこんだ車掌は、自信満々、顔を輝かせて、僕にうなずく。紙には名前と住所が書いてあって、だれか自分を運転手にやといたい人がいればその旨知らせてくれさえすればいいと言う。紙片の裏にはお決まりの挨拶――いっそう《アウグ》のご発展をお祈り申しあげます《ーリ・インフィニーティ》。どうぞよい旅を《エ・ブオン・ヴィアッジョ》。

新たな責任にすこしとまどいを覚えながらも、紙をたたんでベストのポケットに入れた。本当に憎めないいやつだ。疑うことを知らない目がキラキラ輝いている。


ここまで事が運ぶと、一瞬のあいだ、沈黙《しじま》が降りた。車掌は振りむいて、一つ前の停留所で乗ってきた肥えた幸せそうな男の切符を見る。さっと短い会話が交わされた。

となりにすわった美貌のばか野郎が、こちらに首をかしげて、「こいつらどこから来たの?」と聞く。

「ロンドラ」われらが友はにこりともせずそう答えて内心ほくそ笑む。彼らはくりかえしくりかえしロンドンは世界一の都市だと言いあっていたので、「ロンドラ」の一語で意は尽くされた。僕らが世界一の都市の市民だと聞いたとき、大柄な美貌男の顔に現われた呆けた子供のような表情は一見に値した。

「え、それでイタリア語わかるのか?」すこしぎょっとして男が聞く。

「もちろん《シクーロ》よ」とばかにしたように車掌が答える。「当たり前じゃないか」

「ああ!」このとなりのでか男、しばらくは口を開けたままだ。それから別種の笑いが顔に現われた。茶色の目を輝かせて、僕らを横目でうかがいはじめる。今度は世界のあこがれロンドン市民と話したくてうずうずしているのだ。なかば傲岸な表情はすっかり影を潜めて、とりいるような賛仰の表情に取ってかわられた。

いかに読者諸君、此を我慢すべきや否や? この席に僕がいる。すると男はでかい態度で見くだすように僕のことを話す。そのおなじ場所に僕がいる。おなじ男が今度は僕の灰色帽の下から後光が漏れるのを見たかのように、こちらを横目でうかがう。十分間でこの大変化。それも僕がドイツ《ラ・ジェルマーニア》人ではなくイギリス《リンギルテッラ》人だとわかったというだけなのに。地図のなかの土地や、品物の商標のほうがまだましじゃないか。現実の僕はほとんど無視されて、なんでもかでもレッテルで決められるのだ! もっときつく当たってやればよかった。俺はその十倍ドイツ人だよと言って、あのばか野郎のにたにた笑いがもう一度変わるのを見てやりたかった。

司祭も話に加わってきた。アメリカに行ったことがあると言う。アメリカに行ったことがあるから、テッラヌオーヴァ・ディ・サルデーニャからチヴィタ・ヴェッキアにわたるのも怖くないですよ。あの大きな大西洋をわたったんだからね。

だが、どうも土地の男たちは皆、前にこの「わたりがらす」師の歌を聞いたことがあるらしい。だから司祭は床に多量のつばを吐く。となりの太った新来の男が、カトリックがアメリカでただ一つの教会になりつつあるってのは本当ですかい、と聞いてきた。司祭が答えた——はいまったくそのとおり。

暑い午後がゆっくりと過ぎていった。沿岸には人家がずいぶん増えてきたのに、村はほとんど見えない。うら悲しい景色。ときどき、薄汚れたような休憩所に止まる。ときどき、小馬に乗った土地の人間と行きかう。気が荒く力も強い小馬が、大きなバスを怖がってうしろ足で立ちあがり、急に後じさりすると、乗り手の腕前が披露される。そんなときも男の乗り手はサルデーニャ男児の力をこめて、どっしりとびくともせずにすわっている。バスでは皆が笑い、あとにした馬を振りかえって見る。小馬はまだ蛇行しているがその抵抗もまた空しい。草に縁取られたさびしい大道のど真ん中の馬。

車掌は出たり入ったりして——しまいには入ってきて、僕らの近くにすわる。巣作りをするオリーヴの大枝をやっと見つけた鳩のようだ。すると僕らはこの世という大海原でのオリーヴの大枝か。ああ自分では折れた葉のような気がするのに……。それでも彼はとても晴れやかな顔つきになって、主人を見つけた犬みたいに僕らの近くに腰を下ろしている。日も暮れてきた。バスは高速で走りつづける。前方にタヴォラーラ島の大きなかたまりが見える。雄大な巨岩。その重い壮麗な島影にうっとりとした。陸地と繋がっているように見えて、岬のようだ。海のへりに横たわる島。忘れられた午後の世界。ふしぎなことにこの海ぞいの土地は僕らの現代世界ではない。疾走するバスからは汽船が見える。二隻は南に舵を取っていて、一隻はイタリアからの帆船である。汽船はすぐさま僕らに親しいものとなる。だがこの海ぞいの土地は、見捨てられ、忘れさられて、この世から外れている。なぜか、この世から外れている。

ああ、長い長いバスの旅にはうんざりする！　タヴォラーラまでぜったい行きつけない気がした。だがちがった。間近まで近づいてゆくと、おだやかにさざ波の寄せる浜辺が見え、タヴォラーラの岩塊と浜辺にはさまれたせまい海が見えた。すでに道は海面の高さま

で下りている。もうテッラノーヴァまでもさほど遠くない。だが、依然、あたり一帯はうら悲しくて、世界の動きの外にある。

太陽が真っ赤に輝いて内陸のかなたに沈んでゆく。おぼろな旅の眠りに落ちこんでしんと静まる車内。バスは平地の平坦な道を駆けてゆく。夕闇が重く地上に垂れこめてくる。平地を平らにカーヴする大きな道が見える。湾の奥だ。帆柱と暗い陸地が光りかがやく入り海をつつみこんでいる、魔法のような港が見える。浅く広く輝く湾に、薄く細長くのびる出洲がある。その先端に、そこで難破したかのように休らう一隻の汽船が見える。あれが僕らの乗る汽船だ。いやいやちがう。日没のはげしい光に照らされながら、それは極北の地スピッツベルゲンの陸に閉ざされた入江に停泊するさみしい汽船のようだ。青い陸地の厳かな神秘の入江、人類に忘れられ、失われた土地。

車掌が来て、郵便の仕事が終わるまでバスのなかにすわっていろと言う。終わったら食事のできる宿まで乗せていってあげよう、それから町のバスで船まで送っていこう。八時までは乗船する必要はない、いまは五時ちょっと過ぎだ。だから、じっとすわっていた。バスが突きすすむと、道がカーヴして、陸地に囲まれた不気味な港の景色が変わった。だが密集した船の裸のマストは依然、空の輝きを突きさしている。むこう側には、砂洲に乗りあげたような恰好で休らう汽船。瘤だらけの丘を擁する暗い謎めいた陸地が、金色の残

照のなか、寒々と、青黒く、港を丸くつつみこんでいる。水の浅そうな大きな入り海が鏡のように輝きわたる。

町なかに突っこんだ。線路をわたって、だんだんと暮れてゆく平らな道を進んで、入江の奥の沼沢地の平たい町へと入ってゆく。黒々とした家が並ぶ神に見捨てられた町。町というより開拓部落のようだ。それでもここがテッラノーヴァ・パウザーニアス（現オルビア市）である。荒れた陰気な不毛な感じのする通りをごとごと揺られながら下ってゆき、ある戸口でがたんと止まった。郵便局だ。浮浪児が荷物をもとめて悲鳴を上げる。皆、下車して、小僧たちに荷物を持たせて海に向かった。僕らはじっとすわっていた。

だが、もうがまんできない。これ以上一瞬たりとも車内にいたくない。それに、それに、われらが新しき友に汽船までついてこられるのもいやだ。そこで、飛びだした。女王蜂《クイーン・ビー》もあとにつづく。彼女も、この新たな愛着から逃れることができてほっとしている。とても彼のことを気に入っていたのだけれど。人は結局、こわい友よりやさしい友から、はるかにはげしく、毬がころがるように逃げだしてゆくものだ。

泥だらけの浮浪児たちに襲われた。ねえ、ほかに荷物ないの、汽船に行くの？　船までどう行けばよいのか、歩いてゆけるのか、聞いてみる。小舟が必要かと思ったのだ。歩きか、馬車か、それとも飛行機だよ、と生意気な小僧が言う。距離は？　十分だよ。すぐ船に乗れるのかい？　うん、もちろんさ。

　そこで女王蜂《クィーン・ビー》の抗議には耳を貸さずに、ナップザックを一人の悪ガキに渡して案内を頼んだ。女王蜂《クィーン・ビー》は自分たちだけで行きたかったのだが、こちらは道も知らないし、このようなところで厄介な羽目に陥ることを恐れたのである。

　神経疲労で呆然としているバスのハムレット氏に、用件は忘れませんからと車掌さんにお伝えくださいい、と頼んで、例の紙が入っているベストの胸ポケットをたたいた。ハムレット氏、ぼそっと請けあう——僕らは逃げた。これ以上の友情の深入りから逃げだした。


　電報局まで連れていくよう、小僧に言いつける。もちろん郵便局からはずいぶん遠い。彼はナップザックを肩に掛けて、女王蜂《クィーン・ビー》がしがみついて離さないキチニーノもよこせとさけびながら、前に進んでゆく。背の高さを見ると十歳ほど。だが性悪な浮浪児らしい青ざめてととのったその顔は、四十男の顔である。丈を縮めた兵士のハーフコートを膝のあたりまで垂らして裸足で歩く。躍るように、悪ガキらしく抜け目なくすばしこく、それなりに役立つすばしこさで歩く。

　こうして小道を下り階段を上ってゆくと、出生届や死亡届でも受けつけそうな役所に出た。だが小僧はこれが電報局だと言う。人気はない。窓口のむこうをのぞきこむと、離れたところで肥えた男がすわって書きものをしている。広いがらんとした仕事場の空間を弱々しい光がまぎらわしてはいるが——よくもまあ、一人でいて怖くないものだ。

男はぜんぜん動かない。シャッターをたたいて電報の用紙を請求する。男の肩が耳元まで上がった。待たせてやろうという意図がはっきりとわかる。けれども僕は大声で小僧に「あの人が電報局の職員さんなの?」と聞く。小僧が「はいそうです《シ・シニョーレ》」と答える——これで太っちょは来るはず。

こうしてずいぶん道草を食ったあと、また出発。ありがたい、バスは消えている。暗い殺伐とした通りには車掌らの影もない。道を折れ港の正面へ。もう夜になった。間近に鉄道が見える——黒い帆柱が林立している——かなた入江の真ん中あたり、細長い出洲の遠い先端で汽船がわずかな光を放っている。僕らも裸足の小僧のちらつく姿を数ヤード先に見ながら、出洲をゆく道に入っていった。出洲といっても、僕らの歩くこの道と鉄道線路を敷くくらいの幅はある。右手には、入江に打った杭の上に建てたらしい一軒の家が静まりかえっている。前方遠く、かすかに光を明滅させた僕たちの汽船が、船体を傾けている。そのかたわらの低い小屋のあいだで、小編成の列車が貨車を入れかえている。夜のとばりが降りた。大きな星々のまたたき。虚空にオリオンが、そのうしろからは天狼星《シリウス》が。静かに光る水面にはさまれた暗い砂洲を、小僧のあとからついてゆく。入り海はガラスのように凪いで、鏡のようにきらめいている。そのまわりを丘々が完全に包囲している——黒々

とした稜線が、外へ、海の方向へものびている。どちらが海の方向か見当がつかない。黒く取りかこむ陸地のひそやかなたたずまい――ひっそりと海を守る丘々のはるけさ。そのむこうの巨塊はまたタヴォラーラか。死んだように船の眠る極北の入り海を警護するごつごつとした氷山か。

小僧について前へ前へと進む。テッラノーヴァの町は背後に取りのこされた。入江の奥の低く混乱した町の暗闇からも、海面をわたってわずかな寒々しい光がまたたいてくる。船の帆柱群と人家をあとにした。小僧は静かに歩いてゆくが、ときおり振りむいては細い腕をしつこくキチニーノへとのばす。とくに男たちが線路を来るとそれをほしがる。女王《クイーン》蜂《ビー》が持っていると、彼は軟弱の烙印を押されるのである。ついにキチニーノが手ばなされた。満足した小僧は大股で歩いてゆく。

やっと、汽船と鉄道の終点とのあいだにうずくまる背の低い小屋に着いた。小僧についてその一つに入ってゆくと、赤帽が何か書きこんでいる。何分間か待たされたあげく、ここは荷物事務所だ、切符売場はもっと先、と言われる。小僧が彼に食ってかかって、「じゃ変えたんだね、ちくしょう！」と言う。それから僕を別の小屋に連れていった。ちょうど閉まるところだった。そこでようやく切符を二枚――しめて百五十フラン――売っていただいた。かくして、ナップザックを肩に、大スキピオ（ハンニバルを破った共和政ローマの大将軍）よろしく大股で

タラップをわたる小僧についていった。

かなり小さな船だ。船室係は僕を一号室に、女王蜂《クィーン・ビー》を九号室に案内した。各室には四人分の寝台がある。つまりこの船では、男と女がきびしく分けられるのだ。これが女王《クィーン・》蜂《ビー》にはショックだった。イタリア女性の相客がどんなものかを知っているからだ。だが、しようがない。船室はどれも甲板の下で、どういうわけか謎の理由で船体の内側にある――つまり、外に舷窓がない。すでに地下は暑くて息苦しい。ナップザックを自分の寝床に放ると、戸口の赤絨毯の上に立つ小僧が目にとまった。

三フランやった。死刑執行状をもらったような顔つきになる。ランプの明かりに目を凝らしてお札をじっと見る。そして一言も言わず、あっぱれなほど横柄に、手をさっと出して金貨を突きかえしてきた。

「どうして！」と僕。「三フランじゃ多すぎるくらいだよ」

「三フラン、二キロ、荷物三個！　ノー・シニョーレ。ノー！　五フランだよ。チンクエ・フランキ！」浮浪児くさい青白い老けた顔をそらしながら、こちらに手をさっと出したまま、ちびは怒れる拒否の化身となって立ちつくしている。ほんとは僕のベストの胸ポケットくらいしか背丈がないのに。小僧め！　小僧め！　なんたる役者だ、なんたる厚顔ぶり。僕の心は、驚きと、おかしさと、階段をけりあげてやろうという強い欲望のあいだで、揺れうごいた。結局、怒りにエネルギーを浪費しないことにした。「こりゃひどいガキだ。とんでもない！　虫酸のはしるガキだよ！　まったく——小さなこそ泥だよ。ぺてん師め！」胸によぎる思いを口に出して言ってみる。「ぺてん師！」声を震わせて僕のあとからくりかえす小僧。これが効いた。「ぺてん師」の一言に彼はまいった。この一言と僕の呟きのもの静かな調子にまいった。いまでは二フランで行きそうだ。だが最後にこのときとばかり残りの二フランをくれてやる。

小僧は通路を駆けあがって、一筋の稲妻と化して消えた。船室係がやってきてふっかけている現場をつかまえはしないかと恐れたのである。実際あとで船客係が一フラン半以上ふっかけたほかの小僧どもを追いはらう姿を目にした。あの小僧め。

さて問題は船室である。というのは三人のイタリア女との相部屋を女王蜂《クイーン・ビー》がひたすら拒んだからである。海が鏡のように凪いでいても、あの連中は皆、ただただ騒ぎたててそれで酔っちゃうのよ。船室係をつかまえて聞いてみた。彼いわく「一等船室は皆四人寝台です——二等は三人ですが、ずっと小さいです」どうしてそんなことがありうるのか、よくわからない。ともかくだれも来なければお二人だけの船室をさしあげましょう、そう言ってくれた。

船はとても狭苦しいけれども清潔で近代的——そんな具合だった。

甲板へ出た。船でお食事なさいますか、とべつの男が聞いてくる。いや、そのつもりはないよ。外へ出て四軒目の小さな掘立て小屋に行った。スナックを売っている。パンといわしとチョコレートとリンゴを買った。それから上甲板に上がって食事をつくる。風のこない場所でアルコールランプをつけて、船室から持ってきた水で湯を沸かした。腰を下ろす。暗闇に二人きり。ベンチのすぐうしろはいまは乗組員専用の甲板船室だ。海をわたるかすかな寒風。格子縞の肩掛けをかけて身を寄せあい、紅茶が沸くのを待った。ちろちろ上るランプの焔の舌先が、すわっている場所からようやく見える。

音のない大空の星々に目をうばわれた。じつに大きくて、自分だけの空間に独りで、球《たま》の形にぶらさがっているのが見えるようだ。しかも満天の星。とりわけ明るい宵の明星が、はげしくまたたきながら夜空に低く浮かんでいる。思わず息を呑んだ。大きく力強くまたたいて、火花を散らすように輝いて、そのまぶしさは太陽よりも、月よりもはげしい。黒々と聳える陸地の方向から僕らのほうへ、海上をわたって光の道が送られてくる。すばらしい星の道《スターロード》。夜のとばりにつつまれた静かな入り海の港の上一面を、星が舞う、星がまたたく。

長いことかかって湯が沸いた。星のきらめく暗闇に二人で上甲板に腰を下ろして熱い紅茶を飲み、いわしとパンとヌーオロソーセージの残りすこしを食べた。二人で、と言ったのは正確ではない。悪鬼のような船の猫が二匹、ソーセージを狙ってうなりながら僕らに向かってきた。食べるものはみんな食べて、いわし缶も海に投げいれたというのに、まだ、ぐるぐるとうろつきまわってうなり声を上げている。

そのまま腰を落ちつけて、二人いっしょに牧夫の古ショールに身をつつみ、壮麗な深い天空のもとで休んだ。このショールをくれたスコットランドの友には感謝の言葉もない。つめたい夜風からもなかば守られて、今日の六十マイルのバス旅の疲れをいやす。

まだ船にはだれもいない――僕らが、少なくとも一等では、いちばん早い。上はシーンと静まりかえって人っ子ひとりいない。下も明かりだけがついていて人気がない。だがこれでも、一等三十名、二等四十名収容可能の小型貨客船である。

下甲板前方には牛が十八頭、二列に並んで立っている。となり同士繋がれて、ぴくりともせず、呆然自失の態で立ちつくしている。寝ているのは二頭だけ。あとは、頭を垂れ、尻尾を垂らして、まるで薬を打たれたか意識を失ったかのように、じっと動かず立っている。この船上の牛が女王蜂《クィーン・ビー》の心をとらえた。どうしても牛のいるところへおりていって、くわしく調べたいと言いだしたのである。あそこであんなふうに、ノアの方舟の牛みたいに身をこわばらせて――彼女には牛たちが鳴きもしなければ暴れもしないのがわからない。

じっと動かない、死んだように動かない。牛は気性が荒く御しがたいものと思いこんでいる。あきらめと忍従のおそるべき手強さを理解しようとしない。人も獣も、飼いならされた生き物においては、それこそが他を圧するほどの力をもつものなのに。さまざまな籠に鶏がいる。こちらはバタバタとしてあわただしい。

ようやく七時半ごろに島からの汽車が着いて、どっと人が繰りだしてきた。立ったまま上甲板の端から身を乗りだし下を見ていた。厚いかたまりと化して殺到する人、人、人がありとあらゆる荷物を手にタラップを上がる。束ねたもの、刺繡つき大かばん、袋、そして女王蜂《クィーン・ビー》が買わなかったことを嘆くことしきりの鞍嚢。とつぜん押しよせる、人と荷物の群れ。兵士もいる。彼らは小さな波止場に並ばされて待機している。

ぼくらの関心事はほかにも一等客がいるかということ。各人、タラップに使われている幅広のボードを上ると、上にいる男に切符を手渡して、それから自分の領域——たいてい二等——に追いやられる。切符は三種類、緑の一等、白の二等、ピンクの三等とある。二等の客は船尾のほうへ、三等客はぼくらの船室の前の廊下を通って、前方三等船室《スティアリジ》へ行く。こうして興奮した群衆が船に乗っては別れてゆくありさまを、ずっと見ていた。ほとんどが二等へ——女でいっぱいだ。一等客も男は若干見かけた。だがいまのところ、女はいない。飾り羽根つきの帽子が来るたびに、女王蜂《クィーン・ビー》がはらはらする。

長いことだいじょうぶだった。女どもは二等へなだれこむ。三等の女が一人、二等切符の友達といっしょに行かせてくれと必死に頼みこんでいた。さいわいこれは失敗した。だが、そのあとから、ああ無念、娘連れの初老の男が……一等だ。とてもきちんとしていて感じもいい。それでも女王蜂《クィーン・ビー》は泣きわめく。「あの娘《こ》、ぜったいに酔うわ」

終わりごろに鎖でいっしょに繋がれた囚人が三人くる。茶色がかった縞模様のホームスパンを着ていて、悪そうには見えない。いっしょに笑っているみたいだ。悲愴感もまったくない。銃をもった警護の若年兵二人のほうが緊張した面持ちでいる。囚人は僕の船室の前を通って、前方、三等船室へ行った。

兵士たちはまっすぐに並ばされて、向きを変えてやっと船へ。乗るやいなや、テントを張りはじめた。僕らの下の中甲板の一等と二等のあいだにロープを張りわたして、その上に巨大な防水布をかける。この大防水布を両側ともしっかり引きおろして固定すると、大きな暗いテントのできあがり。兵士は這うようにしてなかに入り、自分の包みを置いた。

さて女王蜂《クィーン・ビー》、今度は兵隊さんに熱をあげた。上の手すりから身を乗りだして、熱心にのぞきこむ。兵士たちはきちんと二列に並んでいる。テントの両側に置いた各自の包みに頭をのせて、二列の足を真ん中でくっつけて眠るのだろう。だが、まずは食事だ。もう八時をまわっている。
その夕食が現われた。まるまる一匹のローストチキン、子山羊のかたまり、羊の足、特大のパン。鶏はまたたく間にジャックナイフでばらばらにされ、分けあたえられた。兵士たちは何から何まで分かちあう。両端の開いた差しかけテントのなかに腰を下ろしてひしめきあって、楽しそうだ。元気いっぱいよく噛んで、愛しげに肩を叩きあい、ワインを瓶からぐいぐいと飲む。おいしい食事がうらやましい。

やっと全員乗船――バスが町から来て、またもどっていった。最後に若造が一人、馬車で駆けつけて、あわてて船に乗った。クルーが走りまわりはじめる。波止場のポーターが最後の梱《こり》と包みをもってちょこちょこと船に上った。全部、しっかりしまいこんだ。船が汽笛をボーッボーッと鳴らす。男が二人、娘が一人、まわりの友達みんなにキスをして船をおりる。夜が船の汽笛に何度もどよんだ。掘立て小屋が真っ暗になる。遠くかなたで町の灯がちらほらとまたたいている。一面の夜の荒野。タラップが引きあげられて、大綱が素早く巻きとられた。岸壁を離れて漂いはじめる船。白いハンカチをふるわずかな見送りの人びとが、暗くさびしい入江の真ん中の暗く小さな波止場に、小さくはかなく立っている。女が一人、さけび、手をふり、涙を流した。男が旗をふるように白いハンカチを大げさにふって、自分に酔っている。僕らは漂ってゆく――エンジンが音をたてはじめた。船

は陸に囲まれた入江を進んでゆく。

皆じっと見ている。副船長とクルーが大声で指示を出す。こうしてとてもゆっくり、とても淡々と、手押し車を庭の門から出す男のように、僕らはエンジンを震わせながら入江から出ていった。まず突端を一つ過ぎて、それからもう一つ過ぎて、包囲する丘々をあとにして、南に見えるタヴォラーラの巨塊を離れて、海に突きでた北側の陸地からも遠ざかって、外海への敷居をまたいでいった。

さあ二人きりの部屋をもらわなくては。船室係に話しかけた。ええ覚えてますよ、と言う。でも二等には四十名収容のところに八十名もいるんです。いま航海長が検討してますが、おそらく女性の二等客を何名か、あいた一等船室に移すことになるかと思います。そうならなければ、ええ、お部屋をさしあげましょう。

その言うところ、つまりその曖昧な言いぶりの意図はわかった。これ以上気にしてもしかたない。そこで船内を探索する——まず、兵士を見よう。食事もすんで、腰を下ろして話に花を咲かせている。もう暗闇のなかに手足をのばして眠りにつく者もいる。つぎに牛を見る。いまやすっかり散らかった甲板に、根を生やして立っている。籠のなかの不幸な鶏を見る。そして三等をちらっとのぞいた——なかなかすさまじい。

そしてベッドへ。船室の他の三つのベッドにはもうだれかいる。明かりは消されていた。入っていくと、青年が下の寝台に向かってやさしく問いかけている。「気分わるい？」「うーん、たいしたこたあない、たいしたこたあ！」死にそうな声が聞こえる。

だが海は鏡のようにすっかり凪いでいる。

急いで下のベッドにころがりこんだ。エンジンで走る船の震えがつたわってくる。上の男が寝返りを打つとベッドのきしみが聞こえる。ほかの男たちのため息を聞き、暗い海のぶつかる音を聞いた。ずいぶんと暑くて、空気もひどく澱んで寝苦しい。機械の鼓動と、同室者の吐息と、船の明かりを夜明けと思って籠のなかから鋭くときをつくる雄鶏。夜が寝苦しく更けてゆく。眠った——だがひどい眠りだ。この下段寝台と船室内の澱んだ空気の代わりに、ああ、つめたい空気さえあれば……。

8 帰る

平らかな道のように凪いだ海。ひどい船酔いに成功する者は一人としていなかった。昨夜の青年が夜明けに起きた。僕もすぐあとにつづく。甲板の上は灰色の朝。灰色の海、灰色の空、そして遠からぬところに灰色の蜘蛛の巣みたいな特徴のない岸。女王蜂《クイーン・ビー》もやってきた。彼女は同室の旅の友に大満足の態で、本当にいい娘《こ》よ、と言う！　なんの変哲《ヴォワラ》もなさそうな茶色の髪をおろすと、それが波打ってすっかり足元までとどくのよ。ねえ！　運なんてわからないものね。

一晩中ときをつくっていた雄鶏が、また、しわがれ声の荒れたのどでときをつくる。みじめな牛たちはますますぐったりとしてますますみじめそうだが、それでも海の底にそだつ海綿のように、じっと動かない。囚人が戸外の空気を吸いにきていて、にやにや笑っている。だれかが脱走兵だと教えてくれた。この連中の戦争観を考えれば、脱走こそ唯一の英雄的行為であるような気が僕にはする。だが軍人文化のなかでそだった女王蜂《クィーン・ビー》は、死の影の下で、生きているのが奇跡であるかのように彼らを見る。妻の基準に照らせば、つかまったときに射殺されているのだ。兵隊はもう防水布をはずしてしまい、一夜の家は夜のとばりとともに溶けて消えた。彼らもいまでは、煙草をふかし、海を見つめる、はかない灰色の旅人にすぎない。

チヴィタ・ヴェッキアに近づいた。古い中世風の港町。城があり、入り口の要塞には円形の兵舎がある。船の兵士が城壁の兵士に向かってさけび、手をふった。船はずいぶんとしょぼくれた冴えない港のなかへ、しょぼしょぼと後じさってゆく。僕らは五分後には船を出て、広いさみしい大通りを駅に向かって歩いていた。辻馬車の御者がこちらをじっと見つめる。だが、あきらかにナップザックのお陰で、貧乏ドイツ人に間違えられた。

そして暗鬱な朝に暗鬱な駅へ。あかぬけた現代風キリスト顔の貧乏ドイツ人画家が船から後ろについてくる。おずおずと後ろのほうから、生きていてもいいでしょうかと悲しげにお願いするように！　癇にさわる。僕だったら、タイタニック号を数隻沈めて、戦争をいくつか負けさせても、神に地獄落ちを何度か宣告されない限り、悲しい顔でどうか生きさせて下さいという風にはならないだろう。最後に切符を買ったのは彼だった。ナポリ行き三等席。かわそうな奴、いったいいつナポリに着けることやら。今日び全ての大型急行列車には一等と二等しかないのに。

カプチーノを飲む――そして、たった四十五分程度のおくれで北からの汽車。トリノ発の寝台急行だ。がらがらだったので乗った。五、六人のサルデーニャ人があとにつづく。車両には疲労困憊、目の死んだ重い大きなトリノ県人が一人いた。本土はまったく別の新世界だ。あっという間に大気中のふしぎな不安を呼吸するようになった。また「コッリエーレ・デッラ・セーラ」紙を端から端まで読んでしまう。ふたたび自分が現実の活動的世界に、旧秩序の真珠を溶かす発泡ワインのような大気のなかにもどったことを知る。読者諸賢、この喩え《メタファー》、お気に召されたか。とにかくとつぜん本土にもどった身としては、どれほど大気の溶解力が痛感されるものかをくりかえさずにはいられない。人間はものの一時間で自分の魂を変えてしまう。じつにふしぎな生物である。自分では魂は一つと思っていても、じつはたくさんある。じつに堅固な僕のサルデーニャ魂が溶けだしていって、自分が水蒸気に、これぞ真のイタリアたる不確実性、瞬間性と化すのを感じた。だから、その変容《メタモーフォシス》が起こるあいだは「コッリエーレ」を熟読するのである。僕がイタリアの新聞を好むのは、差しさわりのないことだけを言うのでなく本音をぶつけるから。われわれはこれを「単純」とよぶ。けれども僕は「男性的」と言いたい。イタリアの新聞は計算高い夕マなしによってではなく、男によって書かれている。

列車は西イタリアのマレンマ湿原をのたりのたりと走る。雨が降ってきた。と、止まるはずもない駅に止まってしまった。湿原のどの辺か、遠くないところに見えない海がある低地。たがやされてはいるがうらさびしい土地。ああ、この意味のない停車中にトリノ男がため息をつくことつくこと、そしてだるそうに足の位置を変える。雨中、列車は腰を落ちつけてしまった。ああ、急行よ！

ようやく、また動きだした。ローマ平原の細長い奇妙な地溝を蛇行しはじめる。羊飼いが羊を見ている。足の細いメリノ羊。サルデーニャのメリノ羊は真っ白に輝いていて、「羊の毛のように白い」という聖書の表現を思いだす。そして群れのなかの黒羊は黒々としていた。だがここの羊はもう白くはなく煤けてしまっている。ローマ平原の自然はいまでも本物の大自然だけれども、それは歴史的大自然であって、暖炉が人になじんだものであるとおなじく、それ相応に人になじんだ自然である。

現代ローマの救いがたくぶざまにひろがった町並みが近づいてきた。黄色いテーヴェレ川をわたって有名なピラミッド型墳墓を過ぎ、町の壁ぞいをまわる。そしてようやくすべての混沌を抜けでると、かの有名な駅に飛びこんでゆく。

汽車はおくれた。十二時十五分前だ。外に出て両替をしなければならないし、二人の友人にも会いたい。女王蜂《クィーン・ビー》と二人でホームを駆けた——改札口に友人の影はなし。駅は比

較的がらんとしている。出発ホームへダッシュしてわたる。ナポリ行き列車は準備万端ととのえて停車中だ。汽車に荷物を投げいれて海軍の男に見張りを頼んで、僕は町なかへ飛びでてゆき、女王蜂《クィーン・ビー》は駅のビュッフェで食物とワインを買う。

雨はやんでいる。ローマはあいも変わらず――休日めいてノンシャランな雰囲気である。一ポンドあたり百三リラ受けとる。ポケットにその金を押しこんだのが十二時二分すぎのこと、ピアッツァ・デッレ・テルメから飛んでもどった。おやおや姿の見えなかった二人がいるぞ。ぼうっとした顔をしてちょうど客車からおりてくるところだ。一人は線路のむこうから、片眼鏡でじっとさぐるように見つめている。とても背の高いきりっと高雅なもう一人は、自分の都合に合わせて僕らが空中から飛びだしてくるのを待ちかまえているような顔つきだ。

まさにそのことが起こった。たがいの腕のなかに飛びこんだ。「なんだ、いたのか！　女王蜂《クィーン・ビー》は？　どうしてここに？　到着ホームに行ったんだぜ――でも君の影さえも見えない。もちろん電報が着いたのはたったの三十分前だよ。すっ飛んできたよ。ああ会えてうれしいよ――えい、やつは待たしとけ――なに、このまますぐナポリに行くって？　え、どうしてもか？　うーん、風のような男だな！　正真正銘《ヴェラメンテ》の渡り鳥だ！　それじゃ女王《クィーン・》蜂《ビー》を見つけよう、早く、早く！――僕らはホームに入れないんだし。ああ、だめなんだ、今日は入場券を出さないんだ。なーに、北であったサヴォア゠バヴァリアの結婚式からもどる客がいるってだけのこと。皇族の公爵夫人がちょいといるのさ。よし、ちょっとごまかしてやろうか」

改札口では一人の女が構内に入れてもらおうと空しい努力をつづけている。だがローマのご婦人にできないことが、人品いやしからぬ若いイギリス人にはできるのである。われらが二人の英雄はちょろりともぐりこんで、ナポリ行き列車のかたわらで女王蜂《クィーン・ビー》の腕のなかに身を投げた。さあ、それじゃあ、話をみんな聞かせてよ！　僕らはまたたく間に四つの腕をもつ「おしゃべり燭台」と化した。僕の耳元で片眼鏡の男が一週間前に帰ってきたというサハラの話をささやく。サハラの冬の太陽ときたらね！　エレガントなズボンに絵の具のしみをつけたもう一人は最近熱中している事柄を女王蜂《クィーン・ビー》にざっと説明している。かちり。交換器がうごいた。すると片眼鏡の男は女王蜂《クィーン・ビー》に、六週間後に出発予定の日本旅行についてくわしく話しはじめ、一方、絵の具のしみの男はエッチング針の魅力についてとうとうと語りはじめ、五月にひと月サルデーニャでってのはどうだい、君は書き、僕は画くってのは、と言いだした。どんな絵を？　ゴヤの名が飛びだす。そしていまや四人一体と化した。アーモンドの花を見にシチリアの僕らのところへ来ないか、十日ぐらいしたら、と僕がいうと、ああ、いいね、アーモンドの花がちょうど咲きだして大きく垂れはじめるころに電報をくれよ、その翌日に行くから、ときた。だれかが金槌で客車の車輪を二回響きわたるように打った。乗車の合図だ。女王蜂《クィーン・ビー》は汽車が知らないあいだに動きだしてしまうんじゃないかとびくびくしている。「いやだわ、乗らなくちゃ」「わかったわかった！　いるものはみんなあるかい？　みーんなある？　大瓶のワインは？　え！　二瓶も！　そりゃいい。うん、それじゃ、十日後に。だいじょうぶだよ、本当に、会えてよかった、ちらっと顔を見るだけでも。――わかったわかった、女王蜂《クイーン・ビー》かわいそうに！　だいじょうぶ、乗れますよ。さよなら！　さよなら！」

扉が閉まった――腰を下ろす――汽車が駅から動きだす。この線では、すぐにローマは消えさり、作物の育つ冬のローマ平原に出る。左手にはティヴォリの丘が見える。過ごし夏を、その暑さを、エステ荘の噴水を思いだした。わが家めざして、アルバーノ連山のほうへ、汽車はのろりのろりと平原を進む。

食べ物に食らいついた。おいしい小さなビフテキや、ロールパンやゆで卵、リンゴ、オレンジ、ナツメヤシをむしゃむしゃ食べて、おいしい赤ワインを飲んで、無我夢中でいろいろな計画やら最新の情報やらを語りあった。興奮のあまり、おなじ車両に僕ら以外にも乗客がいることに気づいたころは、もうとっくに中南部の夢のような山岳地帯に入っていた。旅程のなかばは過ぎたのだ。そうだ、例の山上の僧院があるぞ！　思わずはずみで、おりよう、おりてモンテカッシーノの山上で一夜を過ごし、友に、世を捨て世を知りつくした修道士の友に会おうよ、と口をすべらした。だが女王蜂《クイーン・ビー》は、暖房器具などぜんぜん

ないあの巨大な石の僧院の、あのすさまじい冬の寒さを思いだして、ぶるっと震える。そういうわけでこの案はお流れ。カッシーノの駅ではコーヒーと甘いケーキを買いにおりただけだった。カッシーノの駅にはいつもおいしい食べ物がある。夏には大きくて新鮮なアイスクリームと果物と冷水、冬にはデザートに最高のほっぺたが落ちそうな甘いケーキ。

僕にとってカッシーノはナポリまでの中間点だ。カッシーノを過ぎると北にいる興奮はかなり薄れて、南の重苦しさが垂れこめてくる。それに雲行きもあやしくなってきた。雨が降る。ふたたび海上ですごす今宵のことを考えた。寝台が取れないかもしれないと漠然と思いなやんだ。ただ、ナポリに泊まることもできるし、この汽車でずっとすわっていく手もある。長い長い夜を夜どおし進んでメッシーナ海峡まで行くのだ。そう、ナポリに近づいたら決めなくては。

なかばまどろむようにしていると、まわりの人たちがわかるようになる。ここは二等席。向かいには鼻眼鏡をかけた気の強い学校教師風の小柄な娘がいる。そのとなりは胸にリボンのある頬のこけた白い兵士だ。それから、すみにいる太った男と、低い位の海軍士官。フィウメ（旧ユーゴ、現クロアチア、リエカ市のイタリア名。第一次大戦後、その所属をめぐって紛争があった）から来たこの海軍士官は眠りこんでいて、もしかしたら屈辱感に深く傷ついて、ぐったりとしている。つい先だってダヌンツィオが降伏したのである（イタリアの愛国詩人ダヌンツィオは、一九一九年九月、みずからの義勇軍を引きつれてフィウメを占領。翌二〇年一一月、イタリアおよびユーゴ政府はフィウメを自由市にすることに合意。同年末イタリア軍が

（フィウメ解放の攻撃を開始、ダヌンツィオ軍は降伏した）。二つむこうのコンパートメントからは、疲れきってずたずたになった兵士たちが、それでもまだ戦意をとどめて、ダヌンツィオを持ちあげるフィウメの歌を歌っているのが聞こえる。彼らはダヌンツィオ軍の兵隊だ。なかの一人はいまでも熱烈な共和主義者だと、頬のこけた病気の兵士が言う。兵卒は割引切符なので急行に乗るのは許されていない。だが、これらの兵士たちは無一文というわけではなく、差額を払って乗ってくる。当座は家に帰されることになる。だが過労にがっくりと頭を垂れながらも、敢然とダヌンツィオをたたえる歌声が通路をつたってくる。

正規の将校が歩いてきた。フィウメ軍ではなく国軍の大尉である。歌声を耳にして、こちらの車両に入ってくる。兵士たちは口をつぐんだ。だが、だらだらとしていて、将校殿のご到来を無視する。「起立！」将校がイタリア流にさけぶ。はげしい語気が効を奏した。いやいやながら、かもしれないが、コンパートメントの兵隊が立ちあがる。「敬礼！」無念ではあったが、兵士たちは手を敬礼の形に上げる。将校は立ってそれを眺める。そして、胸をそっくり返らせて悠然と去った。兵士たちは怒気をふくんだ眼差しで腰を下ろす。もちろん彼らの負けだ。骨身にしみた！　乗客は双方をあざけって、ゆっくりと、意味もなく、奇妙な笑みを浮かべている。

外では雨が降っている。窓はびっしりとくもってしまって、僕らは外界から遮断され幽閉された。さほど混んでもいないこの汽車の頭から尻尾の先まで、あわれなダヌンツィオ軍兵士たちの疲れきった気だるさと青菜に塩の落胆が感じられる。くもった窓に閉じこめられた半分空《から》の列車に流れる午後の静けさ、そこにとぎれとぎれの歌がまたわきあがったかと思うと、疲れきった意気消沈のなかに消えてゆく。何も見えないまま重たげに走りつづける汽車。だが一人、くじけぬ若者がいる。がっしりした体格のこの青年、ふさふさの黒髪をかきあげて大きくふくらんだ羽根飾りのようにしている。ゆっくり堂々と通路をやってきて、水滴でくもった大きな窓ガラスに一枚一枚、W・ダヌンツィオ・ガブリエーレ、W・ダヌンツィオ・ガブリエーレと、指で走り書きをしていく。

病気の兵士が弱々しくわらって学校教師に言う。「ああそのとおり、彼らはいいやつさ。でも愚行ですよ。ダヌンツィオは世界的詩人、世界的天才だ。でもフィウメは間違いだったた、そうでしょう。だから、こいつらは痛い目にあってしかるべきですよ。身のほど知らずだったんです。なーに、金には不自由していないですよ。ダヌンツィオはフィウメに馬車何台分もの金を持ってるんだ。それに、けちというわけでもないし」すると、さかしら族の一員たる学校教師が、どうして間違いだったのか、いかなる点において自分は世界的詩人兼天才よりもかしこいかを証明する演説を垂れた。

新聞紙をどろどろに嚙みくだいてのお説教はいつもながら反吐が出る。

病気の兵士はダヌンツィオ軍ではない。肺を貫通するけがだった、でももう治りました、

と言う。胸ポケットの垂れぶたを上げるとそこに小さな銀のメダルがかかっている。負傷メダルだ。見えないように、傷のうえに下げている。意味ありげに兵士と学校教師が視線を交わす。

二人はそれから年金について話しはじめた。すぐにまた例の話に落ちてゆく。学校教師は、教師の面目躍如と言うべく、数字をぴったりと押さえている。どうしてなの。いまじゃ検札係、車内で切符にパンチを打つ男の年収が一万二千リラよ、一万二千リラ。言語道断だわ！　それなのにちゃんと資格のある学校教師《プロフェッソーレ》は、あらゆる訓練を受け、あらゆる学位を有するプロフェッソーレは五千よ。ちゃんと資格のあるプロフェッソーレが五千リラ、切符切りが一万二千よ。兵士はうなずいて、ほかの数字をあげる。だが不平不満の矛先は圧倒的に鉄道に向けられる。学校を出た男の子はいまじゃみんな鉄道に行きたがるのよ、と学校教師。兵士が言う——ああ、しかし、鉄道員とは！

眠りこけて異様きわまる恰好に身体をくずしていた海軍士官は、カープアでおりて小さな列車に乗りかえた。僕らの汽車は彼の駅には止まらないので、これでもどってゆくのである。カセルタでは病気の兵士がおりる。大きな並木道に雨が降っている。若者が一人乗ってきた。教師と太った男も残る。僕らが聞き耳を立てていたことを知っている教師が、病気の兵士のことで話しかけてきた。それから今度は僕のほうから——パレルモ行きの夜

行船に乗ると彼女が言っていたので――船はいっぱいだろうか、どう思うか、と聞いてみた。ええ、ぎっしりよ、そうそう、わたしの切符も最後に残った船室番号の一つで、それだって今朝早く買ったんですよ、と言う。太った男も口をはさんでくる。わたしもパレルモにわたるところです。いまじゃもうぜったい満員ですよ。ナポリの港で寝台を予約するおつもりですか。ええ、そうです。彼も女教師も首をふって言う。あぶないどころじゃない、いや、ほとんど不可能だな。その船というのが名にし聞こえた浮かぶ御殿、「チッタ・ディ・トリエステ」号でしてね。その豪華さはもう大変な人気で、だれもかれもこの船で行きたがるんですよ。

「一等も二等も?」と聞いてみる。

「えええええ、一等もよ」と女先生、ずいぶんつんけん答えた。彼女は白切符、二等だな、とわかった。

僕は「チッタ・ディ・トリエステ」とその豪華さを呪って、顔をしかめた。さて、選択は二つある。ひと夜ナポリで過ごすか、それとも夜どおしずっと、そして翌朝もすわりつづけて、天の恵みがあれば、明日の昼下がりに家にたどりつくか。もっとも、この手の長距離列車は六時間くらいの遅れなぞなんとも思わないし、もうすでに僕らは疲れている。さらに二十四時間すわりつづけたらいったいどうなってしまうだろう。わからない。けれども宿はどれも外国人でぎっしりのナポリで、今宵雨のなかを部屋さがしに右往左往するのは、これもまた薔薇色にはほど遠い展望である。これは困った！

だが、やすやすとそんな引きとめには乗らないぞ。前にもこんなふうに、してやられたことがある。やつらは状況を絶望的に見せるのが大好きな連中だ。

イギリスのかたですか？　学校教師がたずねてくる。ええそうですけど。あらまあ今日びイタリアのイギリス人はよいご身分ですわねえ。なんで？　とかなりつっけんどんに僕。カンビオ、為替レートのせいですわ。あなたがたイギリス人はポンドの強さを笠にここに来て、何から何までただで買っていくのよ。最高のものだけをすくい取ってポンドがあるからただ同然でしょう。それなのにわたしたちあわれなイタリア人は何から何まで吊りあげられた値段で、たっぷり払わされるのよ。だから何も買えない。ああ、今日び、イタリアのイギリス人は本当にいいご身分よ。旅行はできる、ホテルには行ける、なんでも見られて費用はゼロで。今日の為替レートは？　さっと吐きすてる。百四リラ二十ですわ。

これを僕の鼻っ面に突きつけてきた。すると太った男も、そう《ジア》、そう《ジア》、と怒気をこめてつぶやく。女の無礼と太っちょの静かな敵意が僕の怒りの炎をかき立てた。この連中。おなじ歌を何度も何度もうんざりするほど歌いやがって。

ちがいますよ、と女教師に言ってやる。ただでイタリアに住んでいるなんてとんでもない。レートが百三対一としても、ただで暮らすのとはちがうよ。イタリアで買うものはどれも金を払っているんだ、それもふっかけられて。あんたがたイタリア人は僕らに払わせるようちゃんと仕組んでるじゃないか、ええっ！　関税はみんな外国人に払わせておいて、僕らがただで暮らしていると言う。言っときますがイギリスでもおなじ金額でおなじくらいの暮らしはできるんだよ――いや、ここ以上かもしれない。イギリスの物価を比べれば、為替レートを考慮に入れたとしても、ここはイギリスとだいたいおなじくらいかかる。イタリアのほうが安いものもある――鉄道はすこし安い、そしてはるかにひどい。汽車の旅はたいてい悲惨なことになる。けれどもほかのもの、あらゆる衣服、食べ物の多くは、為替レートを考えても、こちらのほうがもっと高い。

　ああ、そうよね、と彼女が言う。イギリスはここ二週間のあいだ、自分の値段を下げなきゃならなかったのよ。まったく自分の利益のためにね。

「ここ二週間だって！　ここ半年間ですよ」と僕。「ここじゃ毎日毎日物価が上がるってのに」

　ここでカセルタから乗ってきた無口な青年が一言。

「ええ、そうですよ。まあ、為替レートがどうあろうとどの国も自国の金で払ってるんですから。結局、だいたい平等なところに落ちつくんです」

　だが怒りは消えない。いつもいつもまるで僕自身が泥棒かなんかのように為替の話を顔に投げつけられて黙っていろというのかい？　それでも女はしつこくつづける。

「ああーっ、わたしたちイタリア人はね、とても人がいいのよ、とってもいい人《ノイ・シアモ・コシ・ブオーニ》。とっても性格がいいの。でもほかの連中はブオーニじゃないわ。わたしたちにあたたかくしてくれない」そう言ってうなずく。そのとおり。お前にやるあたたかい気持ちなんぞこれっぽっちもない。そんなこちらの心に彼女も気づいている。イタリア人の性格のよさというのは、彼らのぶったくりと自己弁護と敵意に、確固とした揺るぎない基礎を与えているのである。

　暗闇がナポリ近郊にひろがる豊かな平原のうえにおりてきた。集約農業の黒土に植わった、背の高い、茶色のひもを下げた不気味な葡萄の木のうえにおりてきた。盗人《ぬすっと》さまようだだっぴろいナポリ駅に着いたときはもう真っ暗だった。およそ五時半。そんなにおくれてはいない。この汽車にすわりつづけて女教師といっしょに港へ行き、一か八かかけてみようか？　いや、まずはシチリア行きの客車を見てみよう。そう思って車両をおりて、列車にそってシラクーザ行き車両まで行った。どよめき、混乱、通路に置かれたじゃまな荷物。これじゃまず空いた場所はないな。ちょっと横になるスペースなんかぜったいにない。これから一昼夜、じっとぎゅうぎゅうづめでここにすわりつづけるのか——そりゃ無理だ。

　そこで、港に行こうと、それも歩いて行こうと決めた。いつになったら車両が切りはなされて港に行けるのかわかったものじゃない。ナップザックを取りにもどって、女教師にわれわれの意図を伝える。女はつめたく、

「まあ、やってみたら」
と言った。

こうして肩にナップザックをかけた僕とキチニーノを手にもった女王蜂《クイーン・ビー》は、このいまいましいナポリ駅を飛びだして、そぼ降る雨に黒く濡れたナポリの夜の峡谷を走りぬけた。御者たちがこちらを見る。だがナップザックにすくわれた。夜のナポリの御者というニシキ蛇には気をつける。昼間はそれなりに運賃が決まっているのだけれど。

駅から船のある波止場まではおよそ一マイル。深い谷間のような通りを、黒く滑りやすい丸石の上を、突っきってゆく。両側には黒い家並がどっしりと大変な高さに聳えている。だが、このあたりの道はさほどせまくはない。無秩序の支配する偉大な町ナポリ、そのナポリのこの世ならぬ薄暗がりのなかを、前へ前へと突っこんでゆく。建物からの光は皆無だ——小さな電気の街灯だけ。

港の正面に出た。雨の闇のなか、大きな倉庫群を急ぎ足で過ぎると、事実上の入り口がはじまる地点まで行った。市電ががたんがたんとわきを抜けてゆく。港道の黒い巨大な流砂の上を地峡のように走る盛りあがった歩道。そこをあたふたと進んでいった。四囲に危険が感じられる。だがやっとのことで、港湾鉄道わきの門に着いた。いやいやこれじゃない。踏切のあるとなりの鉄門へ。それから海のほうへと走りだす。港湾駅の大きな小屋や建物を過ぎると、前方に船が聳えて見える。墨を流したような海。さあ、切符を買う小さな穴ぼこはどこだ？　港の闇の寥々たる密林のなか、あらゆる場所の裏手にまわってみる。

男が角を曲がるよう教えてくれた。なんとこの男は金をせびらない。またナップザックのおかげだ。こうして……あ、あそこに、殺風景な部屋のちっぽけな窓口のまわりに男たちが――おおかた兵士たちが――群がって、取っくみあっている。ここは見おぼえがある。前に僕も取っくみあったことがある。

女王蜂《クィーン・ビー》にナップザックと袋を見張らせて、騒動のただなかに飛びこんでいった。文字どおりの乱闘だ。三十人ほどの男がいっせいに、黒壁のちっぽけな窓口に向かう。列をつくる横木もない、順番もない。ただ黒壁に穴が開いていて、三十人のあらかたは兵隊からなる男たちが、その穴めざしてわっと押しよせる。だが僕には経験がある。これにはこつがあって、身体の端を薄く挿しいれておいて、おだやかに、だが急所を寸分たがわず押しながら、うまずたゆまずゴールをめざすのが正しいやり方だ。片手をかならず金の入ったポケットの上にしっかりと置いて、もう一方の手は、窓口に着いたときそのわきをぐいとつかむために、かならず自由にしておく。こうして切符をあらそう民衆《ディーモス》にもまれ、「神の石臼」に挽かれて、こなごなになる。いい気持ちとは言いかねる。ぎゅうぎゅう押されて、たとえようもなくばらばらになる。時計と金とハンカチには、一瞬たりとも注意を怠ってはならない。戦後はじめてイタリアに来たとき、人類に対する昔ながらの甘い無邪気な信頼に浮かれまわって、三週間に二度、盗みにあった。それ以来、けっして警戒をゆるめることはない。このごろは、寝ても覚めても心をぴんと緊張させておかないと、どうもいけない。実際、慣れるとそのほうがいいのだ。人間どもの善意を信じるのは、防御の盾として、じつに大変にもろい。「生活正しく罪に汚れず《インテゲル・ウィータイ・スケレリスクェ・プールス》」という格言は、ライオンや狼に対する効きめはいざ知らず、こと人類に対してとなると役に立たない。だから、しっかり防御をかためて、木片に食いこむネジのように人だかりに食いこんで窓口にたどりつくと、一等二枚とさけんだ。なかの職員は兵士たちの応対に気をとられていて、しばらく無視された。だが、閻魔《えんま》のように立ちはだかっていれば望みは達せられるというものだ。一等二枚だね、と職員が言う。夫婦です。二人用個室があればと思ってそう言った。うしろから野次が飛ぶ。だがともかく切符は買った。手をポケットに入れられない。切符は一人だいたい百五フランである。おつりの紙幣と緑の切符をしっかりつかんで、虫の息で人ごみを出る。よし、成功。釣り銭を選りわけてしまっていると、一等一枚というほかの男の声がした。満室だよ、と係員の声。そう、人生はやはり戦わなくちゃ。

この群がりあらそう群衆のために、ぜひひとこと言っておきたい。彼らは激しかったが、ただそれだけのことで、乱暴ではない。ましてや凶暴さなど、ひとかけらもない。ある種の変わらぬ共感を、僕はこの男たちにもちつづけている。

どしゃぶりの雨のなかを、船めがけてダッシュする。二分後には船上の人となった。すると驚いたことに、一人に一室、甲板船室が割りあてられた。僕は僕専用に一室、となりは女王蜂《クィーン・ビー》専用の一室。まるで御殿のような、船室とよぶにはほど遠い本格的寝室だ。舷窓の下のカーテン付きベッド、快適なソファ、椅子、テーブル、カーペット、銀の蛇口の大きな洗面器——すべてが極上の調度品で占められている。息をのんだ。ソファにナップザックをどさりと置いて、ベッドわきの黄色いカーテンをひいて舷窓からナポリの灯を見る。ああ、安堵のため息が出た。すっきりできる、下着も替えられる。これはすごい！

ダイニングルームはホテルのロビーみたいだ。花と雑誌の置かれた数多くの小卓、アームチェア、あたたかいカーペット、明るくやさしい照明、あたりには腰を下ろして談笑する人びと。すみには声も態度も大きいイギリス人の集団、二人のおとなしいイギリス婦人、ずいぶんと控えめな感じのいろいろなイタリア人。ここでは写真雑誌を見るふりをして、そっとゆったりすわっていられる。僕たちも休む。一時間ほどたつと若いイギリス人夫婦が入ってきた。汽車で見た顔だ。やっと客車が港に着いたのだろう。あのまま待っていたら、いまごろどこにいることやら。

給仕が白いテーブルクロスをはためかせて、壁ぎわのテーブルに食器を置きはじめる。夕食は六時半、出航後すぐにはじまるはずである。僕らは八、九卓用意ができるまで、静かにすわっていた。そしてほかの客に選ばせてから、相席はいやだったので二人きりのテーブルを選ぶ。皿とワインの瓶を前に腰を下ろして、うまい料理への期待に吐息をついた。ちなみに運賃の百五フランに食事はふくまれていない。

ああ、ところが、水いらずとはいかない。ナポリ人が二人きた。おとなしく感じのいい、ブロンド、いやブロンドがかった若者たちだ。育ちのいい、おそらくは北方系の血をひく男たち。あとで宝石商とわかるのだが、彼らのもの静かでおだやかな物腰には好感がもてた。食事がはじまってスープもすんだころ、若者がもう一人跳ねるように歩いてくる。かなり大きくて、声も大きい。これはもうぜったいにセールスマンである。自分の行儀作法に自信のもてない連中がよくやる、大きな顔に、大きな態度。額もずいぶんと広くて、黒髪を派手な翼のようにかきあげて、指に大きな指輪をはめている。指輪に特別な意味があるわけではない。だから男たちはたいてい、数個、それも量感のある宝石の指輪をはめている。この宝石がぜんぶ本物だとしたら、イタリアは伝説の国インドを上まわる夢の国となろう。もっともこの「金ピカ氏」は洒落者だ。現ナマが匂ってくる。金《マネー》ではなく、現ナマ《キャッシュ》の匂いがする。

彼は塩をわたすときに英語で「ソルト、センキュー」と言う。そのとき、何を覚悟すべきかかすかな予感はあったけれども、その言葉は無視した。だが彼もいつまでも静かにしてはいない。部屋のむこう側の窓から見える港の灯がゆっくり動いているのに気づいた女王蜂《クィーン・ビー》がさけぶ。「まあ動いているの？」そしてイタリア語でも、「出航《パルティアーモ》かしら？」とくりかえす。皆で灯を眺めた。金ピカ氏もくるりと身体をねじった。美しい金ピカ風の背中が見えた。

「ええ、ぼくたちゴーイングね」と切りだした。

「まあ、英語を話されますの？」と女王蜂《クィーン・ビー》が声を上げた。

「イエース。ちょっと英語話す」

実際、彼が話すのは四十ほどのばらばらな単語だけだ。だがその四十語の発音が抜群にうまい。英語を話すのではなく、英国人が発する音声を模倣する感じである。強烈な印象を残す。僕はスコットランド近衛連隊といっしょにイタリアの前線で戦ったんだよ、とイタリア語で言う。故郷《くに》はミラノ。ああ、スコットランド近衛連隊とは楽しかったよ。ウィースキー、でしょ？　ウィースキー。

「がんばれ、ブホーイズ《おまえら》！」と大声でわめく。

本当にスコットランド人がさけんでいるみたいだ。じつにうるさくて、じつにリアルで、テーブルの下にもぐりかけた。僕も女王蜂《クィーン・ビー》もがつんとなぐられたような気がした。

それから、いい気になってべらべらとしゃべりだした。ある機械の営業をやっていてシチリアが担当だと言う。もうすぐイギリスに行く予定なんだ——主として一流ホテルのことを聞いてくる。女王蜂《クィーン・ビー》はフランス人かと聞く。じゃイタリア人？——いいえ、ドイツ人よ。ああ、ドイツ人。と、またたく間にドイツ語が飛びだしてきた。「ドイッチュ！　ドイッチュ、でしょ？　ドイッチュラントからね。なあるほど！　世界に冠たるドイツ《ドイッチュラント・ユーバー・アレス》。あー、わかってる。もうそうじゃない……よねえ？　世界に貧たるドイツ《ドイッチュラント・ウンター・アレス》。いまじゃ、世《ドイ》界に貧たるドイツ《ツチュラント・ウンター・アレス》」自分の言葉によろこんでしまって椅子の上ではねた。英語同様、ドイツ語も、若干の言いまわしを知っているのだ。

「いいえ」と女王蜂《クィーン・ビー》。「世界に貧たるドイツはちがうわ。とにかく長くはつづかないわ」

「どうして？　長くない？　そう思う？　ぼくもそう思う」と金ピカ氏。そしてイタリア語で、「ラ・ジェルマーニアが他国の後塵を拝するのも長くはない。そう、そう。いまは「世界に冠たる《ユーバー・アレス》」イギリス。イングランド・ユーバー・アレスだ。でも、ドイツも復興するよね」

「もちろんよ、当たり前でしょ」

「ああ、イギリスが自分のポケットに金をためこんでいるあいだは、僕たちは一国として復興できない。イタリアは戦争に勝って、ドイツは負けた。そしてイタリアとドイツは両国とも落ちこんで、イギリスが栄えている。両国とも落ちこんで、イギリスが栄える。イギリスとフランスが。変ですよね？　あーあ、連合国だったのに。連合国はなんのため？

イギリスを栄えさせ、フランスをほどほどにし、ドイツとイタリアを落ちこますためさ」

「なに、いつまでもずっと落ちこんでやしないわよ」と女王蜂《クィーン・ビー》が言う。

「そう思うの？　ああ！　いまにわかるよ。いまのイギリスがどんな状態かそのうちわかる」

「イギリスだって、なんやかやいって、最高にうまくいってるわけじゃないよ」と僕が言う。

「どうして？　アイルランドのこと？」

「いや、アイルランドにかぎらない。産業全体だ。イギリスは、ほかの国同様、破綻寸前だよ」

「まさか！　お金を独りじめして、ぼくらほかの国々は一文無しなのに。どうやって破綻するっていうんですか？」

「もしそうなったら、あなた何か得することがあるの？」

「え、うーん、わからないよ。もしも、イギリスが破綻したら……」彼の顔に期待の笑みがゆっくりとひろがった。どんなにうれしいだろう――みんな、どんなに喜ぶことだろう、もしもイギリスが破綻したら。つまり、商売の部分では困るかもしれない。だが人間としては大喜びなのだ。心はイギリスの破綻を想像して舌なめずりをしながら、一方では損得勘定がこれを激烈に否認する。これが実情である。新聞は主として商売の声で語る。だが個人的に、列車やいまのように船内でつかまったとき上がる声は、そう、人間の声。どれほど彼らに愛されているかをそこで知る。どう見てもこれは避けられない。為替のレートが百六リラに達すると、商売の目をいかに大きく開けていても、心の目が見えなくなってしまうのだと思う。人間としての心が盲目になって、こちらの人間とひどくぶつかる。いやな衝突が起こる。どんなに彼らに憎まれているかを思いしる。心の底で彼らは僕たちを憎んでいる。人間としての僕らは羨望と憎悪の標的。うらやまれ、憎まれ、嫉妬され、さげすまれている。財布がいたむわけでもなかろうが、僕にとってこれは不愉快である。

夕食が終わって、金ピカ氏、気前よく煙草を配りだした。なんとムラッティス！　すでに皆、ワインを二瓶空けている。セールスマンがほかに二人、僕らの卓の金ピカ氏に合流している。二人とも洒落た身なりの若者で、一人はこれも金ピカ、もう一人はやさしくて感じがいい。宝石商の二人もおとなしい。それなりに話はするが、静かな声だしとても繊細。好きにならずにはいられない。計七人、うち男六人。

「ウィースキー！　ミスター、ウィースキー飲みますか？」と元祖金ピカが言う。「はい、スコッチをかるく一杯！　ワン・スコッチ・ウィースキー」これを、立ったままカウンターで酒を注文するスコットランド人の声音そのままでやる。おかしい、ふきだしてしまう、じつに生意気でもある。ウェイターをよんで、ボタンホールをつまんで、胸と胸を突きあわせる親しさで、ウィスキーはあるかと聞く。するとウェイターのほうも、おい同志といったおなじような調子で、ないと思うがちょっと見てきましょうと言う。金ピカ氏、テーブルの皆にウィスキーをすすめてまわり、自信満々高価なイギリス煙草を押しつけてくる。ウィスキーがきた――ご相伴にあずかったのは五人。どこの産だか知らないが火を吹くような油っぽい代物だった。えんえんと喋りまくる金ピカ氏の口から、切れぎれの英語と四つのドイツ語単語がほとばしる。すっかり浮かれたこの男、椅子の上の大きな尻をもぞもぞさせる、手を振りまわす。尾てい骨のあたりから妙な具合にもだえる癖があって、せかせかと出しゃばってくる。さあ、僕がウィスキーをおごる番だ。

　場が静まった一瞬をとらえて窓外をのぞくと、カプリ島のおぼろな灯が見えた。黒い島影の上方にアナカプリのまたたく光――灯台だ。島をすぎた。バベルの塔のまっただなかから、島に住むわずかな人びとにわずかながらの思いをおくった。そしてまた、バベルにもどった。

　金ピカはまたもや、イギリス《リンギルテッラ》、イタリア《リターリア》、ドイツ《ラ・ジェルマーニア》の問題を云々している。力のかぎりイギリスのことをひけらかす。もちろんイギリスが一番の勝ち犬だから、もし英語が少々話せて、イギリス人と話をしていて、その言葉どおりに四月に渡英するのならば、彼はそんなことなど思いもおよばぬまわりの連中をはるかに越えた勝ち犬なのだ。同時に、こちらの神経の許容限度も越えた。

　どこに行くのですか、どこに行きましたか、どこに住んでいますか？　ああそうそう、イタリアに住んでいるイギリス人。何千人、何万人とイタリアに住んでいますね。そう、彼らには最高ですよ。前はドイツ人がたくさんいましたがいまじゃドイツ人も落ちぶれた。でもイギリス人は――彼らにとってイタリア以上の土地はありませんよ。日が照って、暖かくて、何から何まで豊富にあって、接する国民はチャーミングだ。それに、為替レー《カンビ》ト《オ》！　これだよ！　ほかのセールスマンもうなずく。そうじゃないですか、と女王蜂《クイーン・ビー》に訴える。ああ、何、もううんざりだ。

「ああ、そうだよ」と僕。「イタリアに住むのは最高だよ。とくにホテル暮らしじゃなくて、自分で生活する場合はね。いつもいつもふっかけられて、一言でも何か言えばののしられる。最高だよ。たとえ赤の他人でも、二言三言しゃべれば、カンビオ、カンビオと顔面になげつけられる。最高だね。給仕や売り子や駅のポーターにいつも不機嫌そうに嘲笑されて、こまごまつまらん侮辱をうけて、最高だ。みんなの反感を一身に感じるのも最高だよ。イタリア語がちゃんとわかれば、通りがてらにやつらの吐く言葉を聞くのも最高だ。ああ、最高、最高。こりゃあほんとに最高きわまるね！」

おそらくウィスキーが僕のなかで起爆剤となったのだと思う。彼らはすわったままますっかり黙りこんでしまった。するとまた、金ピカが、砂糖をまぶしたような声を出してなだめるように、

「いやあちがう！　いやあちがう！　ちがいますよシニョーレ。いいや、ちがいますよ。

だって、イギリスは世界一の国――」

「だから、懲らしめたいんだろう」

「いやあ、ちがいます、シニョーレ。ちがいますよ。なんでそんなこと言うんです？　ねえ、わたしたちイタリア人はとても人がいいんです。ノイ・イタリアーニ・シアモ・コシ・ブオーニ。シアモ・コシ・ブオーニ」

　あの女教師の言葉とおなじ。

「人がいい《ブオーニ》？　たしかに……そうかもしれない。為替と金がからまなければブオーニだ。けれどもいまじゃ、いつも為替《カンビオ》と金《ソルディ》がからんでくるから、しょっちゅうこまごまと侮辱されるんだ」

　ウィスキーのせいだったにちがいないと思っている。とにかくイタリア人は、はげしくぶちまけられた怒りにまったく耐性がない。宝石商の顔に苦悶の色が浮かびあがり、金ピカ両氏はうつむいてしまった。こっちをやっつけた喜びにいまだ酔いながらも、急所を突かれてすこししゅんとした。おだやかな三人目のセールスマン《コミ・ヴォワヤジャー》氏は、目をまん丸にして、吐きはしないかと怯えている。彼はとあるイタリアリキュールのセールスマンで、僕らは一杯いかがですかと丁重に誘われた。自分でウェイターに同行して、ブランドに間違いのないよう確認する。飲んでみると……ふむ、うまい。だが、おごった当人は苦しそうに目を丸くしてすわっている。もう寝ます、と言う。金ピカが船酔いについていろいろと注意した。海上は軽いうねりがある。「リキュール」氏が席を立った。

――――――

金ピカ氏はテーブルをとんとんとたたいて鼻歌を歌い、女王蜂《クィーン・ビー》に「薔薇の騎士」（R・シュトラウス作のオペラ）を知っているかと聞く。しょっちゅうこうして女王蜂《クィーン・ビー》に訴えかけるのである。ええ、知ってるわ、と彼女。ああ、僕、音楽がものすごく好きなんだ、そう言って甲高い声でさらにすこしさえずる。僕、クラシック音楽しか知らないんだ、と言う。ムソルグスキーの一節をみゃあみゃあと歌う。女王蜂《クィーン・ビー》が、オペラはムソルグスキーが好きと言うと、ああ、とさけんで金ピカ氏いわく、ピアノさえあったらねえ！

「ピアノあるよ」と相棒氏。

「そう、でも鍵がかかってる」

「じゃあ鍵を取ってこよう」と相棒氏、自信満々。金ピカ連と心をおなじくする給仕たちは、彼らになんでも渡してしまう。鍵もすぐに持ってくる。勘定を――僕のは六十フランほど――払った。かすかに揺れる船の廊下を抜けて、カーヴした階段を上がり、客間に出た。金ピカ氏、客間の扉の鍵をあけ、明かりのスイッチをつけた。

なかなか感じのいい部屋だ。淡い色でまとめたふかぶかとした長椅子、小卓のうしろには椰子の木が立っていて、黒いアップライトピアノがある。金ピカはピアノ用スツールにすわって腕前を披露した。ピアノからバケツの水をぶちまけたような音をバシャバシャッとばらまく。頭をあげて、もじゃもじゃの黒髪を揺すって、オペラの切れぎれをさけびあげる。スツールの上で大きな金ピカ風背中をくねらせる、ぴちぴちのお尻から上をもじもじと動かす。音楽に対して豊かな思いいれがあるのは一目瞭然である、だが、技術はないにひとしい。わめきあげ、身をくねらせて、バシャバシャバシャッ。薄色のスーツを着たおとなしい友人、金ピカ二号氏、手足たくましい、「もじもじ君」より年上のこの男は、演奏のあいだピアノの横に立っている。じゅうたん敷きのむこうには、長椅子にふかぶかと宝石商二兄弟がすわる。なかば北方系のまったく謎めいた細面の顔。女王蜂《クイーン・ビー》は僕の横にすわって、あれこれ音楽をリクエストするが、「もじもじ君」は一つとして演奏できない。短い楽節を四つと、あとすこしパラパラッと弾けて、それでおしまい。年上の金ピカ氏が彼のそばに立って、恋人がおぼこ娘のフィアンセを励まし称えるように、静かになぐさめ、励まし、称えている。女王蜂《クイーン・ビー》もすわりこんで興奮に目を輝かせ、こんなに人目を憚らずに人目を意識して演奏できるなんて、あんなに気前よく体をくねらせて自分をさらけだせるなんて、と感心している。僕のほうは、おわかりのように、感心などしない。

もう、たくさんだ。立ちあがって、辞去した。女王蜂《クイーン・ビー》もあとにつづく。おやすみ、廊下の突きあたりでそう言うと、彼女は床《とこ》に就き、僕は船をぐるりとまわって、暗い海の夜を眺めた。

日に映える切れぎれの雲とともに朝がきた。遠くにシチリア沿岸が高く仄青く見える。この地中海に繰りだして、聳える沿岸の美しさを一望に見る――あのホメロスのオデュッセウスにとって、それはなんとすばらしかったことだろう。自分の船で夢のような入江にそっと入ってゆくときの感動。海に聳えるこの沿岸には永遠の朝の魅惑がある。これを眺めてよみがえるのは、いつも『オデュッセイア』のことだ。ホメロスの世のありとある美しい朝の奇跡よ！

金ピカ氏は、ウェストをギャザーで締めてその下を風船のようにふくらませた例のレインコート姿で、甲板を走りまわっている。「ティペレアリーははるかな道のり《イッツ・ア・ロング・ロング・ウェイ・トゥ・ティペレアリー》」を歌いさけんで僕への朝の挨拶とした。「本当に遠いね」と僕。金ピカ氏、「さらば、ピカデリー」とつづける。足どり軽く階段を走りおりる彼に「じゃまた《チャオ》」と言う。じきにほかの連中も見かけた。だが、とにかく朝は「おはよう」以外、何も話したくない。今朝はだれに対してもそれ以上死んでも話せない。ただ、おだやかなセールスマンには船酔いのことを聞いた。ええ、だいじょうぶでした、と言う。

こうして、大きな「チッタ・ディ・トリエステ」号がゆらゆらとパレルモ港に入ってゆくのをじっと待つ。ほんとに近そうだ――そこの町も、港の大きな円も、周囲に群がる山々のかたまりも。パノルムス、すなわち、「全港」（パノルムスはパレルモの古称。ギリシャ語に読みなおすと、パーン［全］、ホルモス［碇泊地］となる）。

でかい図体のこの汽船、もっと急げばいいのに。いまじゃお前が鼻についてきた。派手なところが鼻につく、現ナマを持ったセールスマン用につくられたような船。ダイニングルームの一辺の壁いっぱいの大きな絵が鼻につく。イタリアを象徴するような優美な夢の百姓娘が無数の花に囲まれて、腕にはアーモンドの花咲く枝とアネモネの花束をじつにお洒落に抱えて、美しい夢の崖ぎわをのんびり歩いている。給仕も、安っぽい洗練も、低俗な豪華さも鼻につく。乗客たちも……。現ナマまみれの最低の部分をみんなこの船ではむき出しにする。俗悪な俗悪な戦後の商業主義と戦争成金の金臭さよ。ああ、おりてしまいたい！　だが、肥満体の船はゆっくりゆっくり港へにじりよると、さらに速度を落として、太った尻をゆっくりとまわしてゆく。そのあともなお、一等のタラップをかけるのに十五分ほど待たされた。もちろん二等客は、僕らが下船を許されるはるか前から雪解け水のように流れでて、波止場の見物人の人ごみのなかに消えていった。

うれしい、うれしい、あの船からおりた。なぜかわからないが、きれいで快適で、接客係も非の打ちどころなく丁重な船なのに。ああ、うれしい、うれしい、もうセールスマンと甲板で会うこともなくてうれしい、自分の二本の足で独り立ちできてうれしい。馬車なんかに乗るものか！　ナップザックを背負い、黄色くなった目で、惰眠をむさぼる港止面の往来を見ながらホテルへ向かった。およそ九時。

あとでひと眠りして考えると、前にも考えたように、イタリア人が僕らに敵意をもつのは彼らの責任ではないと思った。われわれイギリスはじつに長きにわたって、世界の指導者たる役割を担ってきた。だから、戦中であれ戦後であれ、こうしてわれわれの舵取りのせいで、彼らみんなが悲惨きわまる豚小屋的状況に陥った——三国協商だなんだと御託を並べてもそれが現実に起きたことだ——とすれば、彼らのわれわれに対する怨念ももっともである。リーダー役を引きうけた以上、もし惨憺たる泥沼へと先導すれば、泥を投げつけられるのを覚悟すべきだ。それも、ひとたび沼にはまったとなると、ほかのあわれな国の背中によじのぼって這いでることしか頭にない、というのならなおさらの話である。ああ、大国の見あげたふるまいぶりよ。

だがそうはいっても、畢竟、僕は一個の人間だ、一個人である。国家の一単位、イギリ《リンギルテ》ス《ツラ》やドイツ《ラ・ジェルマーニア》の一片に甘んずることなぞできない。どんなきたない母国のひとかけらでもない。自分は自分だ。

晩になって女王蜂《クイーン・ビー》がどうしてもマリオネットに行くと言いだした。あやつり人形がたまらなく好きなのである。三人で——またアメリカ人の友人と合流した——夜のパレルモの暗く入りくんだ小路や市場を駆けずりまわった。最後は、親切な男がその場所に連れて

いってくれた。パレルモの裏町は、ナポリ港周辺の巨大でずいぶんと恐ろしげな感じと異なって、雰囲気があたたかい。

劇場は通りからちょっと引っこんだ小さな穴蔵である。小さな切符売場にはだれもいないので、戸口の衝立を通りすぎた。長いウイキョウの茎を手にした貧弱な老人がせかせかと来てうしろのベンチに席をつくってくれた。こちらが切符のことを話すと、しーっと言う。劇が進行中である。ちょうど大蛇が光りかがやく真鍮の鎧を着た騎士と取っくみあっているところで、びっくりして心臓が口から飛びだすかと思った。観客の大半をしめる少年たちは、明るい舞台を食いいるように見つめている。兵士と老人もちらほら見える。劇場内はすし詰めだ——小さな細いリボンのようなベンチに五十人ほどの観客が肩を寄せあっている。ベンチは前後にぎっしりと並べられているので、僕の前の男の尻がくりかえし侵略してきて、果てはこちらの膝の上にすわりこむ。掲示を見ると入場料四十サンチームとあった。

劇の終わり近くに入場したのだった。筋もわからずに、すこし居心地悪くすわっていた。物語はおなじみシャルルマーニュの十二騎士もの——リナルド！　オルランド！　と何度も何度も勇士の名が飛びかっている。だが、物語は方言で語られていて、なかなかついていけない。

人形には魅せられた。城の内部を表わす舞台はとても簡素だ。だが、およそ人間の三分の二の大きさの人形がすばらしい。きらきらと光りかがやく金の鎧に身をつつみ、武将らしく揚々とはね歩く人形。みんな騎士姿で、バビロン王の娘さえも、女とわかるのは長い髪だけ。皆、きらきら輝く美しい鎧を着て、自由に下げられる面頬《ヴァイザー》付かぶとをかぶっている。この鎧は何世代も受けつがれてきたと聞いた。まことに美しい。一人、魔法使いマジッチェ、あるいはマルヴィッジェ、シャルルマーニュ十二勇士版マーリンだけは鎧を着ていない。すそに毛皮のついた長い緋色のガウンをまとい、緋色の三角帽をかぶっている。

そして竜。飛びはね、身をくねらせ、騎士の足をとらえて、息絶える竜。騎士が城内になだれこんでゆく。救助された騎士たち、オルランドとその親友とちいさな小人が、鎧の胸と胸とをぶつけあって同胞《はらから》にして救済者たる騎士と抱きあうすばらしい光景、流れおちるにせの涙。すると魔法使いの像がとつぜん燃えあがって、少年たちから歓呼の声がわきあがる。これでおしまい。またたく間に劇場は空になった。だがオーナーと近くにすわった二人の男が放してくれそうにない。つぎの公演を待つ仕儀と相成った。

となりの太った陽気な男が劇の一部始終を教えてくれる。そのとなりのハンサムな酔っぱらいが、いやちがう、そうじゃないと異をとなえつづける。太った男は、腹を立てるなよと、ウィンクで合図する。

このシャルルマーニュの騎士物語は三晩つづく。僕らが来たのは、案の定、第二夜である。けれどかまやしない——一晩ごとに話は完結する。騎士の名前を失念してしまって申しわけないが、話の筋は以下のとおり。オルランドと彼の友とちいさな小人が、十二騎士の一員たるその小人の悪戯のせいでとらえられ、キリスト教徒の血をすすって生きるおぞましい老魔女の魔城に幽閉される。そこで、リナルドをはじめとする騎士たちが善い魔法使いマジッチェの助けを得て、囚われの同胞を人喰い老魔女から救出する作戦に取りかかる。

太った男の話からそこまではわかったが、さて、劇場が埋まってきた。男は十二騎士物語群全体をすみずみまで知りつくしている。だが、どうもこの物語群にはたくさんの異形があるようだ。というのは、ハンサムな酔っぱらいが、君ちがうよ君ちがうよと言いつづけて異なった筋を話しては、おい陪審員、こっちに来て俺とこの太っちょとどっちが正しいか審判せよ、とわめくのである。陪審員が集まる。嵐の到来。だがウイキョウの細杖をもった恰幅のよいオーナーが来て、騒ぎを静めた。ハンサムな酔っぱらいには、お前知りすぎだよ、聞かれてもいないのにと言う。酔っぱらいがすねた。

ああ、金曜には来られませんか、と太った友が言う。金曜の晩がすばらしい。金曜には「祝福されしパオロ団《イ・ベアーティ・パオリ》」をやるのです。壁を指さすその先に「祝福されしパオロ団」を告げるポスターがある。このパオロ団なるもの、顔を頭巾でおおい短剣を携えた、頭巾の穴から恐ろしい目をのぞかせる恐怖の秘密結社か何からしい。黒手組《ブラックハンド》のような暗殺者なの？　いや、ぜんぜんちがいます。「祝福されしパオロ団」は貧乏人をまもる結社なのです。過酷な金持ちどもを追いつめて殺《や》るのです。ああ、すばらしい栄光の結社ですよ。カモッラ団みたいなもの？　と僕。いやいやまるで逆だよ——とここで声がこわばる——カモッラ団は彼らに憎まれている。大カモッラの恐ろしい強敵ですよ。大カモッラは貧乏人を虐げるからね。だから、パオロ団は大カモッラ党の指導者たちを秘密裡に追いつめつかまえて、暗殺するか、恐怖の頭巾法廷に連行して、「ベアーティ・パオリ」の血も凍る判決をくだすのです。「祝福されし《ベアーティ》パオロ団《パオリ》」がひとたび死の宣告をくだせば——一巻の終わりだ。ああ、すばらしい《ベリッシモ》、すばらしい《ベリッシモ》！　金曜にいらっしゃいよ。

　垂れ幕をじっと見つめているこの腕白どもには変なテーマだと感じた。観客は大人も子供も皆男性。どうして女がいないのか、太った友に聞いてみる。ああ、とても小さな劇場だからね、と彼は言う。でも大人も子供も男には全員分のスペースがあるのなら、女たちにもおなじスペースがあるはずでしょう。いやあ、ないよ、こんな小さなところじゃ。それに女の来る場所じゃない。いや、見られたらまずいっていうんじゃないよ、と急いでつけ加える。ぜんぜんちがう。けれども、操り人形の芝居に来て女たちは何してりゃいいんだ？　これは男のもんじゃないか。

　心底もっともだと思った。観客のなかにくすくすもじもじ目ざわりな小娘どもがたくさんいなくてとてもいい。この男ばかりの観衆は、じつに真剣に、純粋に、舞台に没頭する。しーっ！　芝居がはじまる。舞台下では少年が壊れた手回しピアノをまわしている。主《パド》人《ローネ》はとどろきわたる声で「静粛に！《シレンツィオ》」とさけんで身を乗りだし、教会役員さながらに長いウイキョウの茎で騒がしい子供らをつつく。幕があがるとピアノがやむ。完璧な静寂。体を揺すらせて一人の騎士がやってくる。燦然と輝きながら、ぴょこぴょこ躍るようなあふしぎな足取りで進んでくる。武人らしく射るような目であたりを睥睨する。前口上をはじめ、場所の説明をした。大見栄を切って刀をふり、足を踏みならして、しゃがれ気味のいさましい男声を見事に響かせる。すると、彼に随行する仲間の騎士が一人また一人と、ゆっさゆっさ舞台に現われて、計五名となった。美しい騎士たちのなかにはバビロンの王女やブリテンの騎士もいる。光りかがやいて整然と一列に並ぶ。それから赤ガウンのマーリンがやってくる。ややふっくらとした白皙碧眼の輝く顔は北ヨーロッパの知性を象徴するのだろう。どのように進むのか、何をなすべきか、騎士たちにこんこんと教えこむ。

　こうして、きらきらと輝く騎士たちの用意が整った。用意はいいか？　アンディアーモ！　すばらしいさけび声とともにリナルドが刀を振りまわす。さあ行こう《アンディアーモ》――するとほかの騎士が答える、アンディアーモ。燦々たる言葉。

　最初の敵は赤い短い上着に小さいターバンを巻いたスペインの騎士団である。彼らとの壮絶な戦い。先頭をきって飛びこんできたのがブリテンの騎士だ。大口たたきの彼はいつも口先だけが武器。だが、あわれブリテンの騎士よ、実際には足をやられて倒れてしまった。肩を並べて戦いを見ていた燦然たる四人の騎士。そこからまた一人、前に歩みでる。

戦いが再開した。刀と刀のぶつかる音にすくみあがる。下げた面頬《ヴァイザー》のなかから聞こえる荒い息に血も凍った。やっとスペインの騎士が倒れた――勝った騎士が死体に片足を乗せて立ちあがると、ほかの騎士たちから大きな勝ちどきが挙がった。観客からは歓喜の雄叫び。

「静粛に《シレンツィオ》」ウイキョウの茎を振りまわして主人《パドローネ》がさけぶ。

死のような静寂。物語は先へ。ブリテンの騎士が案の定、自分が敵を殺したと主張する。観客が小さくあざけるようにしーっと野次る。「いつもいばるだけで何もしないんだよね、あのブリテンの騎士は」太った友がささやいた。僕の国籍を忘れたな。いったい、このブリテンの騎士は純粋に伝統なのだろうか、それとも今日《こんにち》の政治的要素がちょっぴり紛れこんでいるのか？

ともかくもこの闘いは終わった。マーリンが来てつぎなる旅を指図する。用意はいいか？　用意はいいぞ。アンディアーモ！　また高らかにさけんで出発する。はじめは人形にすっかり目を奪われた。そのまぶしき輝き、無表情な武将の眼差し、急な角張った身振り、そこには何か強烈に喚起する力がある。いにしえの伝説にはこのほうが生身の人間よりもずっとずっとふさわしい。そうだ、もし舞台に人間を使うのならば、仮面をつけ仮装させるべきだ。なぜなら本当の劇というものは、人間の意識から生みだされた象徴によって演じられるものだから。あやつり人形、と言ってもいい。人間の個人ではない。近代演劇は個性個性と退屈きわまる、まったくの見当違いである。

だが徐々に、目はさして重要ではないとわかってきた。徐々に徐々に僕の血をぐいとつかんできたのは声である。力強い、かなりしゃがれた男の声が、頭にではなく、血に直接はたらきかけてくる。ふたたびいにしえの肉体の孤高が、飼いならされない豊かな男性の血が、ふたたびいにしえの男アダムが、僕の魂の根っこでうごめきはじめた。ふたたびいにしえの肉体の孤高が、飼いならされない豊かな男性の血が、血管を揺さぶりはじめた。かまうものか。規範なぞ、知の命令なぞ、かまうものか。燦然と猛りたつ巨大な男の魂の無鉄砲さが、不意に発せられる「アンディアーモ」という一言に集約されていないか。アンディアーモ！　さあ行こう、アンディアーモ！——どこへ行くかは悪魔にまかせて、さあ、とにかく行こう。規範も教師もあずかり知らぬ燦々たる無鉄砲と情熱よ、その真っ赤に溶けた自発性こそわれらの案内人。

騎士たちの声——リナルドの声、オルランドの声には、体がしびれた。男の声がよみがえった、指図をこばむ男の声が。もちろんマーリンはぶつぶつとかなり単調な長広舌をふるう。だが彼はなんだ？　騎士か、光りかがやく？　いやちがう。長いガウンのぶつぶつ屋じゃないか。怖いもの知らずの血こそ、すべての原動力。ピピッピピッと回転する知性と道徳の働きは単なる補助道具にすぎない。

燦々たる竜よ。ワーグナーの竜はコベントガーデンでもミュンヘンの摂政官劇場でも見た。だがばかげていた。ここの竜はひたすら怖い。飛びはねて、身をよじって——騎士の足をつかんだときには、血も凍った。

硫黄の煙とともに悪魔ベルゼブブが飛びこんでくる。だが彼も大老魔女の家来にすぎない。黒くにたっと笑って尻と尻尾を振りまわすが、妙に力がない。魔王どもの下僕といったところだ。

老魔女は灰色の髪にかっと目を見開いて、おぞましさを出すのに成功している。ちょっと手を加えれば上背のある慎みぶかい老婦人となるだろう。だが、その声を聞きたまえ。悪の欲望に充満したざらつく雄叫びを発するものすごい女の声を聞きたまえ。あまりの恐ろしさに生きた空もなかった。この世の悪をおさめる原理としての彼女を、絶対的に信じている自分に気づいて愕然とした。ベルゼブブは、かわいそうに、女の一道具にすぎない。そう、英雄たちを閉じこめているのは、ある。この魂がほとんど全能のおそるべき悪念を放射する。老いた、おぞましい女の霊魂こそ災いの核心。観衆の少年たちの心とおなじように、自分の心が女への怒りに熱くなってくるのを感じた。真っ赤な深い憎しみで、この象徴的な人食い婆を憎んだ。かわいそうな男のベルゼブブはちんぴら奴隷である。彼女を征服するにはマーリンの溌剌たる知恵と騎士たちの熱く波打つ気魄、この両方のありったけがなくてはならない。

女はけっして完全には滅ぼされない。城の地下室に閉じこめた彼女の像を燃やすまではけっして完全に死なない。ああ、まさしく精神分析的な芝居である。あざやかにフロイト的分析を施すこともできる。見よ、この魔女のイメージを、無意識の深みから支配する白い隠された女の観念を！　そして、それを破壊せんとする無鉄砲な反骨漢の意志を見よ！　像が炎につつまれると、針金に紙を巻いただけのものなのに、観客がさけびだす！　くりかえし、さけび声を上げる。ああ、神様、この象徴的行為が本物でありますように。だが、大声をあげるのは小さな少年だけだ。男たちは小細工を一笑に付するのみ――この白い女が死なないことくらい知っているさ。

こうして終わった。騎士たちがもう一度僕たちを見る。英雄のなかの英雄オルランドは心もち目が内に寄っている。そのせいで、ここの住民が熱愛する極端なくらいの人のよさが顔に出ている。考えることをしない、だが、心はいつも熱い人情、情熱に燃えたぎる男の顔。これが大変に愛されるのである。

わが騎士たちも去ってゆく。皆すばらしい顔をした、燦々と光りかがやく、男のなかの男だった。かわいそうに、いまごろは箱のなかだろう。

大きな安堵の吐息。ピアノができそこないの騒音を鳴らしはじめた。うしろを振りむいた男が笑い声を上げたので、みんな振りかえった。切符売場のてっぺんに、太った二、三歳の子供が神妙な顔をしてすわっている。変てこな小仏陀のような大きくのっぺりした額。胃袋の上で手を組んでいる。客はあの南国のあたたかい肉体的な笑い声を上げた。この肉体的共感こそ、彼らが自分で感じるのも他人と分かちあうのも大好きな感覚だ。

幕後に小さなコントがあった。垂れ幕の前に太ってのっぺりした小柄なナポリ人のカリカチュアが飛びだした。反対側からは背の高いシチリア人のカリカチュアがさっと出る。ひょこひょことたがいに近づいていって、ばちんとはげしくぶつかる。どっしーん、ナポリ人が尻から落ちた。子供らから大歓声があがる。ナポリ人とシチリア人の永遠の衝突である。さあ、二人の阿呆のあいだで、それぞれの方言を使った盛大な化かしあいがはじまった。ああ残念、これがほとんど何もわからない。それでも滑稽に聞こえるし、見ているだけでもとてもおかしい。もちろん、やっつけられるのはほとんどナポリ人のほうだ。一度をのぞいて下品なやりとりもまったくない様子。少年たちが喜びに身を揺すって歓声を上げる。もうだれも、静粛《シレンツィオ》に！　とは言わない。

だが、これも終わった。すべてが終わる。劇場はあっという間に空になった。気分よく、心をこめて、となりの太った男と握手する。劇場の皆がとても好きだった。熱い人情味あふれる南国の血、じつに濃やかなのびのびとしたその血は、血の触れあいを求めて、知的交流とか霊的感応には興味がない。うしろ髪をひかれる思いでその場をあとにした。

完

訳者あとがき

一九二一年一月、当時シチリアに居を構えていた三十五歳のD・H・ロレンスは妻フリーダとともにイタリアのサルデーニャ島へ向けて、十日間ほどの小さな旅へ出た。ここに訳出した『海とサルデーニャ——紀行・イタリアの島』(原題*Sea and Sardinia*)はその体験を描いた旅行記である。執筆は同年一月下旬から、わずかひと月あまりで一気呵成に書きあげられた。

サルデーニャは、コルシカ島のすぐ南、地中海のまっただなかに浮かぶ面積二万四〇八九平方キロ(四国よりやや広い)、人口一六二万の島で、一八六一年以来イタリアの一州となっている。イタリアという国は、それぞれの地方が独自性の強い文化を誇っているが、なかでもサルデーニャは、地理的要因も絡んで、イタリア本土とは大変異なる歴史的背景を有している。

この島は、紀元前のカルタゴ、ローマ帝国をはじめとして、五世紀のヴァンダル王国、六世紀以降の東ローマ帝国、八世紀以降のアラブ勢力などに、部分的、あるいは全面的支配をつぎつぎと受けてきた。ギリシア人も植民を試みたものの、フェニキア人の抵抗にあい、失敗に帰したという。その後、覇権争いは、ピサ、ジェノバ両共和国を中心としたものに変わるが、一二九七年に、アラゴン王が教皇よりサルデーニャの領有を許されると、次第にアラゴン、そしてスペインの支配下に入ってゆく。一七一三年、スペイン継承戦争の結果、オーストリアの領地となったあと、一七二〇年にサヴォア家の手にうつり、もとよりサヴォア家の領土であったイタリア北部ピエモンテ地方などと合わせて、サルデーニャ王国が誕生した。これにより、イタリア語による学校教育がはじまるなど、イタリア本土との接触が深まった。『海とサルデーニャ』にも言及されている初代イタリア国王ヴィットーリオ・エマヌエーレ二世は、サヴォア家出身のサルデーニャ王だった。

このようにつぎからつぎへと諸勢力の侵略を受けてきたサルデーニャではあるが、その文化の根幹をなすものは、やはりサルデーニャ独自のものといえる。イタリア文学者、河島英昭氏によれば、サルデーニャの人びとは、諸国の圧制下において、支配層の言語を用いた文学をつくらなかったことに、大きな誇りを抱いているそうである。戦後は北部海岸が観光開発の大波に洗われ、「エメラルドコースト」と称される一大高級リゾート地に発展した。

しかし、そこを外せば、サルデーニャの魅力あふれる特異な県民性はいまなお命脈を保っている、というのが二年ほど前（一九九一年）にロレンスの足跡を辿って島を旅した訳者の印象である。その特徴をひとことで言い表せば、孤高の野性と温かい心根の結合ということになろうか。さいわいヌーオロでは、当地最大の祭りといわれるサグラ・デル・レデントーレを見ることができた。美しい民族衣裳の娘たちのうしろから、ピカソの牛のような不気味な面をかぶった男たちがのし歩く。獣皮をまとって獣に扮する男たちと太い投げ縄を投げる逞しい男たちの荒々しい緊迫したやり取りがつづいた。サルデーニャに残る荒ぶる男の魂をかいま見て、思わず後じさったことを覚えている。男たちは、われわれ見物人にも荒縄を投げてくる。彼らの行進が過ぎてほっと胸をなでおろしたのも束の間のこと、ちょっとよそ見をした僕の頭にいきなりごりごりっという衝撃が走ると、眼鏡がふっ飛び、首のまわりには荒縄がかかっていた。

近年のサルデーニャを描いた文章としては、河島英昭氏の『氷河と蝶――イタリア旅想』(筑摩書房、一九八三)所収の「文明と歴史の孤島　サルデーニャ」をお勧めしたい。そこに描かれた島の姿は、六十年の時の隔りを忘れさせるほど、ロレンスの紀行と共通点が多い。

ロレンスの訪れた二十世紀初頭のサルデーニャは、一般にヨーロッパの辺境と見なされていた。名物といえば「山賊」ぐらいしか知られていなかったこの土地の、それもわざわざ人里離れた山間鉄道を選んだところに、旅の達人であった彼の真面目《しんめんもく》が発揮されている。未開地の探検でもなければ名所旧跡めぐりでもない、とりたてて何もない土地の小さな出会いを書くというのは、ある意味でこのジャンルのもっとも洗練された形である。

一般にロレンスといえば、『虹』、『恋する女たち』、『チャタレー夫人の恋人』をはじめとする小説の作者として名高いが、彼の小説より紀行文を好むという人は思いのほか多い。一例を挙げれば、モダニズム詩の巨人にして屈指の英語の読み手だった西脇順三郎がそうであった。彼はつとにロレンスの紀行に親しみ、これを好んでいたばかりか、その一部を翻訳してさえいる（抄訳『イタリアの薄明』二十世紀の文学・世界文学全集2、集英社、一九六五）。先年は、スコットランドの代表的詩人ダグラス・ダン氏から同様の意見をうかがった。

ロレンスは紀行を四つ残しており、『海とサルデーニャ』は第二作に当たる。

『イタリアの薄明』（原題 *Twilight in Italy*, 一九一六）
『海とサルデーニャ』（本書、一九二一）
『メキシコの朝』（原題 *Mornings in Mexico*, 一九二七）
『エトルリア素描』（原題 *Sketches of Etruscan Places*, 一九九二。ただし、これは一九三二年に *Etruscan Places* と題されて死後出版されたものにさらに一編を加えて、ケンブリッジ大学出版局から決定版として出されたもの）

第三作をのぞくすべてがイタリアに材を取っているのは、彼とイタリアとの縁の深さを物語って興味ぶかい。多くの北ヨーロッパ人の例にもれず、彼もまた南欧の強い陽光のもとで、その人生・芸術・思想を開花させた。大学の恩師アーネスト・ウィークリーの妻フリーダ（ドイツの貴族リヒトホーフェン家の出身）を奪って新しい人生に踏みだしたのも、最初の名作『息子と恋人』を完成させたのも、そして彼独自の哲学、文明観を発展させたのも、イタリアでのことだった。

ロレンスの紀行文は細部に対する驚異的な直感・観察がきどりのない名文でつづられ、そこに彼独自の哲学、文明論が絡みあっているところに特徴がある。『イタリアの薄明』では北イタリア、ガルダ湖畔の情景描写と並行して、独特の霊肉二元論が展開される。『メキシコの朝』ではネイティブ・アメリカンの文化の観察からヨーロッパ文明との対比が行なわれ、『エトルリア素描』では、古代エトルリア遺跡探訪から、人類の理想郷が夢想される。

『海とサルデーニャ』はほかの三作と比べて、思想的、文明論的要素のもっとも目立たない紀行といえる。ここには、血気にはやる青年の観念性も、死を予感した晩年の夢想性も、見当たらない。まず何よりも、壮年期のロレンスの荒い美しさにみちた躍るような文章が、旅の情景のこまごまとした描写のなかで、奇蹟のように輝いている。そして、これほどユーモアにあふれたロレンスも珍しい。とくに、第四章「マンダス」にはじまるサルデーニャ縦断の旅は愉快なエピソードに満ち満ちていて、物真似が上手だったというこの作家の知られざる魅力と才能を満喫できる。アントニー・バージェスはこの作品をロレンス文学の頂点と位置づけて、「『海とサルデーニャ』はロレンスのもっともチャーミングな作品であると同時に、まず間違いなく最高のロレンス文学入門書である」と評している。

紀行は、伝記と並んでイギリス人の好むジャンルだが、とくに『海とサルデーニャ』の書かれた第一次大戦後から第二次大戦がはじまるまでの二十年は多くのイギリス作家が外国を旅し外国に住んだ時期で、ロレンス以外にも、イーブリン・ウォー、ロバート・バイロン、グリアム・グリーンらの傑作が生まれている。卓抜な旅行論の書き手ポール・ファシルの指摘にもあるとおり、この時期は他のジャンルの作品にも紀行文的性格が色濃く見られる。たとえば、『海とサルデーニャ』とほぼ同時期に出版されたモダニズムの二大傑作のうち、T・S・エリオットの『荒地』には三十一もの地名が織りこまれている。もう一方の雄ジェイムズ・ジョイスの『ユリシーズ』では、主人公が舞台となったダブリン市内を動きまわる、つまり旅をすることで物語が進行し、その前衛的なナラティブが可能になっている。こうした文脈からも『海とサルデーニャ』は興味ぶかい作品だと思う。

テキストは主として一九四四年刊のペンギン版を用いたが、その他の版（一九八五年刊のペンギン・トラベルライブラリー版、一九八九年刊のオリヴ・プレス版）も参照した。若干の異同がある。さいわい、翻訳途中で初版（トマス・セルツァー、一九二一）を入手できたので、疑義のある部分については、これを参照した。なお本書の既訳には、鈴木新一郎氏訳『海とサルデーニャ』（不死鳥社、一九七二）がある。

翻訳に当たってはたくさんの方のお世話になった。忘れることのできない四人の恩師、横井徳治先生、海野厚先生、安東伸介先生、小野寺健先生には、感謝の言葉もない。とりわけ小野寺先生には、翻訳の心得をお教えいただいたばかりか、晶文社へ紹介の労をおとりいただいた。英語について疑義のある箇所はGeoffrey Rowland氏とSandra Knutson夫人のご教示を仰いだ。そのほかにも多くの方々が訳者の面倒な質問に答えてくださった。編集者の須貝利恵子さんにも多くのことをお教えいただいた。皆さん、どうもありがとうございました。

一九九三年三月

文庫版訳者あとがき

本訳は一九九三年に出版された邦訳D・H・ロレンス『海とサルデーニャ』の再刊である。一九九七年にマラ・カルニンス編集の信頼できる版（ケンブリッジ大学出版局）が上梓されたので、再刊に当たってはこの版に拠った。カルニンス版は一九二一年一二月刊のセルツァー社アメリカ初版に使われたタイプ原稿（コロンビア大学所蔵）をベースにして、出版社による若干の無断削除箇所――主として排泄・性に関する表現で「男根的'phallic'」という語も出てくる――とセクション間の区切り線を復活させた。一カ所だけ、カルニンスと異なる判断をした箇所（邦訳三三六頁六行目「祝福されしパオロ団」）があるが、それ以外は彼女の判断を受け入れた。

タイプ原稿しか残っていないのは、自筆原稿が悲惨な末路をたどったせいである。ある日、ロレンス夫人のフリーダがトイレに用をたしにゆくと、そこに『海とサルデーニャ』の自筆原稿が置かれていて驚愕した。この種のことにこだわりを持たない作者ロレンス自身がトイレの紙に使おうとしていたのだ。（そして、実際に使った様子である。）

排泄と文学という文脈で言えば、今回の再刊における『海とサルデーニャ』の復活箇所の多く（九一、一四四、一六八、二〇二、二一九―二二〇、二五九頁）からは、ほぼ同時期に上梓されたジェイムズ・ジョイスの傑作『ユリシーズ』（一九二二年二月刊）の主人公が家のトイレで新聞小説を読みながら大きな方の用をたす有名なシーン（第四挿話）が想起される。そこがこの紀行文の読みどころというわけではないけれども、肉体の中に含まれる霊性を徹底的に追求したというのはジョイスとロレンスの重要な共通点である。

というのも、『海とサルデーニャ』は第二の『ユリシーズ』――あるいは単行本出版時期から言えばジョイスの『ユリシーズ』の方が第二――と呼ぶべき作品だからだ。（「ユリシーズ」は「オデュッセウス」のラテン語経由の英名なのだが、）ロレンスの紀行文には海を渡るオデュッセウスと『オデュッセイア』への言及（第八章三三〇頁）があり、キルケ（第一章一一頁）にも、キュクロープス（第三章一一二頁）にも触れられる。ホメロスの名作叙事詩を意識しているのは間違いない。そもそも、地中海を旅して家に戻る――当時のロレンスの住まいはシチリア――という『海とサルデーニャ』の基本設定がオデュッセウス＝ユリシーズの帰宅冒険譚と重なっている。（*Modernism and Homer* という研究書があるが、ロレンスは忘れられているようだ。）

共通点として、さらに注目すべきは、「輪廻転生」と訳されることの多い「メテムサイコーシス 'metempsychosis'」という語がさりげなく、しかし重要モチーフとして取り入れられていることである（「霊魂が転生する《メテムサイコーシス》」、『海とサルデーニャ』一一頁）。「メテムサイコーシス」の語源を辿ると、「メテム＝変化」、「サイコ＝魂」、「コーシス＝過程・状態」の三つに分けられ、「魂の変化の過程」という意味があぶり出される。『海とサルデーニャ』冒頭全体を読めば、ロレンスがその原義的な意味を意識して使っているのは明らかである。

そして、紀行文全体の始まりの章と中間章の一つと最終章（一一頁、二一〇頁、三〇三頁）を繋げてみると、キルケにたとえられるエトナ山近くに住む作者がその魔力から逃れるため、彼女に魂を奪われぬためにサルデーニャへと向かい、サルデーニャである種の体験をして魂が変容するが、イタリア本土に戻ると元に戻るという半ば無意識的な構造を持つことがはっきりとする。訳者が読んでいてはっとするのは、第五章「ソルゴノへ」で出てくる威厳に満ちた山羊肉焼きの老名人が時間の神にたとえられ、ゆっくりと焼きあがる肉の変化の時間が魂の変化の時間であるかのように描かれて、その時間自体が永遠に繋がることが示唆される場面である（一七四―八二頁）。肉と炎が強調されて、古代イオニア学派のヘラクレイトス的なヴィジョンが彷彿とする。そして、最後に戻ったシチリアで人形劇の熱い肉体性に感動するシーンが作品のコーダに当たると言えるだろうか。ジョイス『ユリシーズ』における「メテムサイコーシス」の使い方と比較すると面白い。『ユリシーズ』においては、主人公と主人公の妻が初登場の場面で「輪廻転生 'metempsychosis'」のことを何気なく語り合い、その後「メテムサイコーシス」は何度も触れられながら、妻の魂の変容が描かれる感動的な作品末尾のクライマックスに繫がってゆく（ように私には思われる）。

ロレンスが、一九一八年から雑誌掲載を開始したジョイス『ユリシーズ』を読んで、その構造をパクった？　まさか！　むしろ、注目すべきは、マルセル・プルーストの『失われた時を求めて』の冒頭にもやはり「霊魂が転生 'métempsycose'」（吉川一義訳と原文）への言及があったり、ヘルマン・ヘッセの『シッダールタ』（一九二二年）が「魂の変容」的なシーンで締めくくられていることだろう。キリスト教教義の伝統的な枠組がゆらぐ中で、新しい魂の形が「メテムサイコーシス」のイメージと絡めて模索され、ハイデガー哲学の時間性（『存在と時間』一九二七年）のようなものとも繫がってゆくのだろう。少しずれるかも知れないが、フランツ・カフカ『変身』（一九一五年）のような堕ちてゆく「自己変容」小説も、同じ問題を裏側からアプローチしているように思える。

つまり、『海とサルデーニャ』という一見何気ない貧乏作家の旅日記は、四の五の理屈を言わずにそのまま読んでも楽しめるものの、実は二十世紀モダニズム文学の中心と切り離せないのである。そして、とりわけジョイスとロレンスが共に比類ないのは、彼らの見事な断片的シーンの構築力だろう。この種の作品においては断片と断片を繫げることが作品解釈の際の読者にとって大きな課題となるわけだが、生きることそのものと呼びたくなるような諸断片自体の魅力、そこに明らかにされる作者の信じがたい筆力については、こちたき分析を試みても空しいばかりである。ただ、ただ、読んでいただくしかない。

現世のただなかからもう一つの「霊肉」的リアルを生み出したという点において、現代英語文学において、やはりジョイスとロレンスの存在は抜きんでている。幸い、ちくま文庫に、ロレンスの代表作『息子と恋人』（小野寺健・武藤浩史共訳）もあるので、『海とサルデーニャ』に魅かれた方はそちらも併せ読んでいただけるとありがたい。


最後にもう一つ、触れておいた方がいいのは、紀行文の背景に描かれる第一次世界大戦後の不安定な社会状況と混乱した政治世界だろうか。ロレンスはまだ世界一の強国だったイギリスのパスポートと通貨を持って経済小国のイタリアを旅することで様々な嫌がらせを受け、カンシャクを起こしたり、反リベラルな言辞を弄したりする。その点において、ニーチェ流英雄主義に傾くロレンスと福音書的な隣人愛に傾くジョイスは対照的な存在だったと言えようが、単純に前者を誤とし後者を正とするのではなく、まずは、トランプの時代たる今の時代にも通じるポストリベラル、ポスト啓蒙思想の台頭——ロレンスはそれを「愛の時代が終わった」と言う——の背景となった当時の戦後ヨーロッパ社会をきちんと理解することが大切だろう。

本訳の再刊を企画されたちくま学芸文庫編集長北村善洋さんには感謝の言葉もない。晶文社版『海とサルデーニャ』の初刷ではなく、初刷後の修正を取り入れた第二刷以降のものをベース・テキストに使いたいという訳者のわがままを聞いていただき、古書を競り落としていただいた。また、自分の仕事を読み返すことがほとんどない訳者にとって、若い日の自分に出会う機会は本当に貴重なものだった。心から御礼申し上げたい。
知らぬ間に逝ってしまって「ありがとう」のひと言も言えなかった学生時代の親友渡貫誠の魂にこの再刊された拙訳を捧げたい。

二〇二五年一月

武藤　浩史

本書は、一九九三年四月三十日、晶文社より刊行された。文庫化にあたっては、原書初版で削除された箇所を訳出した。

価値があるとはどのようなことか
ジョセフ・ラズ
森村進／奥野久美恵訳
価値の普遍性はわれわれの偏好といかに調和されるか――。愛着・価値・尊重をめぐってなされる入念な考察。現代屈指の法哲学者による比類ない講義。

カリスマ
C・リンドホルム
森下伸也訳
集団における謎めいた現象「カリスマ」について多面的な考察を試み、ヒトラー、チャールズ・マンソンらを実例として分析の俎上に載せる。（大田俊寛）

自己言及性について
ニクラス・ルーマン
土方透／大澤善信訳
国家、宗教、芸術、愛……。私たちの社会を形づくるすべてを動態的・統一的に扱う理論は可能か？20世紀社会学の頂点をなすルーマン理論への招待。

中世の覚醒
リチャード・E・ルーベンスタイン
小沢千重子訳
中世ヨーロッパ、一人の哲学者の著作が人々の思考様式と生活を根底から変えた――。「アリストテレス革命」の衝撃に迫る傑作精神史。（山本芳久）

レヴィナス・コレクション
エマニュエル・レヴィナス
合田正人編訳
人間存在と暴力について、独創的な倫理にもとづく存在論哲学を展開し、現代思想に大きな影響を与えているレヴィナス思想の歩みを集大成。

実存から実存者へ
エマニュエル・レヴィナス
西谷修訳
世界の内に生きて「ある」とはどういうことか。存在は「悪」なのか。初期の主著にしてアウシュヴィッツ以後の哲学的思索の極北を示す記念碑的著作。

倫理と無限
エマニュエル・レヴィナス
西山雄二訳
自らの思想の形成と発展を、代表的著作にふれながら語ったインタビュー。平易な語り口で、自身によるレヴィナス思想の解説とも言える魅力的な一冊。

仮面の道
C・レヴィ＝ストロース
山口昌男／渡辺守章／渡辺公三訳
北太平洋西岸の原住民が伝承する仮面。そこに反映された神話世界を、構造人類学のラディカルな理論で切りひらいて見せる。増補版を元にした完全版。

黙示録論
D・H・ロレンス
福田恆存訳
抑圧が生んだ歪んだ自尊と復讐の書「黙示録」を読みとき、現代人が他者を愛することの困難とその克服を切実に問うた20世紀の名著。（高橋英夫）

増補 普通の人びと
クリストファー・R・ブラウニング
谷喬夫訳
ごく平凡な市民が無抵抗なユダヤ人を並べ立たせ、ひたすら銃殺する――なぜ彼らは八万人もの大虐殺に荷担したのか。その実態と心理に迫る戦慄の書。

叙任権闘争
オーギュスタン・フリシュ
野口洋二訳
十一世紀から十二世紀にかけ、西欧では聖職者の任命をめぐり教俗両権の間に巨大な争いが起きた。この出来事を広い視野から捉えた中世史の基本文献。

ナチズムの美学
ソール・フリードレンダー
田中正人訳
ナチズムが民衆を魅惑した、意外なものの正体は何か。ホロコースト史研究の権威が第二次世界大戦後の映画・小説等を分析しつつ迫る。（竹峰義和）

大航海時代
ボイス・ペンローズ
荒尾克己訳
人類がはじめて世界の全体像を識っていく大航海時代。その二百年の膨大な史料を、一般読者むけに俯瞰図としてまとめ上げた決定版通史。（伊高浩昭）

衣服のアルケオロジー
フィリップ・ペロー
大矢タカヤス訳
下着から外套、帽子から靴まで。19世紀ブルジョワジーを中心に、あらゆる衣類が記号として機能してきた実態を、体系的に描くモードの歴史社会学。

20世紀の歴史（上）
エリック・ホブズボーム
大井由紀訳
第一次世界大戦の勃発が20世紀の始まりとなった。この「短い世紀」の諸相を英国を代表する歴史家が渾身の力で描く。全二巻、文庫オリジナル新訳。

20世紀の歴史（下）
エリック・ホブズボーム
大井由紀訳
一九七〇年代を過ぎ、世界に再び危機が訪れる。不確実性がいやますなか、ソ連崩壊が20世紀の終焉を印した。歴史家の考察は我々に何を伝えるのか。

アラブが見た十字軍
アミン・マアルーフ
牟田口義郎／新川雅子訳
十字軍とはアラブにとって何だったのか？豊富な史料を渉猟し、激動の12、13世紀をあざやかに、しかも手際よくまとめた反十字軍史。

バクトリア王国の興亡
前田耕作
ゾロアスター教が生まれ、のちにヘレニズムが開花したバクトリア。様々な民族・宗教が交わるこの地に栄えた王国の歴史を描く唯一無二の概説書。

専制国家史論 足立啓二

封建的な共同団体性を欠いた専制国家・中国。歴史的にこの国はいかなる展開を遂げてきたのか。中国の特質と世界の行方を縦横に考察した比類なき論考。

暗殺者教国 岩村忍

政治外交手段として暗殺をくり返したニザリ・イスマイリ教国。広大な領土を支配したこの国の奇怪な活動を支えた教義とは？ （鈴木規夫）

増補 魔女と聖女 池上俊一

魔女狩りの嵐が吹き荒れた中近世、美徳と超自然的力により崇められる聖女も急増する。女性嫌悪と礼賛の熱狂へ人々を駆りたてたものの正体に迫る。

ムッソリーニ ロマノ・ヴルピッタ

統一国家となって以来、イタリア人が経験した激動の歴史。その象徴ともいうべき指導者の実像とは。既成のイメージを刷新する画期的ムッソリーニ伝。

資本主義と奴隷制 エリック・ウィリアムズ 中山毅訳

産業革命は勤勉と禁欲と合理主義の精神などではなく、黒人奴隷の血と汗がもたらしたことを告発した歴史的名著。待望の文庫化。 （川北稔）

文天祥 梅原郁

モンゴル軍の入寇に対し敢然と挙兵した文天祥。宋王朝に忠義を捧げ、刑場に果てた生涯を、宋代史研究の泰斗が厚い実証とともに活写する。 （小島毅）

歴史学の擁護 リチャード・J・エヴァンズ 今関恒夫／林以知郎／與田純訳

ポストモダニズムにより歴史学はその基盤を揺るがされた。学問を擁護すべく著者は問題を再考し、論議を投げかける。原著新版の長いあとがきも訳出。

増補 中国「反日」の源流 岡本隆司

「愛国」が「反日」と結びつく中国。この心情は何に由来するのか。近代史の大家が20世紀の日中関係を解き、中国の論理を描き切る。 （五百旗頭薫）

中国の城郭都市 愛宕元

邯鄲古城、長安城、洛陽城、大都城など、中国の城郭都市の構造とその機能の変遷を、史料・考古資料をもとに紹介する類のない入門書。 （角道亮介）

ロシア・アヴァンギャルド　水野忠夫

旧体制に退場を命じるごとく登場し、社会主義革命と同調、スターリン体制のなかで終焉を迎えた芸術運動。現代史を体現したその全貌を描く。（河村彩）

日本の裸体芸術　宮下規久朗

日本人が描いた、日本人の身体とは？　さまざまなテーマを自在に横断しつつ、裸体への視線と表現の近代化をたどる画期的な美術史。（木下直之）

理想の書物　ウィリアム・モリス　W・S・ピーターソン編　川端康雄訳

近代デザインの祖・モリスは晩年に、私家版印刷所を設立し、徹底した理想の本作りを追究する。書物芸術を論じた情熱溢れるエッセイ講演集。

紋章学入門　森護

紋章の見分け方と歴史がわかれば、ヨーロッパの文化がわかる！　基礎から学べて謎解きのように面白い紋章学入門書。カラー含む図版約三百点を収録。

音楽機械論　吉本隆明　坂本龍一

思想界・音楽界の巨人たちによるスリリングな文化談義。時代の転換点を捉えた記念碑的対談。文庫版特別インタビューを収録。

リヒテルは語る　ユーリー・ボリソフ　宮澤淳一訳

20世紀最大の天才ピアニストの遺した芸術的創造力の横溢。音楽の心象風景、文学や美術、映画への連想がいきいきと語られる。「八月を想う貴人」を増補。

イタリア絵画史　ロベルト・ロンギ　和田忠彦／丹生谷貴志／柱本元彦訳

現代イタリアを代表する美術史家ロンギ。本書は絵画史の流れを大胆に論じ、若き日の文化人達に大きな影響を与えた伝説的講義録である。（岡田温司）

歌舞伎　渡辺保

伝統様式の中に、時代の美を投げ入れて生き続けてきた歌舞伎。その様式のキーワードを的確簡明に解説した、見巧者をめざす人のための入門書。

マニエリスム芸術論　若桑みどり

カトリック的世界像と封建体制の崩壊により、観念の転換を迫られた一六世紀。不穏な時代のイメージの創造と享受の意味をさぐる刺激的芸術論。

国文法ちかみち　小西甚一

伝説の名教師による幻の古文参考書、第三弾！ 文法を基礎から身につけつつ、古文の奥深さも味わえる、受験生の永遠のバイブル。（島内景二）

よくわかるメタファー　瀬戸賢一

日常会話から文学作品まで、私たちの言語表現を豊かに彩る比喩。それが生まれるプロセスや上手な使い方を身近な実例とともに平明に説く。

教師のためのからだとことば考　竹内敏晴

ことばが沈黙するとき、からだが語り始める。キレる子どもたちと教員の心身状況を見つめ、からだと心の内的調和を探る。（芹沢俊介）

新釈　現代文　高田瑞穂

現代文を読むのに必要な「たった一つのこと」とは……。戦後20年以上も定番であり続けた伝説の大学受験国語参考書が、ついに復刊。（石原千秋）

現代文読解の根底　高田瑞穂

伝説の参考書『新釈 現代文』の著者による、もうひとつの幻のテキストブック。現代文を本当に正しく理解するために必要なエッセンスを根本から学ぶ。

読んでいない本について堂々と語る方法　ピエール・バイヤール　大浦康介訳

本は読んでいなくてもコメントできる！ フランス論壇の鬼才が心構えからテクニックまで、徹底伝授した世界的ベストセラー。現代必携の一冊！

学ぶことは、とびこえること　ベル・フックス　里見実監訳　朴和美・堀田碧・吉原令子訳

境界を越え出ていくこと、それこそが自由の実践としての教育だ。ブラック・フェミニストが自らの経験をもとに語る、新たな教育への提言。（坂下史子）

高校生のための文章読本　梅田卓夫／清水良典／服部左右一／松川由博編

夏目漱石からボルヘスまで一度は読んでおきたい文章70篇を収録。読解を通して表現力を磨くテキストとして好評を博した名アンソロジー。（村田喜代子）

高校生のための批評入門　梅田卓夫／清水良典／服部左右一／松川由博編

筑摩書房国語教科書の副読本として編まれた名教材の批評編。気になっていた作家・思想家等の文章を、短文読切り解説付でまとめて読める。（熊沢敏之）

謎解き『ハムレット』　河合祥一郎
優柔不断で脆弱な哲学青年――近年定着したこのハムレット像を気鋭の英文学者が根底から覆し、闇に包まれた謎の数々に新たな光のもと迫った名著。

日本とアジア　竹内好
西欧化だけが日本の近代化の道だったのか。魯迅を敬愛する思想家が、日本の近代化、中国観・アジア観を鋭く問い直した評論集。（加藤祐三）

ホームズと推理小説の時代　中尾真理
ホームズとともに誕生した推理小説。その歴史を黎明期から黄金期まで跡付け、隆盛の背景とその展開を豊富な基礎知識を交えながら展望する。

文学と悪　ジョルジュ・バタイユ　山本功訳
文学にとって至高のものとは、悪の極限を掘りあてることではないのか。サド、プルースト、カフカなど八人の作家を巡る論考。（吉本隆明）

来るべき書物　モーリス・ブランショ　粟津則雄訳
プルースト、アルトー、マラルメ、クローデル、ボルヘス、ブロッホらを対象に、20世紀フランスを代表する批評家が、その作品の精神に迫る。

プルースト 読書の喜び　保苅瑞穂
『失われた時を求めて』がかくも人を魅了するのはなぜなのか。この作品が与えてくれる愉悦を著者鍾愛の場面を通して伝える珠玉のエセー。（野崎歓）

中国詩史　吉川幸次郎　高橋和巳編
中国文学において常に主流・精髄と位置付けられてきた「詩文」。先秦から唐宋を経て近代まで、平明な文章で時代順にその流れが分かる。（川合康三）

宋詩選　小川環樹編訳
唐詩より数多いと言われる宋詩から、偉大なる詩人達の名作を厳選訳出して解釈する。親しみやすい漢詩論としても読める、選者解説も収録。（佐藤保）

ペルシャの神話　岡田恵美子
天地創造神話から、『王書』に登場する霊鳥スィームルグや英雄ロスタムの伝説までをやさしく語る。ペルシャ文学の第一人者による入門書。（沓掛良彦）

アレクサンドロス大王物語
伝カリステネス 橋本隆夫訳

アレクサンドロスの生涯は、史実を超えた伝説として西欧からイスラムに至るまでの世界に大きな影響を与えた。伝承の中核をなす書物。（澤田典子）

西洋古典学入門
久保正彰

古代ギリシア・ローマの作品を原本に近い形で復原すること。それが西洋古典学の使命である。ホメーロスなど、諸作品を紹介しつつ学問の営みを解説。

貞観政要
呉兢 守屋洋訳

大唐帝国の礎を築いた太宗が名臣たちと交わした政治問答集。編纂されて以来、帝王学の古典として屹立する。本書では、七十篇を精選・訳出。

初学者のための中国古典文献入門
坂出祥伸

文学、哲学、歴史等「中国学」を学ぶ時、必須となる古典の基礎知識。文献の体裁、版本の知識、図書分類他を丁寧に解説する。反切とは？ 偽書とは？

詳講 漢詩入門
佐藤保

二千数百年の中国文学史の中でも高い地位を占める古典詩。その要点を、形式・テーマ・技巧等により系統だてて、初歩から分かりやすく詳しく学ぶ。

シュメール神話集成
杉勇 尾崎亨訳

「洪水伝説」「イナンナの冥界下り」など世界最古の神話・文学十六篇を収録。ほかでは読むことのできない貴重な原典資料。豊富な訳注・解説付き。

エジプト神話集成
杉勇 屋形禎亮訳

不死・永生を希求した古代エジプト人の遺した、ピラミッド壁面の銘文ほか、神への讃歌、予言、人生訓など重要文書約三十篇を収録。

宋名臣言行録
朱熹編 梅原郁編訳

北宋時代、総勢九十六名に及ぶ名臣たちの言動を大儒・朱熹が編纂。唐代の『貞観政要』と並ぶ帝王学の書であり、処世の範例集として今も示唆に富む。

資治通鑑
司馬光 田中謙二編訳

全二九四巻にもおよぶ膨大な歴史書『資治通鑑』のなかから、侯景の乱、安禄山の乱など名シーンを精選。破滅と欲望の交錯するドラマを流麗な訳文で。

十八史略
曾先之／今西凱夫訳／三上英司編
『史記』『漢書』『三国志』等、中国の十八の歴史書をまとめた『十八史略』から、故事成語、人物にまつわる名場面を各時代よりセレクト。（三上英司）

アミオ訳 孫子〔漢文・和訳完全対照版〕
守屋淳監訳・注解／臼井真紀訳
最強の兵法書『孫子』。この書を十八世紀ヨーロッパに紹介したアミオによる伝説の訳業がついに邦訳。その独創的解釈の全貌がいま蘇る。（伊藤大輔）

陶淵明全詩文集
林田愼之助訳注
中国・六朝時代最高の詩人、陶淵明。農耕生活から生まれた数々の名詩は、人生や社会との葛藤を映し出し、今も胸に迫る。待望の新訳注書、遂に成る。

和訳 聊斎志異
蒲松齢／柴田天馬訳
中国清代の怪異短編小説集。仙人、幽霊、妖狐たちが繰り広げるおかしくも艶やかな話の数々。日本の文豪たちにも大きな影響を与えた一書。（南條竹則）

フィレンツェ史（上）
ニッコロ・マキァヴェッリ／在里寛司／米山喜晟訳
権力闘争、周辺国との駆け引き、戦争、政権転覆……。マキァヴェッリの筆によりさらにドラマチックに彩られるフィレンツェ史。文句なしの面白さ！

フィレンツェ史（下）
ニッコロ・マキァヴェッリ／在里寛司／米山喜晟訳
古代ローマ時代からのフィレンツェ史を俯瞰することで見出された、歴史におけるある法則……。マキァヴェッリの真骨頂が味わえる一冊！（米山喜晟）

ギルガメシュ叙事詩
矢島文夫訳
ニネベ出土の粘土書板に初期楔形文字で記された英雄ギルガメシュの波乱万丈の物語。「イシュタルの冥界下り」を併録。最古の文学の初の邦訳。

メソポタミアの神話
矢島文夫
「バビロニアの創世記」から「ギルガメシュ叙事詩」まで、古代メソポタミアの代表的神話をやさしく紹介。第一人者による最良の入門書。（沖田瑞穂）

北欧の神話
山室静
キリスト教流入以前のヨーロッパ世界を鮮やかに語り伝える北欧神話。神々と巨人たちとが織りなす壮大な物語をやさしく説き明かす最良のガイド。

「伝える」ことと「伝わる」こと　中井久夫

精神が解体の危機に瀕した時、それを食い止めるのが妄想である。解体か、分裂か。その時、精神はよりましな方として分裂を選ぶ。（江口重幸）

私の「本の世界」　中井久夫

精神医学関連書籍の解説、『みすず』等に掲載の年間読書アンケート等とともに、大きな影響を受けたヴァレリーに関する論考を収める。（松田浩則）

モーセと一神教　ジークムント・フロイト　渡辺哲夫訳

ファシズム台頭期、フロイトはユダヤ民族の文化基盤ユダヤ教に対峙する。自身の精神分析理論を揺るがしかねなかった最晩年の挑戦の書物。

悪について　エーリッヒ・フロム　渡会圭子訳

私たちはなぜ生を軽んじ、自由を放棄し、進んで悪に身をゆだねてしまうのか。人間の本性を克明に描き出した不朽の名著、待望の新訳。（出口剛司）

ラカン入門　向井雅明

複雑怪奇きわまりないラカン理論。だが、概念や理論の歴史的変遷を丹念にたどれば、その全貌を明快に理解できる。『ラカン対ラカン』増補改訂版。

引き裂かれた自己　R・D・レイン　天野衛訳

統合失調症とは、苛酷な現実から自己を守ろうとする決死の努力である。患者の世界に寄り添い、反精神医学の旗手となったレインの主著、改訳版。

素読のすすめ　安達忠夫

素読とは、古典を繰り返し音読すること。内容の理解は考えない。言葉の響きやリズムによって感性を耕し、学びの基礎となる行為を平明に解説する。

言葉をおぼえるしくみ　今井むつみ　針生悦子

認知心理学最新の研究を通し、こどもが言葉や概念を覚えていく仕組みを徹底的に解明。さらにその仕組みを応用した外国語学習法を提案する。

ハマータウンの野郎ども　ポール・ウィリス　熊沢誠／山田潤訳

イギリス中等学校〝就職組〟の闊達でしたたかな反抗ぶりに根底的な批判を読みとり、教育の社会秩序再生産機能を徹底分析する。（乾彰夫）

ちくま学芸文庫

海《うみ》とサルデーニャ　紀行《きこう》・イタリアの島《しま》

二〇二五年二月十日　第一刷発行

著　者　D・H・ロレンス

訳　者　武藤浩史（むとう・ひろし）

発行者　増田健史

発行所　株式会社　筑摩書房
東京都台東区蔵前二―五―三　〒一一一―八七五五
電話番号　〇三―五六八七―二六〇一（代表）

装幀者　安野光雅

印刷所　星野精版印刷株式会社

製本所　株式会社積信堂

ISBN978-4-480-51283-3 C0198